Geloof mij nooit

W0327982

LOES DEN HOLLANDER

Geloof mij nooit

DE CRIME COMPAGNIE
Crème de la Crime

© 2023 Loes den Hollander
Omslagontwerp: Margo Togni
Foto omslag: © Mohamad Itani / Trevillion Images
Boekverzorging: Michiel Niesen, ZetProducties, Haarlem
Auteursfoto: Marloes Bosch Fotografie

ISBN 978 94 6109 744 6
NUR 305

Meer informatie over De Crime Compagnie op www.crimecompagnie.nl

Voor Els Rozenbroek, (1957-2022) die op veel vrouwen indruk maakte door haar ontwapenende eerlijkheid, zelfspot en humor.

‘Wij wantrouwen ons hart te veel, en ons hoofd niet genoeg.’

Abbé Roux

*

Het valt niet mee om een kind te zien lijden.

Je bent vanaf het moment dat het is geboren veroordeeld tot bescherming, behoedzaamheid en begrip. Je wil het liefst elke vorm van gevaar bij voorbaat uitbannen en als het nodig is direct bestrijden. Je beschermt vanuit een oerinstinct waarvan je niet verwacht had dat het in je zat. Het komt tevoorschijn na de baring, je neemt plaats in de rij van beschermers en daar blijf je, wat er ook gebeuren mag.

Alles wordt anders als een kind ter wereld komt.

Je kunt woedend worden als het kind iets overkomt of met pijn in je hart leren dat je niet alles kunt voorkomen en ook niet alles kunt oplossen.

Totdat er een grens wordt bereikt.

Dan grijp je in.

Deel 1

Jochem en Pattie

1

Alles is voorbestemd, heeft de moeder van Pattie haar geleerd. Vanaf het moment dat je wordt geboren staat alles al vast over je levensloop, hoe oud je wordt en op welke manier je zult sterven. Verzet is nutteloos, het is onmogelijk om het levenslot naar je hand te zetten. Nu vraagt Pattie zich af of zes verbroken relaties binnen vijftien jaar ook ergens beschreven stonden.

'Je bent veel te bang om afgewezen te worden,' zegt haar moeder. 'Daardoor roep je dus de afwijzing op.'

'Voor alle duidelijkheid: ik bén niet afgewezen, ik héb afgewezen,' snauwt Pattie.

'Maakt niet uit. Je bent bang voor afwijzing, dus om dat te voorkomen neem je zelf het initiatief,' weerlegt haar moeder koeltjes. 'Wat was er eigenlijk mis met Jochem? Sloeg hij je, ging hij vreemd, was hij niet goed in bed? Of klopt het wat ik altijd heb gedacht, was hij het laatste redmiddel dat jouw rammelende eierstokken tot bedaren moest brengen? En is hij nu nergens meer voor nodig?'

Pattie klemt haar tanden op elkaar en knijpt haar ogen dicht.

'Of dronk hij te veel? Daar heb ik nooit iets van gemerkt en áls dat klopt, dan kun je hem het toch niet verwijten?' Haar moeder heeft blijkbaar zin in dit gesprek. 'Je zult moeten toegeven dat je zelf ook niet vies bent van alcohol.' Ze bekijkt Pattie van top tot teen. 'Je bent weer aangekomen, hè? Bespaar me je suffe ontkenningen en praatjes over hoe dik deze broek je maakt en dat je gisteravond nog op de weegschaal hebt gestaan en hetzelfde woog als eergisteren. Je bent te dik en je wordt steeds dikker! Punt. Verzin eens iets nieuws, zou ik zeggen.'

'En ik zou zeggen dat het hoog tijd wordt voor jou om weer naar huis te gaan. Ik moet over tien minuten aan het werk.'

Haar moeder staat op. 'Dan zal ik je niet langer ophouden, want het is nu extra belangrijk dat je werk hebt en houdt. Denk eraan: nooit afhankelijk worden van een man, neem een voorbeeld aan je moeder. Ik heb je vader een hoop ellende bespaard door af te zien van alimentatie en ik heb het mezelf daarmee niet gemakkelijk gemaakt, maar ik kan daardoor wél altijd trots in de spiegel kijken. Dat gaat ook voor jou gelden, als je de ingeslagen weg volhoudt. Wat is het vandaag, babyshoot of trouwreportage?'

'Geen van beide. Portretfoto's voor een omslag van een boek.'

'Man of vrouw?'

'Man. En getrouwd, dus laat je dubbelzinnige opmerkingen maar achterwege.'

Haar moeder lacht smalend. 'Sinds wanneer is dat voor jou een probleem?'

'Ik haat je,' zegt Pattie.

Haar moeder raakt snel Patties wang aan. 'Toch zou ik mij te vriend houden, want ik ben de enige persoon in je omgeving die eerlijk tegen je is en die je altijd doorziet. Of ken je nog iemand anders die jou onomwonden de waarheid vertelt? Iemand als ik heb jij nodig, meissie. En vergeet niet dat ik de enige persoon ben bij wie je altijd terechtkunt.'

Pattie wendt snel haar hoofd af. 'Toch haat ik je.'

Soms denkt ze echt dat ze haar moeder de rest van haar leven zal blijven haten. Dat gebeurt meestal na een gesprek als dat net plaatsvond. Altijd maar weer dezelfde tekst over de eerlijke moeder die ze is en waar Pattie dankbaar voor moet zijn. Altijd maar weer die uitleg over het karakter van haar moeder dat sterk bepaald is door haar sterrenbeeld. Zouden alle Boogschutters van die betweters zijn? En het gaat ook altijd over dankbaar zijn voor een moeder die haar de waarheid vertelt. Hoezo, dankbaar? Vráágt ze ooit hoe haar moeder over haar denkt? Zeker weten van niet. Haar moeder strooit graag meningen en oordelen rond waar niemand om vraagt of op zit te wachten. Pattie begint steeds beter te begrijpen dat haar vader na dertig jaar huwelijk in de armen van een leuke jonge vrouw is gevlucht en met haar een nieuw gezin heeft gesticht. Toen ze in verwachting was van Kiki is ze hem samen met die vrouw een keer tegengekomen in de stad en bleken ze allebei even lang zwanger te zijn. De vrouw was verlegen met de ontmoeting, maar haar vader deed of ze elkaar een week geleden nog gezien hadden. Hij zei dat de deur altijd voor haar openstond en leek niet in de gaten te hebben dat zijn liefje schrok van zijn woorden. Ze heeft daarna een paar keer overwogen om bij hen langs te gaan, maar het vooruitzicht aan discussies met haar moeder heeft haar tegengehouden. Maar het waren toch vooral de aanmoedigingen van Jochem die haar dwars lieten zijn. Hij pleitte voortdurend voor onpartijdigheid en respect voor beide ouders. Dat is gemakkelijk gezegd als het huwelijk van je eigen ouders op een goed geoliede machine lijkt. Zijn moeder heeft nog niet lang geleden met trots in haar stem tegen Pattie gezegd dat scheiden in hun familie gelukkig niet voorkwam. Het was in die periode voor Pattie al duidelijk dat ze de rit met Jochem niet zou uitzitten. Hij deed te veel zijn best, hij was veel te voorkomend en hij stelde geen enkele grens aan haar gedrag.

'Hoe kom jij aan zo'n aardige man?' vroeg haar moeder vaak.

Pattie dacht: hoe kom ik van hem af?

Nu is ze van hem af, dus ze hoeft zich niets meer van hem aan te trekken. Er was tamelijk grof geschut voor nodig om hem zover te krijgen dat hij zijn spullen pakte en in het vakantiehuisje ging wonen. Hij zal zich wel hebben laten inschrijven op het adres van zijn moeder, want Jochem hecht te veel waarde aan burgerlijke gehoorzaamheid om zich officieel te vestigen in een huis waar je niet permanent mag wonen. Het kwam heel goed uit dat hij dat zomerhuisje al jaren voordat hij Pattie ontmoette had gekocht. Hij is bij haar van de vloer en het enige wat haar te doen staat is hem ook uit de buurt van Kiki houden. Ze wil hem uitbannen, totaal verwijderen. Daarvoor zal ze listig te werk moeten gaan.

Ze had haar dochter samen met haar grote liefde willen opvoeden en het had haar niet uitgemaakt dat ze bij die liefde de sores van een ex-relatie cadeau zou krijgen. Begrip veinzen, geduld hebben, de ex vriendelijk bejegenen en wachten tot haar grote liefde zou inzien dat zijn toekomst bij hen samen lag, was de doelstelling van haar leven in die periode. Ze wilde een kind van hem, omdat een kind voor een onverbrekelijke band zou zorgen.

Maar hij wilde geen kind met haar en als hij dat zei, moest ze zich tot het uiterste beheersen om te voorkomen dat ze met haar nagels het vel van zijn gezicht krabde, of met een stevige schop zijn ballen beurs trapte. Ondanks alles wist ze zeker dat hij voor haar zou kiezen, als ze onverwacht zwanger zou worden, omdat haar passie en hartstocht als het erop aankwam voor hem van levensbelang waren. Hij zei niet voor niets iedere keer als ze seks hadden dat zij het beste was dat hem ooit was overkomen en dat ze niet te evenaren was in bed. Soms sloeg zijn stem zelfs over, als hij benadrukte dat ze zijn absolute voorkeur had boven alle vrouwen die hij al had gehad, omdat ze alles toestond. Op zulke momenten vergat ze de fysieke pijn die hij veroorzaakte als hij heftig op dreef was en het geradbraakte gevoel dat vaak nog dagen aanhield. Hij noemde seks met zijn eigen vrouw een gortdroge verplichting. Na zulke uitspraken mocht hij alles met haar doen en dacht ze dieper na over de mogelijkheid om zwanger van hem te worden.

Ze verleidde hem op de dag dat ze zeker wist dat ze ovuleerde. Alle verschijnselen wezen erop dat het die dag zover was. Onrust alom, onbedwingbare trek in chocola, tranen die rijkelijk vloeiden door een simpel kinderliedje, een heftig libido. Na afloop zei hij dat ze hem gek maakte. Ze stelde voor om het nog een keer te doen. Hij weerde haar af en ging op de rand van het bed zitten. Met zijn rug naar haar toe zei hij toen dat hij het niet meer trok. Hij kon zich nergens op concentreren, maakte fouten op zijn werk en het was vooral heel lastig dat zijn vrouw steeds vaker vragen begon te stellen.

'Vertel haar de waarheid,' stelde Pattie voor.

Hij glipte uit bed en begon zich meteen aan te kleden. 'De waarheid is dat we gaan stoppen,' antwoordde hij. 'Het wordt te ingewikkeld.'

Pattie klemde haar bovenbenen tegen elkaar. Het enige waar ze op dat moment aan kon denken was op welke manier ze het zaad binnen kon houden. Dat was al ingewikkeld genoeg.

Ze is heel lang kwaad op hem geweest, maar die tijd is voorbij. Het verleden met de minnaar die daadwerkelijk iets voor haar heeft betekend interesseert haar niet meer. Het enige wat haar nog interesseert is hoe ze haar dochter bij zich kan houden zonder inmenging van de flapdrol die denkt dat hij haar vader is.

2

Lieve Kiki,

Het is vreemd om een brief te schrijven die voor jou is bestemd terwijl ik weet dat je nog niet kunt lezen. Je oma Nadia heeft tegen me gezegd dat dit geen bezwaar hoeft te zijn, omdat je moeder de brieven kan voorlezen. Maar dan moet ik ze natuurlijk wél naar je opsturen en dan moet ik ook zeker weten dat ze worden voorgelezen of in ieder geval worden bewaard.

Geloof jij dat?

Je oma bedoelt het goed, maar volgens mij heeft ze niet in de gaten hoe het werkt met haar dochter. Het zal te maken hebben met de bloedband tussen ouders en kinderen, dat begrijp ik wel. Nu ben ik overgeleverd aan wat mijn jaloerse en onberekenbare ex beslist. Verzet heeft geen zin, het kan zich juist tegen me keren. Ik gedraag me dus braaf, al haat ik dat woord. Je moeder haat dat woord ook, zij heeft me vanaf het begin duidelijk gemaakt dat ze er altijd voor zou waken om voor braaf versleten te worden en ze verwachtte hetzelfde van mij. Dat heb ik beloofd.

Het kan vreemd lopen in het leven, Kiki.

Ik had me deze zomer heel anders voorgesteld. Het was mijn bedoeling om je zo vaak mogelijk mee te nemen naar pretparken, strand en ijssalons. In plaats daarvan zie ik je niet.

Ik mis je lach, je heerlijke gebabbel, de verrukte blik in je ogen als je iets aanwijst wat je hebben wil, je pruillip als je iets niet mag doen wat je juist zo aantrekkelijk vindt, de bedachtzame blik in je ogen als je nadenkt over hoe je het best iets kunt aanpakken om je zin te krijgen. Ik mis vooral het gevoel dat bezit van me neemt als je je armpjes om mijn benen klemt.

Zal ik dat ooit nog voelen?

Alles wat met jou te maken heeft is rijkdom, Kiki. Mijn verlangen naar jou doet niet alleen pijn, het schuurt, het brandt, het verscheurt me.

Ik schrijf je, omdat het de enige mogelijkheid is om je iets te laten weten en al zal het misschien jaren duren voordat je dit leest, voor nu is het genoeg om mijn gedachten woorden te geven. Ik laat je met rust, want ik wil beslist niet dat je de dupe wordt van gekissebis tussen je moeder en mij en ik wil vooral niet dat ze een reden kan hebben om kritiek op me te leveren. Ik laat je niet los. Ik wacht op de dag dat we elkaar weer kunnen zien. Want die dag gaat komen, dat beloof ik je met de hand op mijn hart. Vanaf die dag zal je ontdekken dat ons gebrek aan contact niet aan mij gelegen heeft.

Ik pieker me suf over een mogelijkheid om je even te kunnen zien. Andere mannen zouden waarschijnlijk gewoon bij de moeder van hun kind voor de deur gaan staan en contact eisen, maar ik ben niet dat type man. Ik ben iemand die een conflict zo veel mogelijk uit de weg gaat en altijd probeert om op een redelijke manier met iemand te praten. Geven en nemen, daar gaat het om, meis. Weten wat je wil en goed nadenken over een manier om je doel te bereiken. Tegenslagen incasseren en niet kwaad worden als het tegenzit. Je moeder noemt deze eigenschappen de typische kenmerken van een watje, maar dit is wat ik ben. Geen watje, wél een redelijk denkend mens met zijn goede en minder goede eigenschappen. Ik ben niet alleen een aardige man, ik kan driftig en ongeduldig reageren als mensen die bij me werken domme dingen doen, of slordig zijn. Die eigenschappen horen ook bij mij en daar heb ik vrede mee. Ik kan en wil mezelf niet veranderen. Ik wil jou wél zien, lieve Kiki. Wij horen bij elkaar.

Veel liefs van papa.

3

Haar moeder lachte spottend toen Pattie vertelde dat ze hulp had gezocht bij haar huisarts, omdat de druk die Jochem uitoefende om Kiki te zien haar te veel werd. 'Vooral niet eerst je oor te luisteren leggen bij de ervaringsdeskundige die je moeder is,' zei ze.

Pattie moest opeens denken aan wat haar vader vaak zei toen ze nog thuis woonde. Hij kon haar woest maken met de opmerking dat het logisch was dat haar moeder en zij zo vaak botsten, omdat ze nu eenmaal erg op elkaar leken qua karakter. Als hij er ook nog aan toevoegde dat ze fysiek gelukkig het meest op hém leek, werd het schreeuwen. Ze schreeuwt als ze kwaad wordt. Daarna zakt ze weg in somberheid en die stemming kan alleen worden verdreven met kopen. Haar kast puilt uit van kleren en schoenen. Nu ze weer is aangekomen, past niets haar bijna meer. Ze wil afvallen.

Het gebeurde allemaal in een opwelling en misschien had ze beter moeten nadenken en niet meteen bij haar huisarts op de stoep moeten staan, toen de aanwezigheid van Jochem haar begon aan te vliegen. Ze had al eerder met die man gesproken en toen heeft ze zichzelf en hem wijsgemaakt dat ze begeleiding nodig had om een belangrijke knoop door te hakken die 'scheiden' heette. Het ging haar niet om een gesprek, het ging om contact met hem en om wat daaruit zou kunnen voortvloeien. Tot nu toe lijkt hij ongevoelig voor haar zeer persoonlijke bekentenissen over haar treurige seksleven.

Ze heeft de indruk dat hij haar snel doorverwees naar de maatschappelijk werkster die aan zijn praktijk verbonden is, om te voorkomen dat ze dichterbij kwam. Toch boeit die man haar mateloos en als ze in bed ligt fantaseert ze over seks met hem. Ze wacht nieuwe kansen rustig af. Hoewel, rustig... Voorlopig moet dat lukken. Ze kan hier nu met niemand over praten, ook niet met haar moeder. Vooral niet met haar moeder, omdat die dan niet zal ophouden met vertellen wat het voor een vrouw betekent als een andere vrouw, die altijd veel jonger is op het idee komt om een man bij zijn gezin weg te kapen. Ze is al te vaak met haar over dit onderwerp bijna slaags geraakt, omdat ze altijd tegenwerpingen blijft maken tegen dat 'kapen'. Ze weet zeker dat de nieuwe vrouw van haar vader hem niet heeft ingepikt, omdat haar vader haar uitgebreid heeft verteld dat hij degene was die toenadering zocht en niet omgekeerd. Ze gelooft hem, daardoor zal de scheiding van haar ouders altijd een kwestie blijven die tussen haar en haar moeder in staat.

Haar moeder komt dus zeker niet in aanmerking om mee te praten over de aantrekkelijke huisarts die haar fantasie beheerst. Die man moet voorlopig maar nergens op ingaan, ze heeft momenteel andere dingen aan haar hoofd, zoals Jochem laten inzien dat het voor Kiki beter is om geen contact meer met hem te hebben tot ze een paar jaar ouder is. Dat is een nieuwe missie die veel aandacht vergt. En slimme teksten. Het is beter om niemand op het idee te laten komen dat het voorstel om Kiki weg te houden bij haar vader iets is wat Pattie goed uitkomt. En het moet vooral niet duidelijk worden dat ze een andere man op het oog heeft voor seks en deelname aan het gezinsleven. Op momenten dat ze moe is of net iets te veel wijn gedronken heeft, betrapt ze zichzelf er weleens op dat ze medelijden heeft met Jochem. Ze weet dat hij dol is op Kiki en alles zal doen wat in zijn vermogen ligt om haar gelukkig te maken. Er is niets mis met Jochem als mens. Hij deugt en dat is nu precies wat haar zo irriteert. Hij wordt nooit kwaad, hij scheldt nooit terug als zij zich lekker laat gaan. Tijdens de ruzies, die zij uitlokte en gaande hield, heeft ze vaak op het punt gestaan om hem aan te vallen en nu vindt ze het jammer dat ze het nooit zover heeft laten komen. Ze weet daardoor niet hoe het zou hebben gevoeld als hij had teruggeslagen en als ze daarna meppend en trappend over de grond hadden gerold, met verbeten gezichten en net geen schuim op de mond. Jochem was echt geen partij voor haar, hij was te geduldig en te aardig en te beschaafd. Een beheerste beschaafde man is zo ontzettend saai!

Het is voor iedereen het beste als hij voorgoed uit het zicht van haar en haar dochter verdwijnt en als daar verregaande acties voor nodig zijn, *so be it.*

Ze is verdomme alwéér een kilo aangekomen. Ze is inmiddels tien kilo zwaarder dan drie maanden geleden en ze moet nu echt serieus aan de gang met afvallen. Pattie heeft even overwogen om hier toch maar met haar huisarts over te praten, maar ze weet nu al zeker dat hij haar direct gaat doorsturen naar een diëtiste. Wat zo'n vrouw, die zelf uiteraard gezegend is met de juiste maten, haar dan gaat vertellen kan ze zelf ook bedenken. Niet snoepen, veel groenten, weinig koolhydraten, regelmatig eten, veel water drinken, veel bewegen en geen alcohol. Ze gaat net zo lief meteen dood.

Maar ze begint met niet snoepen. Vandaag nog.

Nee, morgen. Dan is de koektrommel die nu nog gevuld is met Weesper moppen, zeker leeg.

De Weesper moppen stonden altijd binnen handbereik als ze zich uitleefde met de biologische vader van haar dochter. Terwijl ze de trommel leegeet, betrapt ze zichzelf op een gevoel dat op heimwee lijkt.

4

Lieve Kiki,

Volgens je oma Nadia is er sprake van een vertrouwenskwestie. Jouw moeder durft je niet met mij alleen te laten, omdat ze heeft ontdekt dat je blauwe plekken had op beide armen, nadat je een middag met mij samen was geweest. Toen Nadia dit tegen me zei probeerde ik me niets aan te trekken van de blik in haar ogen, ik kon de beschuldiging en de afkeer die ze op me afvuurde niet verdragen. Jij weet dat ik niet degene was die blauwe plekken op jouw armen heeft veroorzaakt.

Wat is er met je gebeurd, Kiki? Wie heeft je pijn gedaan?

Ik heb alles ontkend, met klem, met stemverheffing. Later zei mijn moeder tegen me dat ik nooit meer mag schreeuwen, wat je andere oma ook tegen me zal zeggen. Geweld, in welke vorm dan ook, kan tegen me gebruikt worden als ik besluit om de rechter in te schakelen om bezoekrecht af te dwingen.

Mijn moeder heeft gelijk, ik weet het. Ze doorziet dit soort zaken beter dan ik, omdat ze haar gezonde verstand gebruikt. Dat deed ze altijd al, ik ken haar niet anders. Als er vroeger spanningen waren in het gezin, omdat mijn broer Ted weer eens verzeild was geraakt in ruzie met zijn leraren of met de buren, hield zij het hoofd koel en regelde ze een gesprek of een oplossing die voor iedereen te verteren was. Ze is in deze periode mijn steun en toeverlaat, ik zou niet weten wat ik zonder haar moest doen. Ze benadrukt voortdurend dat ik rustig moet blijven en niet wanhopig moet worden. Ze is ervan overtuigd dat je moeder wel weer voor rede vatbaar wordt als ze merkt dat ik haar niet willens en wetens tegenwerk. Je oma zegt ook dat jij je papa gaat missen, naar hem gaat vragen en dat contact niet valt tegen te houden. Ik hoop dat het waar is wat ze zegt, dat je binnenkort weer bij me op schoot kruipt en me overlaadt met kusjes. Het lukt me om te lachen als ze voorspelt dat er voor ik het in de gaten heb kerels op je af gaan komen, omdat de tijd vliegt en kinderen zomaar opeens volwassen zijn.

Weet je dat ik het nu al benauwd kan krijgen bij alleen de gedachte dat zo'n kerel aan je zal zitten? Ik wil nu al roepen dat ze hun handen thuis moeten houden en een ander meisje moeten gaan lastigvallen. Vaders zijn vreemde wezens, Kiki. Ze vergeten in dit soort gevallen maar al te graag dat ze zelf ook aan de dochter van iemand anders hebben gezeten. Lach maar een beetje om ons.

Intussen tob ik verder en voel ik me vernederd door wat er met me gebeurt. Alleen al de gedachte dat je moeder en haar moeder met elkaar bespreken hoe ze een vader die zijn dochter molesteert gaan aanpakken, maakt me wild. Ik ben altijd heel gelijkmatig van humeur, mij krijg je niet snel kwaad en daar kan je moeder over meepraten. Misschien had ik kwaad op haar moeten worden toen ze haar boze buien nog op mij uitleefde. Ze nam me kwalijk dat ik nooit mijn geduld verloor en nu denk ik dat ik beter niet zo vaak tot tien, twintig, honderd had moeten tellen. Ruzie is niets voor mij, Kiki. Ik wist dat de boze buien altijd vanzelf weer overdreven en ik besloot iedere keer opnieuw om me niet te laten verleiden tot een uitbarsting.

Had ik dat anders moeten aanpakken? Ik vraag me dat voortdurend af.

Weet je, Kiki, het is heel gemakkelijk om je zelfbeheersing te verliezen, te schelden, met deuren te smijten, servies te vernielen en van alles te roepen waarvan je weet dat het niet klopt. Dat schijnt mensen heel erg te kunnen opluchten. Voor mij werkt dat niet. Ik sla dicht als ik word belaagd met harde woorden en onredelijke verwijten. Ik verstar, ik sluit mijn gedachten af en wacht tot de spanning is verdwenen. Dat deed ik al toen ik nog een kind was en daar ben ik mee doorgegaan toen ik te maken kreeg met de wispelturige buien van je moeder, die vaak ontaardden in een soort razernij waar de ramen van trilden in hun sponningen. Weet je hoe het kwam dat ik een zwijghouding aannam? Dat kwam door jou, door jouw bestaan, doordat ik je wilde beschermen. Het spijt me dat ik dit moet vertellen, maar het is de waarheid. Ik wilde je beschermen voor de onvoorspelbare acties van je moeder. Ik wilde je veiligheid garanderen en een solide basis voor je zijn. Ik zorgde ervoor dat ik in de buurt bleef als ik merkte dat de wind weer uit een bepaalde hoek begon te waaien en vaak nam ik je dan mee naar de slagerij om je te laten verwennen door mijn moeder. Ik hoop dat je er geen nare herinneringen aan hebt overgehouden en ik zou je zo graag willen vastpakken en tegen me aan willen drukken. Ik ben een man met het hart op de juiste plaats en met de beste intenties voor iedereen die ik ken. Maar als ik merk dat iemand jou … Ik moet niet doordraven, Kiki.

Vergeet me niet, lief kind. Blijf net zoveel aan mij denken als ik aan jou. Ik zal mijn uiterste best doen om je te kunnen zien en daarom heb ik aan je oma een voorstel gedaan dat zij en je moeder volgens mij niet kunnen weigeren. Ik deed het knarsetandend, dat moet ik toegeven. Het idee kwam van mijn broer, je oom Ted. Ik heb me eerst verzet, maar ik denk dat het toch de enige manier kan zijn om weer contact met je te krijgen. Nu is het afwachten wat de dames bekokstoven. Ik hoop van alles, maar verwacht niets.

Ik denk de hele dag aan jou, mijn mooie kleine meid.

Alle liefde van de wereld stuurt jouw papa aan jou.

5

Jochem heeft een voorstel gedaan om contact met Kiki te kunnen krijgen. Hij schijnt grote moeite te hebben gehad om zich te beheersen toen hij hoorde dat Kiki met blauwe plekken op haar armen was thuisgekomen, nadat ze een paar uur bij hem was geweest.

Pattie kon een glimlach niet onderdrukken, toen ze hoorde dat hij zich duidelijk beledigd voelde. Ze weet dat de actie van de blauwe plekken geen schoonheidsprijs verdient, maar soms moet je nu eenmaal je toevlucht nemen tot wat onorthodoxe maatregelen als je wordt tegengewerkt.

Het gebeurde nadat Kiki voor de laatste keer een middag bij Jochem was geweest. Ze kwam opgetogen thuis en ze vertelde dat ze de volgende keer met papa en oom Ted en tante Fifi een dag naar de Efteling zou gaan. Pattie besloot om die mededeling te negeren en liet het kind de koekjes zien die ze die middag voor haar had gebakken. Kokoskoekjes, waar Kiki zo dol op is. Maar haar dochter keek nauwelijks naar het lekkers, ze wilde alleen over papa, zijn broer, haar tante en de Efteling praten. Ze struikelde over haar woorden en had een hoogrode kleur.

Pattie voelde de woede omhoogkomen. Ze begon glazen te pakken om limonade in te schenken en rukte een zak chips uit de kast.

Kiki wilde geen chips, ze had al een zak van haar vader gehad. En toen gebeurde het.

Pattie weet dat ze zich had moeten beheersen, dat ze tot twintig had moeten tellen, desnoods tot honderd, dat ze het kind de gelegenheid had moeten geven om enthousiast te blijven praten over het uitstapje dat haar was beloofd en dat ze hoofdpijn had kunnen voorwenden om haar rustig te krijgen. Hoofdpijn is al jaren een goede afleidingsstrategie, al was Jochem daar op het laatst niet meer gevoelig voor. Kiki is dat wél. Als mama hoofdpijn heeft, kalmeert ze snel en gaat ze zachter praten. Op dat moment overheerste de woede en verloor Pattie het restje zelfbeheersing dat nog aanwezig was. Ze greep Kiki stevig vast bij haar bovenarmen en schudde haar door elkaar. Het kind gilde dat ze haar pijn deed, maar Pattie hield haar vast en duwde haar nagels in de armpjes van het kind. Ze zag alleen haar man en haar zwager en schoonzus voor zich die zich samen vermaakten in de Efteling, zonder háár. Toen Kiki echt krijste, kwam ze tot bezinning en liet haar los. Het kind bleef maar roepen dat mama haar zo'n pijn had gedaan en was niet tot bedaren te brengen.

Pattie zag direct dat de bovenarmen van het meisje gehavend waren en ze wist dat dit sporen zou achterlaten.

Haar hersenen werkten koortsachtig.

Ze knuffelde, ze wreef over de zere plekken, ze smeerde met calendula en ze legde kokoskoekjes op een schoteltje om samen op te eten. Voor de tweede ronde koekjes liet ze een chocoladereep smelten en goot het warme bruine vocht eroverheen. Het duurde minstens een uur voordat Kiki was bedaard en weer bij haar op schoot wilde zitten. Pattie beloofde haar dat ze de hele avond mocht opblijven om televisie te kijken, Kiki viel die avond om kwart over tien op de bank in slaap en Pattie droeg haar naar boven. Toen ze haar uitkleedde schrok ze van de rode plekken die later eerst blauw en daarna geel zouden worden. Ze werd kwaad op zichzelf en ze nam zich voor om voortaan beter op haar eigen stemming te letten. Het voornemen maakte haar rustiger. Ze wist wat haar te doen stond.

Het heeft een paar dagen geduurd voordat Kiki bereid was om de woorden uit te spreken die Pattie eindeloos bleef herhalen. ‘Papa was boos en hij heeft me heel hard geknepen.’ Daarna duurde het nóg een paar dagen voordat de ongelovige blik in haar ogen had plaatsgemaakt voor iets wat op berusting leek. Pattie kocht de schoenen voor haar waar ze al een tijd om gevraagd had. Ze waren eigenlijk te duur, maar het best geschikt als zoenoffer. Pattie accepteerde een babyshoot waar ze totaal geen zin in had om de aanslag op haar huishoudportemonnee weer op te heffen en het spaargeld ongemoeid te kunnen laten. Ze drukte Kiki op het hart om het verhaal over dat papa haar pijn had gedaan vol te houden, omdat mama dagenlang hoofdpijn zou hebben en haar mooie schoenen terug zouden moeten naar de winkel als ze iets anders vertelde. Daarna verraste ze haar dochter met de rode trui die ze had aangewezen als verjaardagscadeau en beloofde haar voor die verjaardag een smartphone.

Kiki zei tegen haar oma dat papa haar heel erg pijn had gedaan en toonde de nog aanwezige gele plekken op haar bovenarmen. Ze keek niemand aan toen ze haar verhaal vertelde.

Pattie dacht: dat hebben we voorlopig gehad en ze vroeg aan haar moeder om het voorval te laten rusten, omdat ze haar dochter nog steeds nauwelijks tot bedaren kreeg als ze er vragen over stelde. Haar moeder stemde toe en ze beloofde dat ze aan Jochem zou mededelen dat voorlopig uitstel van contact zou gelden tot Kiki zelf zou aangeven dat ze papa wilde zien. Ze vertelde later aan Pattie dat de boodschap nogal was aangekomen. Jochem had de indruk gemaakt dat hij niet begreep waar dit over ging en hij had meerdere keren benadrukt dat hij zijn dochter absoluut niet had mishandeld. Toen heeft Pattie het gewaagd om te vragen wat haar moeder dacht van deze hele situatie.

‘Wat moet hij anders?’ was de wedervraag. ‘Maar mij zeggen die plekken op de armen van Kiki genoeg. Ik moet me in het contact met Jochem alleen op de vlakte houden.’

Dat stelde Pattie gerust, maar ze heeft er steeds rekening mee gehouden dat Jochem toch zou proberen om het contact te herstellen.

Dat is nu dus gebeurd. Hij heeft voorgesteld om zijn broer Ted, die psycholoog is, in te schakelen als toezichthouder. Ted is op Kiki gesteld, dus zijn aanwezigheid hoeft geen bezwaar te zijn. Jochem blijft ontkennen dat er sprake is geweest van geweld, maar hij wil Pattie tegemoetkomen. Zijn broer heeft zich direct bereid verklaard om aanwezig te zijn bij de bezoeken van Kiki aan Jochem. Dat vindt Pattie een ongeloofwaardig aanbod, omdat de broer van Jochem zich nooit veel heeft aangetrokken van het gezin van zijn broer. Of zou er contact zijn geweest buiten haar om? Ze kan zich niet voorstellen dat ze dit dan niet in de gaten heeft gehad. Haar ex is geen stiekemerd, dat moet ze hem nageven. Soms is ze jaloers op de onbevangenheid en de openheid die hij uitstraalt. En op zijn levenslust. Toch houdt de vraag haar bezig of hij voor haar verborgen heeft gehouden dat hij meer contact had met zijn broer dan hij vertelde. Ze zou ook graag willen weten wat die mannen met elkaar bespraken.

Ted is de enige van het gezin waarin Jochem is opgegroeid die een universitaire studie heeft gedaan en hij heeft nooit onder stoelen of banken gestoken dat hij niet begrijpt dat zijn broer zich na de havo liet overhalen om een vakopleiding op mbo-niveau te doen om daarna de slagerij van hun vader over te nemen. Broer Ted voelde zich te slim voor veel contact met zijn familie, heeft ze vaak tegen Jochem gezegd. Ze heeft hem nog vrij recent een over het paard getilde geile wetenschapper genoemd en toen ze die term gebruikte, pieste ze bijna in haar broek van het lachen. Jochem zei dat hij niet begreep waarom ze in dergelijke termen over zijn broer sprak en begon weer eens uit te leggen dat zijn broer een ander leven had gekregen na zijn studie en dat er niets mis was met hun contact, hoe summier het ook was. Nog steeds gelooft ze niets van deze verklaring. Niks summier! Ze heeft de indruk dat zich al lange tijd veel meer afspeelde tussen Jochem en zijn broer dan zij in de gaten had en ze verdenkt Jochem ervan dat hij dat bewust heeft verzwegen. Goed beschouwd had ze dit kunnen weten. De hele familie Tersteege is onbetrouwbaar en dat wist ze al toen ze dat stel voor de eerste keer zag. Ted schijnt nu opeens de steun en toeverlaat te zijn voor Jochem. Om driedubbel van over je nek te gaan. Die belangstelling zal een reden hebben. Misschien heeft hij geld nodig, misschien gaat zijn vrouw vreemd, je weet nooit wat er allemaal speelt tussen mensen die tot de zogenaamde hogere maatschappelijke klasse behoren. Grote kans dat hij seks tekortkomt, maar dat is dan zijn eigen schuld. Zouden de broers hun seksleven met elkaar bespreken?

Nu hebben ze dus iets bedacht. Begeleiding onder toezicht, noemde haar moeder het. Ze waagde het eraan toe te voegen dat iemand die psychologie heeft gestudeerd zal weten waar hij op moet letten. Pattie heeft tegen haar gezegd dat Jochem het kan schudden en dat haar ex-zwager aan het gas kan. De opmerking ontglipte haar, ze weet dat ze zich beter had moeten beheersen. Ze heeft er daarom snel aan toegevoegd dat er rust moet komen in het leven van Kiki en ook in dat van haar en dat afstand daar de beste oplossing voor is.

Haar moeder heeft haar geadviseerd om de omgangsregeling te bespreken met haar advocaat en aan te sturen op nieuwe afspraken. Tot die tijd nergens op ingaan. Ze opperde ook de mogelijkheid om via de ouders van Jochem zijn medewerking te krijgen. Dat idee vindt Pattie te belachelijk om serieus over na te denken. De ouders van Jochem heeft ze altijd zo veel mogelijk op afstand gehouden. Ze zijn aardig, maar ze willen zich toch te graag met het leven van hun kinderen bemoeien. De moeder van Pattie noemt het hardwerkende mensen, met het hart op de goede plaats. Ondernemers met lef, die samen het bedrijf, dat ooit een simpel slagerswinkeltje was, hebben opgebouwd tot een eetwinkel met vrijwel alleen biologisch vlees en een ruim assortiment gezonde maaltijden. Jochems moeder heeft, toen ze Jochems vader ontmoette, haar baan als operatieverpleegkundige opgegeven en zich jarenlang op de zaak en de opvoeding van de kinderen gestort. Volgens de moeder van Pattie verdient ze daar respect voor. Toen ze dat onlangs weer een keer herhaalde heeft Pattie geantwoord dat haar moeder een advocaat van de duivel was. Zonder enig effect. Ze heeft op de avond van die dag twee pakken kaaskoekjes en een zak paprikachips leeggegeten. En haar moeder hartgrondig gehaat.

Pattie heeft geen enkele ambitie om zich bezig te houden met haar ex-schoonouders. Ze vindt één moeder die zich overal mee bemoeit meer dan genoeg. De inmenging van de ouders van Jochem wijst ze af. Ze is van mening dat ze haar energie beter kan richten op haar eigen welzijn. Ze moet beter voor zichzelf gaan zorgen, heeft ze bedacht. Minder eten en minder drinken. Extra werken om Kiki mooie cadeaus te kunnen geven.

Haar dochter is van haar en van haar alleen. Zij is de enige die voor dit kind kan zorgen, zij weet het best wat goed voor haar is.

Haar ex krijgt haar kind niet en zijn familie gaat ze definitief wissen. Elke poging tot contact afwijzen, telefoontjes en apps zal ze voortaan negeren. De hele familie Tersteege is wat haar betreft doodverklaard.

Het besluit voelt goed en maakt haar tegelijk toch ook eenzaam. Waarom hebben andere mensen leuke contacten met hun familie en zij niet? Dat kan toch niet alleen aan háár liggen? Haar moeder beweert van wél. Ze zei een paar dagen geleden nog tegen haar dat ze baat zou hebben bij een minder veroordelende houding en meer inzicht in de noodzaak van verbondenheid. 'Je maakt jezelf onnodig kwetsbaar en eenzaam als je blijft weigeren om te beseffen dat het in ieders leven om vooral geven en in mindere mate om nemen gaat. Wanneer dringt dat toch eindelijk eens tot je door?'

Waarom heeft zij in vredesnaam juist deze moeder?

6

Lieve Kiki,

Je oma Nadia vertelde dat jíj hebt verklaard dat papa je pijn heeft gedaan. Dat is de reden dat ik je niet mag zien, ook niet nadat ik heb aangeboden om mijn broer Ted als begeleider aanwezig te laten zijn. Het viel niet mee om die woorden uit mijn strot te krijgen, lieve dochter. Ik realiseerde me heel goed dat dit voorstel kon worden opgevat als een verkapte schuldbekentenis en koren op de molen zou zijn voor je moeder. Je oom Ted heeft me overgehaald het toch te doen, omdat het ook zou kunnen worden opgevat als een serieus voornemen om jouw veiligheid te waarborgen.

Ik blijf erover piekeren hoe het mogelijk is dat je gezegd hebt dat ik je zó hard heb vastgepakt dat je blauwe plekken had op je bovenarmen. Het enige antwoord dat ik op die vraag kan bedenken is dat je moeder je dit heeft afgedwongen, omdat zij ook de enige persoon is van wie ik weet hoe heftig en ontremd ze kan reageren. En hoe gewelddadig.

Wat hadden we een fijne middag, hè, Kiki? Ik zag je genieten en ik genoot zelf van je enthousiasme toen ik je vertelde dat we binnenkort een dagje naar de Efteling zouden gaan met oom Ted en tante Fifi. Je hebt je oom en tante al lange tijd niet gezien. Ik wilde graag bij hen op bezoek, maar je moeder weerhield me ervan. Ze heeft een hekel aan Ted, omdat hij volgens haar alles wat ze vraagt, zegt en doet ter discussie stelt en haar op een ongunstige manier etiketteert. Ik geef toe dat mijn broer kritisch is, maar beslist ook ruimdenkend en aan etiketteren heeft hij een grondige hekel. Ik kan goed met hem praten, omdat ik weet dat hij niet oordeelt en alleen zegt wat hij van een situatie denkt als het hem expliciet wordt gevraagd. Je oom en ik leven in verschillende werelden, maar komen uit hetzelfde nest en dat schept een band. Hij heeft me in de periode dat ik op de middelbare school zat eindeloos geadviseerd om toelatingsexamen te doen voor het conservatorium, omdat hij ervan overtuigd was dat ik de beste bariton was die ons land ooit had voortgebracht.

Je weet dat ik graag zing, Kiki. Je luistert altijd vol aandacht en vraagt ook altijd om méér. Maar je oom overdrijft als hij me geschikt acht voor het conservatorium. Ik heb een mooie stem, maar dat hebben meer mannen en ik geloof niet in een zangcarrière. Daarom heb ik niet naar mijn broer geluisterd, Kiki. Ik heb aan de wens van mijn vader voldaan, ben slager geworden en zet nu het familiebedrijf voort. Niet iedereen heeft een universitaire opleiding nodig om zich goed te voelen. Ik ben tevreden met wat ik heb. Je opa en oma staan me nog steeds terzijde en laten me op alle mogelijke manieren merken dat ze trots op me zijn. Mijn lieve moeder heeft jouw moeder met open armen ontvangen toen ik haar kwam voorstellen en ze is zorgzaam en hartelijk gebleven toen ze niets terugkreeg dan weerstand en afwijzing. Ik had verwacht dat ze opgelucht zou reageren toen ik aan mijn ouders vertelde dat je moeder wilde scheiden, maar ze huilde en zei dat ze het zo erg vond voor mij en voor jou. Ze zei ook dat ze hoopte dat je moeder nog een keer een man zou vinden die misschien beter bij haar paste en met wie ze gelukkig kon zijn. Geen woord over hoe ze zelf was behandeld, geen oordeel over wat je moeder uithaalde, alleen begrip en compassie. Je hebt de beste oma die je had kunnen krijgen, Kiki. Ik zal niet toestaan dat je ook met haar het contact verliest.

Ik denk veel na over de opmerking van je oma dat ze hoopte dat je moeder een man zou vinden die misschien beter bij haar past. Ik wil het niet toegeven, maar ik weet dat ze gelijk heeft met wat achter deze woorden schuilde. Je moeder en ik pasten niet goed bij elkaar. Hoewel verschillende karakters beslist kunnen matchen en elkaar kunnen aanvullen was er tussen ons te veel verschil in de basis. Je moeder was te eisend en ik te meegaand. Je moeder had meer dan ik de behoefte om te strijden en ik kon haar niet remmen als ze zowel verbaal als fysiek grenzen opzocht en overtrad. Ik was te laf om in te grijpen en haar tot de orde te roepen. Ik was bang voor escalatie en vooral om ons gezinsleven te verliezen. En ik verloor. Daar denk ik over na, Kiki. Niet in de zin van een schuldige aanwijzen, maar meer als criticus van mijn eigen gedrag. Ik praat daarover met je oom Ted, die goed kan luisteren en niet oordeelt. De gesprekken die we voeren veroorzaken uiteenlopende emoties. Ik word net zo gemakkelijk verdrietig als kwaad, ik schiet beurtelings in verzet en berusting.

Scheiden is geen makkie, kind.

Ik zou je nu zo graag willen vasthouden. Ik zou heel voorzichtig kleine kusjes willen drukken op de plekken waar je bent pijn gedaan. Ik zou je willen beschermen voor herhaling. Ik zou er mijn leven voor geven, dat meen ik echt.

Je bent mijn kind en je bent in liefde verwekt. Je was heel gewenst, Kiki, door je moeder en mij, al kwam je sneller dan de bedoeling was. Nu zegt je moeder dat er nooit sprake van een huwelijk zou zijn geweest als ze niet na de eerste keer seks met mij zwanger was geworden. Die opmerking sneed door mijn ziel, Kiki. Maar ik weet dat wat je moeder zegt vaak voortkomt uit impulsieve gedachten en handelingen en dat je je daarvan meestal het best niets kunt aantrekken. Zo zit ze nu eenmaal in elkaar. Na een dergelijke opmerking kunnen de bomen van de liefde opeens weer tot de hemel reiken en kun je als man een tijgerin in je bed hebben. Dit moet ik eigenlijk niet tegen jou zeggen, maar mocht je dit ooit lezen dan ben je al oud en wijs genoeg om te begrijpen waar ik het over heb. Ik wil graag dat je weet dat ik je moeder intens heb liefgehad en dat ik er alles aan heb gedaan om ons huwelijk te laten slagen. Nu zegt ze dat ze vanaf het begin niet van plan is geweest om het langer dan een jaar met me vol te houden en dat ze stapelgek werd van mijn geduld en begrip voor haar streken. Ze zegt ook dat ik slaafs ben en geen ballen heb en dat ik haar wild maak met mijn vergevingsgezindheid. In de ogen van je moeder heb ik alles fout gedaan, terwijl ik dacht dat het goed was om haar haar eigen gang te laten gaan en mijn geduld te bewaren. Maar ik heb vooral alles geslikt en toegestaan omdat ik bij jou wilde zijn. Dat wil ik nog steeds, daar zal nooit verandering in komen. Onthoud dat goed!

Het incident met jouw armpjes maakt me onzeker. Ik weet dat ik jou niets heb aangedaan, maar het lukt me niet om het van me af te zetten. Als ik heel eerlijk ben, had ik nu en dan wel een beetje meer op mijn broer willen lijken. Dat is juist een type waar men liever geen ruzie mee krijgt.

Agressie, ruzie, leugens en sterke verhalen passen niet bij me, Kiki. Misschien had ik toch als man van je moeder wat ongeduldiger moeten zijn, misschien had ik mijn drift ook aan haar moeten laten zien. Dat heb ik niet gedaan, zoals ik al opmerkte kwam dat door jouw aanwezigheid. Ik wilde de vrede in huis bewaren, al ging het vaak ten koste van mijn eigen gemoedsrust.

Op dit moment denk ik dingen die met je moeder te maken hebben en die ik beter niet kan opschrijven. Dat is niet goed voor jou, niet goed voor mij en zeker niet goed voor je moeder.

Ik blijf proberen om je te zien, reken daar maar op.

Nu gaat papa je in gedachten helemaal omver kussen.

Ik hoop dat je aan me denkt, want dan zul je me voelen.

Dikste van de dikste van de dikste kus, meisje van me.

*

Het loslaten begint al op het moment dat een kind geboren wordt. Het is belangrijk om dit te beseffen en je te realiseren dat iedere telg op de wereld is gezet teneinde een zelfstandig individu te worden. Een kind is niet van jou, het komt alleen uit je voort en het verdient de vrijheid om zich te ontwikkelen en een eigen weg te zoeken. Dat die weg misschien niet dezelfde is als die jij voor ogen had, is iets om ernstig rekening mee te houden.

Dat klinkt allemaal goed, maar de realiteit kan er heel anders uitzien. Een kind kan keuzes maken die in jouw ogen onverstandig zijn, of ongewenst, of faliekant fout. Zie dan maar verstandig te blijven en vast te houden aan het principe dat loslaten een onherroepelijk gegeven is.

Een verkeerde keuze kan verstrekkende gevolgen hebben en wanhoop en verdriet veroorzaken. Onmacht, valse hoop, eenzaamheid. Je staat erbij en kijkt ernaar. Je bemoedigt, je troost, je stimuleert en je gaat vanbinnen kapot omdat je weet dat je niets aan een situatie kunt veranderen, dat je er alleen kunt zíjn.

Krijg dan maar eens geen moordneigingen.

Sinds kort is daar dus sprake van.

7

Er valt niet te ontkomen aan een gesprek in aanwezigheid van de broer van Jochem. De moeder van Pattie heeft erop aangedrongen om toe te staan dat Ted aanwezig zal zijn, omdat alles beter is dan de aanwezigheid van een advocaat. Ze heeft benadrukt dat Pattie zo weinig mogelijk moet zeggen en háár het woord moet laten doen.

Ze heeft Pattie ook gewaarschuwd voor dit gesprek. 'Je weet dat Jochem je behoorlijk kan irriteren en dat jij van het ene op het andere moment je geduld kunt verliezen. Laten we eerlijk zijn: geduld heb je maar matig op voorraad.'

Pattie wilde vriendelijk blijven en dwong zichzelf te lachen toen ze antwoordde dat je wel kon merken dat haar moeder haar zelf gemaakt had.

'Dat klopt,' zei haar moeder. 'Soms lijkt het of ik je beter ken dan jij jezelf. Het zou jammer zijn als je je eigen kansen verknalt door een impulsieve uitbarsting of opmerkingen die zich tegen je kunnen keren. Laat mij dus het woord doen en geef alleen antwoord als je een vraag wordt gesteld, maar blijf vooral beheerst en beschaafd. Ik zeg dit tegen je voor je eigen bestwil.'

'Ik weet het,' zuchtte Pattie. 'Maar ik vraag er niet om, hè?'

'Ik begrijp heel goed dat je mij een lastige tante vindt. Toch wil ik graag tegen je zeggen dat ik kritisch ben omdat ik veel van je hou.' Aan haar moeders stem was te horen dat ze volschoot.

Pattie heeft haar dochter naar school gebracht. Bij het afscheid vroeg Kiki wanneer ze papa weer mocht zien en Pattie deed of ze die vraag niet had gehoord. Ze had het liefst 'Nooit meer!' geroepen.

De woorden van haar moeder blijven om haar heen hangen. Vooral de mededeling dat ze zo kritisch is omdat ze veel van Pattie houdt is heftiger binnengekomen dan ze zou willen. Door die woorden voelt ze zich voor de zoveelste keer tekortschieten. Dat ergert haar en maakt haar machteloos. Het zou veel gemakkelijker zijn als haar moeder meer afkeer en teleurstelling zou laten blijken. Tegen dat soort uitingen zou Pattie kunnen ageren en strijden. Ze zijn allebei uitstekend in staat om zich verbaal uit te drukken, maar het lukt haar moeder altijd beter om ook aan te geven hoe het gevoelsmatig voor haar werkt. Dit verschil is niet op te lossen en maakt hun contact daardoor al jaren ongemakkelijk. Soms betrapt ze zichzelf op de gedachte dat ze een veel rustiger leven zou kunnen leiden als ze het contact met haar moeder verbreekt. Maar dat kan niet, want ze heeft haar hulp nog te veel nodig. Het is een kwestie van de rit uitzitten tot Kiki ouder is. Andere vrouwen bespreken zulke zaken met vriendinnen, maar Pattie heeft geen vriendinnen. Eigen schuld, volgens haar moeder. Dat is ook zo'n conclusie waardoor Pattie haar hartgrondig kan haten.

De auto van Jochem staat er al. Hij is natuurlijk keurig op tijd, zelfs te vroeg. Het voorspelbare gedrag van een hardwerkende eerlijke slager. Alles binnen de lijntjes, nooit een uitspatting, meester zijn in geduld bewaren. Ze walgt meer van hem dan ooit en op dit moment kan ze niet begrijpen dat ze seks met hem heeft kunnen hebben. De eerste keer was het bittere noodzaak, de keren daarna ook in zekere mate, maar daarna wordt het onbegrijpelijk. Hoe heeft ze het in vredesnaam bijna zes jaar met deze man kunnen uithouden? Ze begint er steeds meer van overtuigd te raken dat het logisch was dat ze hem schoffeerde, omdat het de enige manier was om van hem af te komen.

Goed beschouwd was Jochem de eerste man die haar fatsoenlijk behandelde. De kerels die hem voorgingen blonken uit in egocentrisme, ijdelheid en geldingsdrang. Ze moest iedere keer opnieuw alle zeilen bijzetten om gezien te worden en ze heeft zich meer dan eens afgevraagd waarom ze eigenlijk altijd voor het soort mannen koos van wie ze wist dat die zich nooit definitief aan een vrouw zouden binden.

'Je zoekt te veel naar lovers die op je lijken,' constateerde haar moeder. 'Richt je eens een keer op een type dat niet overal haantje de voorste wil zijn en die jou meer bewondert dan jij hém.' Ze vond Jochem een uitstekende keuze.

Als Pattie eerlijk is, moet ze toegeven dat ze de aandacht van Jochem best prettig vond. Hij koos voor háár en bleef voor haar kiezen, ongeacht haar gedrag tegenover zijn familie en ongeacht haar gebrekkige aandacht voor hém. Hij koesterde het gezin dat ze waren en hij leidde haar af als ze doordraafde of doorsloeg in haar boze buien.

Ze begroet de broers met een hoofdknik en gaat tegenover hen aan de tafel zitten. Jochem is afgevallen, Ted oogt pafferig.

Pattie heeft een lange zwarte jurk aangetrokken die haar afkleedt. De zwarte enkellaarsjes met een hoge stevige hak staan stoer en maken haar groter. Ze wil zich groot voelen en belangrijk. Ze zit kaarsrecht op haar stoel, haar handen liggen voor haar op de tafel. De handen van Jochem trillen een beetje.

Haar moeder stelt voor om op een redelijke manier met elkaar te praten. Voordat Pattie kan reageren, zegt Jochem dat redelijkheid voor Pattie waarschijnlijk iets te hoog gegrepen is. Het levert hem een por tegen zijn elleboog op.

Pattie kan een glimlach niet onderdrukken. Hij begint zowaar iets te leren!

Ted spreekt namens Jochem, omdat de emoties zijn broer beletten om helder te formuleren. Hij legt uit dat Jochem geen negatieve gevoelens heeft overgehouden aan de manier waarop Pattie hem duidelijk heeft gemaakt dat ze wilde scheiden. Dat doet iedereen nu eenmaal op zijn eigen manier, volgens Ted, en Pattie heeft haar eigen manier gekozen. Dus geen verwijten, niet natrappen want daar gaat het niet om. Het gaat nu over een manier om de bezoekregeling die door de rechter is vastgelegd op een goede manier gestalte te geven en elkaar daardoor recht in de ogen te kunnen kijken.

Pattie valt hem in de rede. 'In de bezoekregeling staat niets over toestemming om je kind te mishandelen.'

Jochem krimpt in elkaar en lijkt iets te willen gaan zeggen, maar Ted is sneller met reageren. Zijn stem is kil als hij antwoordt dat Jochem zijn dochter absoluut geen pijn heeft gedaan en niet begrijpt waarom ze dit heeft gezegd. Hij oppert de mogelijkheid dat ze dit heeft gedroomd en dat de droom een eigen leven is gaan leiden.

Pattie negeert de waarschuwende blik in de ogen van haar moeder. 'Begrijp ik het goed? Heeft de persoon in haar droom de plekken op haar bovenarmen veroorzaakt? Hoe dan? Zullen we ons gewoon aan de feiten houden? Ze kwam overstuur thuis en zei dat haar armen pijn deden. Eerst mocht ik er niet naar kijken, maar toen ik bleef aandringen liet ze me zien wat ze bedoelde.' Haar stem slaat over. 'Pure mishandeling was het, Ted! En jij hebt het nu over een droom? Ik heb vanmorgen nog aan haar gevraagd wanneer ze papa weer wilde zien. Het antwoord was: nooit meer.'

Ze kijkt Jochem aan en ze is niet van plan om haar ogen neer te slaan. Dat hoeft ook niet, dat doet híj al.

Dit gevecht gaat ze winnen.

Ted stelt voor om even te pauzeren en wat te drinken. Hij wijst naar de waterkan die op tafel staat.

De moeder van Pattie haalt snel voor iedereen een glas.

Pattie zou liever een stevige borrel hebben.

Ze kijkt naar de ineengedoken figuur die tegenover haar zit en ze realiseert zich dat hij moet verdwijnen uit haar leven, omdat ze anders nog maanden vastzit aan dit soort onzinnig gekrakeel. Het moet afgelopen zijn.

8

Lieve Kiki,

Het is niet gelukt om je moeder over te halen en nu moet ik me bezinnen op verdere stappen. Je oom Ted en ik hadden er niet op gerekend dat ze zo halsstarrig zou zijn toen we voorstelden om de bezoekregeling voorlopig te beperken tot één keer per week op woensdag in aanwezigheid van mijn broer. We vonden het allebei een gunstig voorstel en we gingen ervan uit dat je moeder het niet zover zou laten komen dat we de rechter moeten inschakelen. Maar dat deed ze wel en dat betekent dat we elkaar voorlopig nog niet kunnen zien. Dat maakt me verschrikkelijk verdrietig, Kiki. Wat kan ik toch fout hebben gedaan waardoor het zover heeft kunnen komen? Ik begrijp het niet.

Ted heeft me erop geattendeerd dat je moeder een persoonlijkheidsstoornis heeft. Hij heeft me ook verteld dat hij dit al in de beginperiode van onze relatie in de gaten had en dat hij je opa en oma dringend heeft geadviseerd om deze relatie niet toe te juichen. Dat hebben ze ook niet gedaan, want daar kregen ze geen gelegenheid voor. Je moeder heeft mijn ouders vanaf het begin zo veel mogelijk buitengesloten omdat ze zich niet thuis voelde bij hen. Ik heb haar in mijn blinde verliefdheid gevolgd en afstand genomen. Behalve op verjaardagen en nu en dan met andere feestdagen zag ik mijn ouders alleen in de zaak en ze hebben me nooit moeilijke vragen gesteld noch verwijten gemaakt. Ze zagen jou alleen als ik je ophaalde uit het kinderdagverblijf als je moeder moest werken en ik je meenam naar de winkel om op haar te wachten. Dan speelden mijn ouders met jou in de ruimte waar het personeel koffiedronk en lunchte. Ze hadden daar speciaal voor jou speelgoed aangeschaft dat je alleen in die ruimte mocht gebruiken. Je sprak daar nooit met je moeder over, je leek goed aan te voelen dat je dit beter niet kon doen.

Mijn ouders zijn dol op jou, hun enige kleinkind, en ik zie het verdriet en het gemis in hun ogen nu jij opeens niet meer komt. In hun ogen herken ik ook mijn eigen verdriet.

Je lijkt in veel opzichten op mij, lieve dochter. Maar ik heb die conclusie nooit meer hardop uitgesproken nadat je moeder als een gillende furie op me afkwam, me schopte en in mijn gezicht spoog nadat ik het had gewaagd om hier een trotse opmerking over te maken.

Je mocht niet op mij lijken, Kiki. Waarom wilde ze mij toch niet in jou zien? Wat is er tegen een mooie bloedband? Je bent als kind toch geboren uit twee mensen?

Ik moet steeds denken aan het woord dat Ted gebruikte. Persoonlijkheidsstoornis.

Hoe is het mogelijk dat dit nooit eerder in me is opgekomen?

Het is misschien moeilijk te begrijpen, maar ik was vanaf het moment dat ik je moeder in een bar ontmoette stapelverliefd. Normaal gesproken vind je iemand aardig of bijzonder aardig en aantrekkelijk, maar ik sloeg alle aanloopvarianten over en viel meteen als een blok voor haar.

Nadat ze mijn naam had gehoord vroeg ze of ik soms een broer had die psycholoog was. Toen ik dat bevestigde vertelde ze dat een vrouw die ze kende bij hem in therapie was geweest en nog steeds vol lof over hem sprak.

Ze liet zich mijn aandacht aanleunen, accepteerde een drankje, glimlachte om mijn onbeholpen grapjes, maar was in geen velden of wegen meer te bekennen toen ik terugkwam van het toilet, terwijl ze me had beloofd dat ze mijn plek aan de bar zou vrijhouden.

Ik was onthutst en verdrietig. De barkeeper vroeg of ik nog iets wilde drinken, maar ik rekende af en liep naar buiten.

Daar stond ze, met een brede lach en ondeugende ogen.

'Ik dacht dat je nooit meer kwam,' zei ze. Toen kuste ze me en ze fluisterde dat ze me mee ging nemen naar haar huis om me een geweldige nacht te bezorgen. Ik liet me meetronen, uitkleden en bezitten. Want dat gebeurde, ze bezat míj en ik kon haar niet weerstaan. Dat wilde ik ook niet en er bleek een minnaar in me geschuild te hebben die ik nooit eerder had ontmoet. De zon scheen al toen we eindelijk in slaap vielen. In die eerste nacht hebben we jou verwekt. Dacht ik. Denk ik.

Ik wil mezelf geen twijfel toestaan, wat mijn broer ook tegen me zegt. Jij bent mijn kind en dat zul je blijven.

Dikke kus van papa.

9

Het is een beetje uit de hand gelopen en Pattie weet dat ze zich wat meer had moeten beheersen. Ze had zich beslist voorgenomen om dat te doen en zich niet te laten verleiden tot uitspraken die olie op het vuur zouden gooien en consequenties konden hebben.

Ze bleef kalm toen Ted de aanval opende. Hij kondigde aan dat het wel erg gemakkelijk voor Pattie zou zijn als ze met haar gedrag zou wegkomen. Voordat iemand daar iets tegen in kon brengen, stelde Pattie de vraag die ze niet had moeten stellen. Ze kon de ergernis die ze voelde horen in haar eigen stem toen ze vroeg waar ze dan volgens haar ex-zwager, met de nadruk op ex, schuldig aan was.

Ted had een staalharde blik in zijn ogen toen hij Pattie aankeek en haar bleef aankijken terwijl hij vertelde dat hij natuurlijk wist dat mensen die met elkaar getrouwd zijn niet per definitie altijd samenblijven, maar dat het toch heel goed mogelijk was om te scheiden op een beschaafde manier. De stilte die daarna viel benutte hij om wat rechterop te gaan zitten en toen ging hij pas echt los. Hij had het over ontrouw en benadrukte dat hij lichamelijke ontrouw kon begrijpen. Hij noemde de mens in wezen een polygaam individu dat door religie, traditie en cultuur zijn kern was kwijtgeraakt. Hij pleitte voor het persoonlijk recht om lichamelijke trouw in te vullen in eigen stijl en naar eigen overtuiging. In die zin noemde hij de keuze van Pattie om tijdens de week die ze samen met Jochem en Kiki in een vakantiebungalow doorbracht het bed te delen met de gast uit de naastgelegen bungalow hooguit slordig. Maar het ging voor hem te ver om die man de volgende ochtend mee te nemen naar haar eigen gezin en hem aan haar man en dochter voor te stellen. Om niet te spreken van de kwetsende opmerking tegen haar man die hem duidelijk moest maken dat hij nog veel van haar nieuwbakken minnaar zou kunnen leren. En dat dan allemaal in aanwezigheid van hun kind.

Haar moeder zette grote ogen op. Jochem plukte aan zijn trui.

Pattie lachte. Ze schaterde, ze snikte het uit. Ze kreeg de hik en werd door haar moeder meegenomen naar de keuken, waar ze langzaam tot bedaren kwam.

Haar moeder adviseerde haar om Jochem toe te staan hun kind te ontmoeten met begeleiding van haar zwager. 'Hij is en blijft haar vader,' pleitte ze. 'Het is belangrijk dat Kiki contact met hem houdt. Ze moet buiten jullie strijd blijven.'

Pattie klemde haar lippen op elkaar en liep terug naar de kamer waar de twee mannen zwijgend samen zaten. Ze ging voor Jochem staan en zei dat hij haar kind moest vergeten.

Hij antwoordde dat Kiki hún kind was en dat hij recht had op contact.

Ze haalde diep adem door haar neus en toen zei ze het. 'Kiki is niet van jou, snap dat eindelijk eens, sufferd.'

*

Je weet dat het een spookgedachte is die je moet omzeilen en beslist niet moet koesteren. Je bent een beschaafd persoon die een steun en toeverlaat kan zijn voor iedereen die het nodig heeft, een thuis, een veilige haven.

De meeste mensen met gezond verstand denken niet aan moord.

Een enkeling wél en dat heeft meestal te maken met onmacht.

Hoe is het mogelijk dat er mensen bestaan die andere mensen willens en wetens willen kwetsen? Wat heb je meegekregen in je opvoeding als je niet bereid bent om rekening te houden met je partner? Waarom zou je liegen of het gedrukt staat als de waarheid nergens voor omzeild hoeft te worden? Kun je jezelf nog recht in de ogen kijken als je traineert, manipuleert, geestelijk amputeert? Maar de echte hamvraag is: wie ben je als je de vader van je kind buitenspel wil zetten?

Wat ben je dan?

Dan ben je een secreet, niet meer en niet minder. Dan verdien je het licht in je eigen ogen niet, dan mag je niet rekenen op enige vorm van compassie, dan kun je wachten op een tegenactie en hoop dan maar dat je er genadig van afkomt.

Maar reken er niet op.

10

Lieve Kiki,

Mijn broer wil dat ik ga aandringen op een test om vast te stellen of ik wel of niet jouw vader ben. Maar ik wil geen test, omdat ik ervan overtuigd ben dat jij mijn genen hebt en dus mijn dochter bent.

Ik herinner me als de dag van gisteren de periode dat je begon te lopen. Dat deed je snel nadat je jezelf overeind kon hijsen aan de spijlen van je box. Je kroop dan door de kamer naar die box toe en ging staan. En opeens liep je, met je beide armpjes vooruitgestoken, een beetje waggelend maar door niets en niemand tegen te houden. Je stapte parmantig rond en het duurde niet lang tot je door het hele huis rende. Maar je bleef als je startte met lopen altijd een beetje waggelen, alsof je gemakkelijk uit balans te brengen was en eerst je evenwicht moest vinden. Ik loop op dezelfde manier en mensen die me niet kennen denken vaak als ik opsta dat ik gedronken heb. Wij missen de vaardigheid om stabiel stil te kunnen staan en we moeten ons vaak ergens aan vasthouden, vooral dus bij de start. Mijn broer Ted heeft jaren geleden al tegen me gezegd dat dit kon duiden op een ontwikkelingsstoornis in mijn brein. Ik heb liever te maken met een afwijking die wat gewiebel met zich meebrengt dan met een stoornis die een negatieve invloed heeft op mijn karakter. Gelukkig heb je mijn genen gekregen op het gebied van stoornissen. Daardoor ben ik niet bang voor wie je zult worden als je volwassen bent en juist omdat je manier van voortbewegen zelfs voor iemand die slecht ziet te linken is aan hoe ik me voortbeweeg, weet ik zeker dat je mijn dochter bent.

Maar nu beweert je moeder dat ze tot vlak voordat we elkaar tegenkwamen in een bar een hartstochtelijke relatie had met een getrouwde man en dat het initiatief om mij te verleiden was te wijten aan haar vermoeden dat ze zwanger van hem was geworden. Ze wilde geen ongehuwde moeder zijn en ik was de kans die ze greep. Dat zei ze werkelijk, ik was een kans. Onze eerste nacht samen had voor haar niets te maken met verlangen of verliefdheid en de vele wilde nachten die volgden moesten de indruk wekken dat het goed zat tussen ons, zodat ik haar een aanzoek zou doen en daadwerkelijk met haar zou trouwen. Dit brengt me tot de conclusie dat mijn huwelijk met je moeder gebaseerd was op een vooropgezet plan en niet op liefde van haar kant. Er was wel sprake van liefde bij mij, ook nadat ik haar beter leerde kennen en te maken kreeg met haar sterke en soms extreme stemmingswisselingen, haar onverwachte woedeaanvallen en haar dagenlang durende depressies. Ik accepteerde haar zoals ze was en ik wilde niets weten van inmenging van mijn familie, ik wilde de problemen die ik had zelf oplossen. Maar dat redde ik toch niet en ik nam regelmatig mijn moeder in vertrouwen. Je oma kan goed luisteren, Kiki, en als ik tegen haar zei dat ik alleen een luisterend oor verwachtte en geen adviezen wilde horen, liet ze me met rust. Ze heeft me ook altijd beloofd om niet met anderen te praten over wat ik aan haar vertelde. Nu ben ik erachter gekomen dat mijn vader en oom Ted alles weten van mijn situatie en al moet ik toegeven dat ik vooral de hulp van je oom momenteel goed kan gebruiken, het steekt me dat mijn moeder heeft gepraat. Ik heb haar daarop aangesproken en ik was niet vriendelijk. Ze verdedigde zich door te zeggen dat ze zich al jaren erge zorgen maakte over mijn huwelijk en vooral over mij en dat mijn vader en Ted de enige personen waren met wie ze deze zorgen kon delen. Mijn vader is haar steun en toeverlaat en Ted is immers door zijn studie een professional op het gebied van menselijke relaties? Het maakte mij niet uit in welk opzicht Ted een professional is, het gaat mij erom dat ik niet kan accepteren dat mijn moeder niet wil inzien dat ze mijn vertrouwen heeft beschaamd. Onze relatie is daarna bekoeld. We werken nog steeds samen, ik blijf zorgen voor een goede sfeer in ons bedrijf, ik ben vriendelijk en attent voor mijn ouders en ik durf gewoon te zeggen dat ik gekwetst en teleurgesteld ben door wat je moeder me heeft aangedaan, maar diepzinnige vragen zijn aan mij niet meer besteed en ik deel alleen wat me uitkomt. Daarbij gaat het vooral om jouw afwezigheid, om het gemis en het verlangen en om de angst dat we je voor jaren kwijt zullen zijn. Dat is een familiegevoel, daar kan ik deel van uitmaken.

Ik vind het leven momenteel moeilijk, Kiki. Ingewikkeld en oneerlijk. Niemand weet dat ik brieven aan je schrijf en die zorgvuldig bewaar in een goed versleutelde link op mijn computer. Mijn gedachten voor en over jou zijn alleen van mij en eventueel later ook van jou. Tegen de tijd dat je mijn brieven mag lezen zal ik eerst heel goed teruglezen wat ik schreef en stukken die je beter niet kunt weten zal ik dan deleten.

Ik zal bijvoorbeeld wat ik nu nog tegen je wil zeggen niet laten staan. Ik ga je niet opzadelen met mijn negatieve gedachten en ik wil beslist geen wig drijven tussen je moeder en jou. Toch schrijf ik nu op dat ik op dit moment je moeder met liefde zou willen vermoorden. Geruisloos en onopvallend, zonder een spoor na te laten. Ik wil haar verwijderen. Je papa is een beetje van het padje af, lieve Kiki. Vergeef me, alsjeblieft.

De zomerhitte laat mijn hersenen langzaam smelten.

Aai over je bol van papa, die het leven momenteel niet helder meer ziet.

11

Kiki zeurt de hele tijd dat ze wil leren lezen, omdat ze bijna zes is en binnenkort naar de basisschool gaat. Pattie heeft er grote moeite mee om haar geduld te bewaren en op een rustige manier uit te leggen dat haar dochter niet al bijna zes maar net vijf is en dat de meeste kinderen pas leren lezen in groep drie van de basisschool. Het is haar tot nu toe gelukt om kalm te blijven, maar sinds Kiki steeds vaker begint te zeggen dat ze aan haar vader wil vragen of hij haar wil leren lezen, jeuken haar handen soms en moet ze tot bijna duizend tellen om te voorkomen dat er opnieuw blauwe plekken zullen ontstaan. Ze neemt iedere klus aan die ze kan krijgen om extra cadeautjes te kopen en ze heeft daardoor zelfs een paar dagen geleden toegestemd in een erotische fotosessie voor twee mannen. Eerdere verzoeken heeft ze altijd afgewezen, maar nu is het heel belangrijk om geld te verdienen. De prijs die haar geboden werd, was te aantrekkelijk om te weigeren. En ook al zal ze het nooit hardop zeggen, ze is beslist nieuwsgierig naar wat ze te zien zal krijgen. Kijken naar erotiek is een nieuwe dimensie in haar werk. Wie weet bevalt het haar en is er veel geld mee te verdienen.

Ze heeft tegen haar moeder gezegd dat ze een opdracht heeft voor een trouwreportage en ook de receptie moet vastleggen. Haar moeder vond het belachelijk dat mensen tegenwoordig nog foto's laten maken voor een album, terwijl je alles digitaal kunt bewaren. Ze schudde met haar hoofd over wat zij 'een kwestie van bekrompen denken en niet met je tijd meegaan' noemde.

De erotische sessie van de twee mannen wordt een digitaal project. Pattie heeft met de heren afgesproken dat ze na afloop samen alle opnames doornemen, de mannen daarna een keuze maken voor ten minste twintig en maximaal dertig foto's, de gekozen exemplaren ter plekke in een speciaal document worden opgeslagen en naar hun eigen mailadres worden doorgestuurd, de rest direct wordt vernietigd en de heren haar contant betalen. Dat wordt cashen. Morgen koopt ze voor Kiki de rode sportfiets die ze graag wil hebben. De rest van het geld gaat ze besteden aan nieuwe kleren. Ze is weer aangekomen en nu kan ze geen enkele broek meer dragen, zelfs die gemaakt zijn van elastisch materiaal niet. Ze walgt van haar eigen hangbuik en haar lubberende bovenarmen. Vanaf volgende week gaat ze op weekdagen niet meer drinken en ook niet meer snacken. Ze voelt zich niet goed in haar vadsige lijf en ze wil de opmerkingen van haar moeder over vetrollen en een blubberbuik niet langer hoeven aanhoren. Ze wil ook een manier bedenken om haar huisarts in bed te krijgen, want in de rij voor de kassa in de supermarkt heeft ze iets opgevangen over zijn scheiding. Hij schijnt vrij plotseling verlaten te zijn door zijn vrouw en het daar moeilijk mee te hebben. Kom maar bij Pattie, denkt ze de hele dag. Laat je maar verwennen en raak maar verslaafd aan haar vingers en haar mond die je buiten jezelf kunnen laten raken. Als ze zulke dingen denkt, probeert ze niet voor zich te zien hoe Jochem in alle staten van geile gekte raakte en als ze dan de geluiden weer hoort die hij maakte, begint ze heel hard te zingen. Waarom denkt ze daaraan? Wissen, die uitspattingen. Streep erdoor, uitbannen, vernietigen.

Jochem in zijn geheel vernietigen zou nog een beter idee zijn, maar hoe pakt ze dat aan?

Dit is niet de eerste keer dat ze nadenkt over op welke manier ze Jochem kan vernietigen. Is deze gedachte te wijten aan haar wanhoop omdat het niet lukt om hem buiten haar leven en dat van

Kiki te houden? Of moet ze gewoon toegeven dat dit plan het logische gevolg is van haar beslissing om hem toe te laten als partner? Het heeft weinig zin om hier een analyse voor te bedenken, het heeft wél zin om serieus na te denken over een manier om Jochem permanent te verwijderen. Dit idee vereist dat ze niets aan het toeval kan overlaten.

En niemand mag weten wat ze van plan is.

Maar eerst die huisarts. Ze wil een afspraak maken, maar waar kan ze last van hebben om hem haar aan te laten raken op de plek die ze nauwelijks in toom kan houden als ze alleen maar aan hem dénkt? De klacht van pijn na seks zal een uitstrijkje en een manueel onderzoek kunnen opleveren. Goed idee. Ze wil met haar benen in de beugels en met haar naakte onderkant voor hem liggen. Hij zal eerst aan de gang gaan met zo'n verschrikkelijke eendenbek, maar daarna volgt dan het manuele onderzoek. Ze wil zijn vingers voelen en fantaseren over méér. Het is te lang geleden dat ze seksueel werd aangeraakt, nu snakt ze ernaar. Ze wil begeren en begeerd worden.

Ze móét begeerd worden. Het eenzame gevoel zal op die manier te verdrijven zijn. Ze mag dan te dik zijn, maar met haar libido is niets aan de hand. Dat hoeft niet af te slanken.

Op het moment dat ze in de lift naar de derde etage stapt, waar haar klanten wonen, hoort ze een app binnenkomen van Jochem. Die wil natuurlijk een DNA-test laten doen.

Ze opent het bericht, buigt zich over het toestel en leest het nog een keer.

Dit gaat goed. Wie weet, kan ze hierdoor Kiki een woensdagmiddag onder toezicht bij hem laten zijn.

De man die de deur opent is oogverblindend mooi. Hij zou wat haar betreft in natura mogen betalen. 'Hallo, ik ben Flip,' zegt hij, terwijl hij haar van top tot teen bekijkt. Pattie heeft de neiging om te controleren of de blouse die ze draagt niet te ver openstaat.

Flip glimlacht.

Ze heeft nog nooit erotische foto's gemaakt en zeker niet van twee mannen. Het is belangrijk om zich goed te realiseren dat dit werk is en dat het geld oplevert. Er wordt niet van haar verwacht dat ze participeert, er wordt verwacht dat ze lust, uitdaging, spanning, ondeugd vastlegt en erotiek zichtbaar maakt. De man die de deur opendeed heeft haar dit allemaal uitgelegd en nu kronkelt hij, raakt aan, duwt weg, schuurt met zijn onderlijf langs de slip van zijn partner en laat tussendoor het puntje van zijn tong zien. De partner is de ontvanger, een soort meewerkend voorwerp. De mannen dragen alleen een slip, ze hebben nadrukkelijk gezegd dat ze niet totaal naakt zullen zijn. Ze vinden totale naaktheid niet opwindend.

Pattie drukt voortdurend af, zonder iets te vragen of te zeggen. De mannen doen het werk, zij legt alleen vast.

Ze voelt dat ze opgewonden is, maar ze houdt haar gezicht in de plooi en ze richt haar camera vooral op de bovenlijven. Op de monden, die zonder iets te zeggen een adembenemend verhaal vertellen.

Ze probeert niet naar het gezicht van Flip te kijken, maar als ze even niet oplet ontmoeten haar ogen die van hem.

Ze houdt haar adem in.

'Zo is het genoeg,' zegt Flip.

Pattie houdt haar camera stevig vast en tuurt naar de display.

De mannen verdwijnen en komen even later helemaal gekleed terug. 'Laat maar zien,' zeggen ze tegelijk.

12

Lieve Kiki,

Ik weet niet wat er precies is gebeurd, ik denk dat het te maken kan hebben met de app die ik aan je moeder stuurde. In die app heb ik gemeld dat ik afzie van een DNA-onderzoek, omdat ik ervan overtuigd ben dat jij mijn dochter bent en mijn verantwoordelijkheid in die zin serieus neem. Ik heb je moeder voorgesteld om de strijdbijl te begraven en aan het belang van ons kind te denken. Ik heb ook aangeboden om het alimentatiebedrag voor jou met honderd euro per maand te verhogen en dat cash aan haar te betalen, ook al weet ik dat die honderd euro niet aan jou besteed zullen worden. Je moeder is gek op cash, weet je. Dat geld kan ze uitgeven zonder aan iemand verantwoording af te leggen. Ik weet dat het besteed zal worden aan alcohol en zoetigheid. Ze gaat er geheid flessen Baileys, petitfours en slagroomtruffels van kopen. En nog verder uitdijen en vaker wijde jurken dragen en nieuwe broeken kopen van rekbare stof.

Ze doet maar, mij maakt het niet uit. Het enige wat telt is dat ik jou weer zie, je weer vast kan houden en je kan horen zeggen dat je veel van je papa houdt.

Kom maar, Kiki.

Ik denk niet meer aan vermoorden of zoek laten raken, ik denk weer na op een normale manier. Doordat ik de afgelopen weken veel met mijn broer heb gesproken, begin ik steeds beter in te zien dat scheiden van je moeder voor mij een kans betekent. De kans op een toekomst zonder op mijn tenen te moeten lopen en de kans om op zoek te gaan naar een vrouw die beter bij me past. Het moet dan wél een vrouw zijn die ook bij jou past, dat zul je begrijpen. Wie kiest voor mij, kiest ook voor jou. Onvoorwaardelijk.

Ik denk nu een beetje te ver vooruit, neem me niet kwalijk. Eerst ga ik me maar eens verdiepen in het kopen of huren van een ander huis. Mijn ouders raden me sterk aan om iets te kopen, ze willen financieel graag bijspringen. Het zomerhuisje waar ik nu woon is klein en mag niet als permanente woning gebruikt worden. Ik kan het verkopen, dat zal geen probleem zijn want dit soort huisjes zijn heel gewild en brengen veel geld op. Ik heb het huis waar jij nu woont aan je moeder gelaten, in die zin dat ik mede-eigenaar blijf maar een ander adres heb en houd. Mocht je moeder het huis willen verkopen, dan moeten we om de tafel om realistische afspraken te maken. Ik heb haar toegezegd dat ik uitermate coulant zal zijn. Dat heb ik niet gedaan om haar een plezier te doen, dat deed ik om een goed onderkomen voor jou te waarborgen. Ik red mezelf wel, Kiki. Ik werk hard, ik verdien genoeg geld om mezelf te bedruipen en ik heb in ruil voor het huis kunnen bedingen dat ik alleen alimentatie voor jou moet betalen en de enige eigenaar blijf van het zomerhuisje. Toegegeven, dat kwam allemaal niet spontaan in me op. Mijn ouders en mijn broer hebben me daarbij geadviseerd. Ik was namelijk aanvankelijk een beetje de weg kwijt en kon alles moeilijk overzien. Nu ben ik er weer.

Aanstaande woensdag haal ik je op om twaalf uur, samen met oom Ted. We gaan dan met ons drietjes lunchen in de stad en ik weet nu al dat je voor McDonalds zult kiezen. Dat is goed. De volgende keer koken we samen iets lekkers en dan nodigen we je tante uit om ook te komen. En natuurlijk gaan we ook binnenkort nog een dag naar de Efteling. Je oom vertelde me gisteren dat hij en tante Fifi heel erg naar je uitkijken. Je tante hield zich tot nu toe steeds afzijdig, dat had te maken met haar afkeer van je moeder. Ik kan het haar niet kwalijk nemen, ze is welkom in ons leven. Dat heb ik ook namens jou gezegd. Alles komt goed, Kiki. Ik hou heel veel van jou. Het lukt me momenteel om weer een heel klein beetje in een toekomst te geloven waar we allebei en vooral samen een plaats in hebben.

De dikste kus die mogelijk is van papa.

13

De erotische fotosessie met de twee mannen heeft iets in Pattie losgemaakt. Tijdens de shoot lukte het om op geen enkele manier te laten blijken dat de tederheid, de spanning en de lust die ze vastlegde haar onrustig maakten. Ze sprak zacht, stelde korte vragen en gebruikte de camera als schild. De mannen leken niet te merken dat ze aanwezig was, die hadden alleen oog voor elkaar. Het is nog steeds een geruststellend idee dat ze daardoor niets zullen hebben gemerkt van de opwinding die haar steeds meer begon te beheersen naarmate de fotosessie vorderde. Terwijl ze samen met de mannen de foto's bekeek, zag ze niet alleen de zinderende emoties van de mannen tevoorschijn komen, maar ook die van haarzelf. Gelukkig maakte niemand daar een opmerking over, de minnaars waren te veel met zichzelf bezig. Dat hoopt ze, althans.

Ze kochten veertig foto's, omdat ze het niet over hun hart konden krijgen om de tien die ze niet hadden begroot maar die ze wel ongeëvenaard goed vonden te vernietigen. Toen ze de foto's bekeken en kozen, voelde Pattie de gekmakende erotische opwinding langzaam verdwijnen en lukte het haar om kalm te worden. Pas later sloeg de onrust toe en die is nog niet verdwenen.

Ze probeert een manier te verzinnen om rustiger te worden. Haar dochter is pas tien minuten geleden opgehaald door haar ex met zijn waterige ogen en zijn broer die beslist een keer een prijs krijgt voor hautain gedrag, en nu is ze al in alle staten van angst door een slecht voorgevoel. Ze wil daarmee stoppen en afleiding zoeken. Ze heeft niet voor niets over anderhalf uur een afspraak bij haar huisarts. Het was nog een hele toer om de hinderlijke assistente te overtuigen van de noodzaak voor een onderzoek. Volgens dat smurfje komt het vaker voor dat vrouwen pijn hebben na de seks en kan dit te maken hebben met het begin van de overgang. Ze had een minder discutabele reden moeten opgeven, of helemaal geen reden moeten verzinnen. Waar bemoeit dat domme wicht zich mee en waarom accepteert de huisarts dat een simpele assistente vragen stelt over privézaken? Je leest tegenwoordig overal dat huisartsen meer en meer overbelast raken, maar het kan toch niet de bedoeling zijn dat een assistente gaat bepalen of een uitstrijkje nodig is?

Het is Pattie gelukt om alle vragen die op haar werden afgevuurd kalm te beantwoorden. Die troel aan de andere kant van de lijn kon gelukkig niet zien dat het hele bloemstuk van gedroogde bloemen, door de moeder van Pattie ongevraagd op de eettafel gezet, vakkundig is versnipperd. Nóg een probleem: aan haar moeder uitleggen waarom haar stroboeket verpulverd is. Misschien kan ze het best de waarheid spreken en zeggen dat ze niet van gedroogde bloemen houdt en dat haar moeder dit heel goed weet, dus dat ze niet begrijpt waarom dat boeket opeens op de tafel moest staan. Dit gaat herrie opleveren en zogenaamde eerlijke uitspraken waar ze niet op zit te wachten. Ze zal moeten bedenken hoe ze ruzie kan voorkomen, want als haar moeder zou besluiten om zich niet meer beschikbaar te stellen om op te passen heeft Pattie een probleem. Ze peinst er niet over om Jochem in te schakelen, het is juist belangrijk om hem uit te schakelen. Wat zou het fijn zijn om dit met iemand te bespreken die niet persoonlijk betrokken is bij haar scheiding, iemand als haar huisarts bijvoorbeeld. Als Naut.

Ze is van plan om hem niet langer dokter Smede te noemen en tegen hem te zeggen dat zij niet langer aangesproken hoeft te worden als mevrouw Van Rossem. Het wordt Naut en Pattie. Ze zal hem niet toestaan om haar tegen te spreken.

Een arts, denkt ze. Een huisarts. Goed ontwikkeld, financieel onafhankelijk, momenteel iets te dik maar dat is ze zelf ook. Hun eerste gezamenlijke project kan gericht zijn op afvallen.

Ze moet lachen om haar eigen fantasie. Nu weer normaal doen, eerst dat onderzoek. Nog een keer controleren of ze geen enkel schaamhaartje heeft laten zitten, de doos nog een keer insmeren met de lekker geurende crème en de zwarte satijnen slip aantrekken die ze straks achteloos op een plaats gaat neerleggen die hem niet kan ontgaan. Ze weet hoe mannen kunnen kijken naar glanzende zwarte zijde met een doorzichtig tussenstukje.

Ze wil Kiki even bellen om te vragen of alles goed gaat. Haar vingers hangen al boven haar mobiel. Niet doen, niet doen, niet doen.

Ze moet vandaag iets kopen, het maakt niet uit wát of wat het kost. Later, als ze bij Naut is geweest. Ze kijkt op haar horloge. O my God, ze had er al moeten zijn!

De assistente groet haar vriendelijk en zegt dat het goed uitkomt dat Pattie te laat is, omdat het spreekuur is uitgelopen. De dokter zal over hooguit tien minuten voor haar beschikbaar zijn.

Beschikbaar. Die tut moest eens weten hoe beschikbaar Pattie is. Ze gaat in de uiterste hoek van de wachtkamer zitten en vermijdt oogcontact. Laat Naut alsjeblieft opschieten.

'U kunt naar binnen,' zegt de assistente.

Pattie loopt naar de deur van Nauts kamer en duwt hem open.

Er zit een jonge man achter het bureau die ze nog nooit heeft gezien. 'Goedemiddag, u bent mevrouw Van Rossem? Kom binnen. Mijn naam is Mees van Zwol, ik ben huisarts in opleiding. Gaat u zitten.'

Pattie negeert de uitnodiging en ze blijft in de deuropening staan. 'Waar is Naut? Ik heb een afspraak met hem en niemand heeft me verteld dat er een andere dokter zou zijn.'

Mees vertrekt geen spier. 'Dokter Smede heeft me gevraagd om het middagspreekuur over te nemen in verband met familieomstandigheden. U hoeft zich geen zorgen te maken, ik ben volledig bevoegd. Gaat u toch zitten.'

Ze wil het niet, ze moet het tegenhouden, het is onverstandig, maar ze doet het toch. Ze begint te schreeuwen en het maakt haar niet meer uit wat ze zegt.

Die verdomde satijnen slip kriebelt. Ze moet hier weg.

Het is gaan regenen en ze heeft natuurlijk geen paraplu bij zich. Pattie rent naar de auto en ploft op haar stoel. Ze hijgt en ze snottert. Wat een afgang is dit, wat een stompzinnige afgang.

Hij heeft expres een andere dokter het middagspreekuur laten doen. Ze zal de laatste keer dat ze Naut zag wel te nadrukkelijk hebben laten merken dat ze hem leuk vond. Daar is die angsthaas van op de vlucht geslagen.

Ze krabt hard aan haar kruis. Die verdomde slip moet uit, dat ding jeukt verschrikkelijk. Snel naar huis en het brandende gevoel eerst afspoelen met lauw water. Daarna Jochem bellen dat hij Kiki morgen pas hoeft terug te brengen. En vanavond de stad in en niet alleen naar huis gaan. Het maakt niet uit of het een mooie man is of een lelijkerd, hij mag blank zijn, zwart zijn, scheve ogen hebben, een snor, een kale kop, het maakt echt niets uit. Als hij het vuur tussen haar benen maar blussen kan.

Ze smijt de voordeur achter zich dicht en rent naar boven.

Gelukkig vond ze nog een restje talkpoeder ergens onder in een oude toilettas. Water, zeep en talkpoeder hebben haar verlost van de jeuk. Ze maakt haar gezicht zorgvuldig op en trekt de broek met wijde pijpen aan die ze ergens achter in haar klerenkast heeft gevonden. Het is een broek die ze heeft aangeschaft in een eerdere overgewichtperiode. Gelukkig heeft ze hem bewaard. Ze twijfelt over een slip. Geen slip.

Ze grijnst tegen haar eigen spiegelbeeld. 'De beer kan los,' zegt ze.

De fles Baileys die ze gisteren heeft gekocht heeft nu wel lang genoeg in de koelkast gestaan. Maar eerst iets eten, anders gaat ze na het eerste glas al onderuit.

De ellende met Baileys is dat één glas nooit genoeg lijkt. Goed verdunnen met grote brokken ijs en slurpen maar. Dit is toch goddelijk lekker? Nog één glas dan, daarna de zoete verleider uit het zicht zetten en nog wat eten.

Buiten is het donker geworden. Het is al tien uur geweest, tijd voor actie. Pattie controleert haar tas. Legitimatie, betaalpas, rijbewijs, zakdoekjes, lippenstift en condooms. Meer heeft ze niet nodig.

Wordt er nu gebeld? Het zal toch niet gebeuren dat Jochem haar dochter tóch terugbrengt? Ze wordt al pissig bij de gedachte en ze rukt de voordeur open. Haar mond valt open als ze ziet wie er voor de deur staat.

14

Lieve Kiki,

Ik kan mijn geluk niet op en ik blijf maar naar je kijken terwijl je slaapt. Wat hebben wij een heerlijke dag gehad met oom Ted en tante Fifi. Ik had je tante vandaag niet verwacht, maar toen jij haar zag was je zó verrast dat ik blij werd door haar aanwezigheid. Je liet je knuffelen, kroop weg in de armen van je oom en gaf mij voortdurend kusjes. Je zei steeds dat je nog nooit zó'n fijne middag had gehad.

Ik begon al op mijn horloge te kijken toen het bericht van je moeder binnenkwam. Je mocht ook blijven slapen.

Ik moet eerlijk toegeven dat ik er rekening mee hield dat ze een van haar onberekenbare buien had en daarom zei ik niets tegen je. Ik wilde teleurstelling voorkomen als er een tweede bericht ging volgen waarin je moeder haar toestemming weer introk. Eigenlijk wist ik zeker dat dit zou gebeuren, maar ik liet het bericht toch aan mijn broer en mijn schoonzus lezen.

Mijn broer trok zijn wenkbrauwen op, mijn schoonzus wilde weten of ik je dan morgen naar school moest brengen en of ik wel schone kleren voor je had. Ik maakte me nergens druk om, Kiki. Ik verheugde me nog niet te veel, ik bleef alleen mijn appberichten in de gaten houden. Er kwam geen tweede bericht en pas nadat we op jouw verzoek hadden gegeten bij de italiaan, vertelde ik dat je mocht blijven slapen. De oerkreet die je slaakte was vermakelijk en maakte me ook verdrietig. Ik besefte dat je mij net zo miste als ik jou. Ik moest ook weer aan de blauwe plekken denken en keek zo onopvallend mogelijk naar je bovenarmen.

Ted seinde met zijn ogen dat ik daarmee moest ophouden.

Ik dacht dingen die ik beter niet denken kon.

Je oom probeerde me erop voor te bereiden dat je moeder zomaar voor de deur kon staan als jij net sliep. Hij waarschuwde me dat het van haar kant een truc kon zijn met de bedoeling mij in het harnas te jagen als ze opeens haar mededeling weer introk. Hij opperde de mogelijkheid dat je moeder me kwaad wilde krijgen, zodat ze de kinderrechter kon waarschuwen voor onverwachte stemmingswisselingen waar jij dan weer de dupe van kon worden. Hij zei dat mensen met haar karakterstructuur vaak de neiging hadden om zaken om te draaien, om zelf buiten schot te blijven. Ik dacht alleen: hoe verzint hij het? Ik wilde niet dat hij gelijk zou krijgen.

We hebben afgesproken dat ik je morgen naar school breng en dat je dan gewoon dezelfde kleren aantrekt als vandaag. Je moeder heeft niet gebeld, alle sombere voorspellingen zijn niet uitgekomen. Morgen komt ze je uit school halen en dan ga je weer naar huis.

Ik sla straks je onderbroekje door een sopje en je gebruikt een T-shirt van mij als nachthemd. Nu slaap je al diep in het bed dat al een tijdje op je heeft gewacht. Ik moet wat gaan opruimen, maar ik kan niet bij je wegkomen. We gaan er iedere keer als we elkaar zien een feest van maken.

Wat kan ik doen om je weg te halen bij je moeder? De vraag was lange tijd sluimerend aanwezig in mijn brein. Nauwelijks waarneembaar, ergens op de achtergrond.

Op dit moment dringt hij zich weer aan me op.

Hoe krijg ik je weg bij je onbetrouwbare moeder? Hoe

garandeer ik je een toekomst zonder onberekenbaar gedrag, valse beloftes en onechte affectie?

Ik had al veel eerder moeten ingrijpen, lief meisje van me. Het spijt me dat ik je in dit opzicht zo in de steek heb gelaten.

Ik maak het goed, dat beloof ik je.

Dat zweer ik bij alles wat me lief is. Vanaf nu ben je veilig, daar ga ik voor zorgen.

Slaap lekker, lieve Kiki, papa waakt over jou.

15

Pattie heeft hem binnengelaten, maar ze weet nog steeds niet goed wat ze moet zeggen. Ze probeert zich te herinneren hoe hij heet en ze kan er niet opkomen. Wat doet hij hier?

Hij kijkt naar haar en zijn ogen dwalen steeds naar haar borsten. Gelukkig is hij degene die de stilte verbreekt. 'Je was onder de indruk, hè? Je raakte opgewonden. Nee, niet tegenspreken. Juist daardoor maakte je prachtige foto's.'

'Ik was onder de indruk,' geeft ze toe. 'Hoe weet je waar ik woon?'

'Je gaf toch je kaartje?' Hij glimlacht. 'Ik had willen vragen of je mee wilde doen, maar ik bedacht me.'

Ze houdt haar adem in.

Nu kijkt hij ernstig en de blik in zijn ogen spreekt boekdelen. 'Ik wilde je niet delen en ik denk dat het voor mijn partner een onbespreekbaar voorstel zou zijn geweest. Hij is nogal jaloers, weet je.'

'Waarom ben je hiernaartoe gekomen?' weet ze uit te brengen. Ze vraagt zich af of hij haar heeft verstaan. Ze herkent haar eigen stem niet.

Hij steekt beide handen naar haar uit. 'Om je alsnog uit te nodigen.'

'Je bent met een man,' zegt ze. 'Homo. Toch?'

Hij komt dichterbij. 'Voor vijfenzeventig procent. De overige vijfentwintig besteed ik aan vrouwen die me opwinden, waarbij goedgevulde types mijn voorkeur genieten. Ben je alleen? Kan er iemand komen?'

Ze voelt dat ze even moet gaan zitten. 'Ik ben alleen en ook behoorlijk dronken. Lust je Baileys?'

'Ik lust alles, maar laat me eerst jou proeven.' Hij grijpt de rand van haar broek vast en trekt hem naar beneden. 'Wow!' roept hij.

Het is mogelijk dat ze droomt, dat is vaker voorgekomen als ze behoefte had aan seks en Jochem als enige mogelijkheid haar razend maakte. In die gevallen slikte ze een paar ontspanningspillen en kroop ze in bed in de logeerkamer. Daar kon ze dromen, daar kon ze geluiden maken die niet voor zijn oren bestemd waren. In de dromen en fantasieën die ze dan liet komen, gebeurden dingen met vreemde mannen die haar overvielen en haar in bezit namen.

Dat gebeurt nu echt, ze wordt in bezit genomen. De alcohol in haar lijf belet elke vorm van verzet en zorgt ervoor dat ze zich overgeeft. De schaamte voor haar te dikke lichaam is verdwenen, ze laat zich op de vloer drukken en betasten door stevige vingers die even later worden vervangen door een aanvankelijk dartele en later dwingende tong. De wereld vervaagt, ze laat hem begaan, ze kan niet meer denken, ze wil niet meer denken. Haar adem stokt als ze hem voelt binnendringen. Het doet pijn. Dit is echt niet fijn! Die man moet uit haar! Ze kermt, haar stem schiet uit als ze roept dat hij moet ophouden.

De opwinding van zijn kant overstemt wat zij probeert duidelijk te maken. Hij hijgt dat het goed gaat en dat ze zich moet ontspannen. Haar polsen worden tegen de grond gedrukt, zijn ogen rollen bijna uit hun kassen. Met een grote grijns vraagt hij of ze echt nooit eerder seks heeft gehad met een man die groot geschapen was? Dan is het een eer voor hem om de eerste te zijn. Hij zegt dat ze diep adem moet halen en alleen moet genieten. Dat ze voldoende ruimte heeft voor een extra groot formaat, dat de pijn verdwijnt als ze zich volledig overgeeft. Niet terugdeinzen, niet verkrampen. Kom maar, kom maar, open je toch!

Maar de pijn blijft en neemt toe. Er stromen tranen over haar wangen en ze voelt zich hulpeloos. Ze heeft hem niet naakt gezien tijdens de fotosessie, maar ze herinnert zich wél dat ze in zijn slip de contouren heeft waargenomen van een stevig geslachtsdeel. Dat heeft ze verdrongen, omdat ze zich moest concentreren op haar werk.

Hij stoot diep in haar, ze hoopt dat het snel voorbij is en dat hij haar niet uit elkaar scheurt.

Zijn stem verdwijnt en komt terug. Wat betekent dit? Verliest ze het bewustzijn? Ze wil nog een keer zeggen dat hij moet ophouden, maar iemand drukt een hand tegen haar mond. Ze gaat toch niet stikken?

Hij schreeuwt. Daarna is het gelukkig voorbij.

'Ik moet snel weg,' zegt hij, 'maar ik kom terug. Je bent mijn fantastische grote geheim. De volgende keer blijf ik de hele nacht. Dan zal ik voorzichtiger zijn en je minder pijn doen. Hand op mijn hart. O, wat ben je verrukkelijk!' Hij kijkt niet naar haar als hij dit zegt.

Als ze de voordeur in het slot hoort vallen, blijven de tranen stromen. En opeens weet ze weer hoe hij heet. Snel weer vergeten, denkt ze.

Ze moet zich wassen, heet douchen, haar gekneusde onderkant verzorgen. Hoe komt ze in de badkamer?

Hoort ze het goed? Wordt er nu weer aangebeld?

Is Flip terug?

Ze is niet bang, ze voelt alleen een enorme woede in zich opkomen. Hoe haalde hij het in zijn hoofd om haar op deze manier te overvallen? Wat heeft haar bezield om hem zijn gang te laten gaan? Ze voelt zich verkracht.

Terwijl ze haar kleren aantrekt loopt ze naar de gang. Douchen kan straks wel. Maar als hij denkt dat ze zich nog een keer uit elkaar laat rammen, vergist hij zich. Ze struikelt en komt op haar knieën op de vloer terecht. Het kost veel moeite om weer overeind te komen, ze moet zich vasthouden aan de muren.

Er wordt opnieuw gebeld.

Het lukt haar om de deur te bereiken en hem te openen. Ze deinst terug als ze ziet wie er staat. 'Wat kom jij nu weer doen? Je denkt toch niet dat ik met jóú wil praten?'

De Baileys komt naar boven, ze slikt snel een paar keer.

Haar verzet wordt verbroken door een krachtige duw. Ze valt achterover, haar lichaam maakt een draai en ze valt tegen de muur aan. Ze ziet dat de voordeur wordt dichtgetrapt.

'Ik wil niet praten, ga weg.' Ze hoort dat ze lalt. Ze hikt. Ook dat nog! Maar wat maakt het ook uit, ze gaat in de kamer gewoon lekker op de bank liggen en dan valt ze vanzelf in slaap. Dat zal geen moeite kosten. En als ze wakker wordt, is ze vast weer alleen. Dan zal ze minder dronken zijn en gaat ze minstens een halfuur onder een hete douche staan en daarna zal het plakkerige gevoel tussen haar bovenbenen verdwenen zijn.

Maar eerst slapen. De hik is gelukkig weer voorbij.

Nu nog een paar slokken Baileys en dan een tijdje van de wereld verdwijnen.

Zo lekker, verdwijnen.

Maar eerst nog een keer de waarheid zeggen en lachen om de reactie.

Zo lekker ook, uitlachen.

*

Hoe en waarom wordt een mens een moordenaar?

Per ongeluk? Mogelijk.

Met voorbedachten rade? Heel goed mogelijk.

Omdat de gelegenheid zich aandiende? Nooit meer raden.

Het was de bedoeling om te waarschuwen en dat hoefde niet per definitie op een zachtzinnige manier, want voor zachtzinnigheid is niet iedereen ontvankelijk. Sterker nog: zorgvuldig gekozen woorden met de nadruk op nuancering schieten hun doel voorbij als ze worden besteed aan een ongeleid projectiel. Het stond dus vast dat het gesprek meer in de richting zou gaan van wat je noemt: van dik hout zaagt men planken. Heel dik hout, heel stevige planken. Duidelijk en direct, maar voor één uitleg vatbaar. Klare taal die indruk maakt.

Ze had gedronken, dat bleek al snel door de manier waarop ze sprak in combinatie met de dranklucht die ze uitademde. De fles Baileys die op de salontafel stond was al bijna leeg toen ze in de deuropening verscheen. Ze blèrde meteen dat ze niet wilde praten. Maar waarom zou je je daar iets van aantrekken als je toch al binnen bent en de voordeur is gesloten?

De man die een paar minuten eerder naar buiten was gekomen, had niet om zich heen gekeken, was snel in zijn auto gestapt en weggereden. De gordijnen van de huizen aan de overkant waren allemaal gesloten. Er was geen kip op straat, dat maakte het mogelijk om ongezien binnen te dringen.

Ze schold, ze tierde, ze uitte gore verwijten en ze dreigde terwijl ze niet sprak maar lalde. Het was te verdragen en om wat ze zei het ene oor in en het andere oor uit te laten gaan. Het was allemaal pure dronkenmanstaal, het sloeg nergens op.

Tot ze te persoonlijk werd.

Toen kwam er een gevoel tevoorschijn waar geen rekening mee was gehouden.

Er was geen hoop op een gezellig gesprek, iets in de richting van een belofte voor gematigder gedrag; maar er was ook niet gerekend op een verbale aanslag van het kaliber pijnlijke schop onder de gordel die iemand de adem kan benemen.

Door die aanslag sloegen stoppen door die al eerder en vaker op het punt hadden gestaan om door te slaan. Een groot incasseringsvermogen was altijd een belangrijke factor geweest om escalatie te vermijden en een situatie te redden, om te behoeden voor een onherroepelijke ondergang.

Er was aan het noodlot te ontkomen geweest. Opstaan, omdraaien, de deur uit lopen, de voordeur dichttrekken op een manier die de ramen hadden laten trillen, en weg zijn.

Zak in de klei, zoek het uit. Ga iemand anders beledigen, of pijn doen, of bedreigen. Je zegt tegen iemand die het ondanks alles goed met je meent niet dat je kind een andere vader heeft dan iedereen denkt en je jubelt niet over de mogelijkheid om de echte vader binnenkort bekend te maken. Een dergelijke tekst is volkomen misplaatst als je weet hoeveel van dit kind wordt gehouden en hoe belangrijk het is dat ze opgroeit in harmonie. Het is niet nodig om alles te zeggen wat je denkt. Hoe de waarheid er ook uitziet, dit soort informatie houd je vóór je, tenzij een melding hoogstnoodzakelijk is. Hoe ingewikkeld je ook in elkaar zit, je bent moeder en in die hoedanigheid doe je niets wat je kind kan schaden. Tenzij je een geboren leugenaar bent en bovenal een gedrocht van een wijf.

Er kon nog precies één glas Baileys worden ingeschonken en het zou niet moeilijk zijn geweest om in het glas een slaappilletje te doen terwijl ze waggelend en boeren latend een bezoekje bracht aan het toilet. De harde wind die ze liet in het voorbijgaan veroorzaakte een misselijkmakende walm. Daardoor dook een onstuitbare afkeer op.

Het is en blijft een vreemd idee dat een ordinaire scheet in staat is om een besluit te nemen dat afdoende en onomkeerbaar is.

Ze kwam even later waggelend terug, steun zoekend bij elk voorwerp dat ze tegenkwam. Ze hield gelukkig haar mond, goot de drank naar binnen, plofte neer op de bank, wenste iedereen die ze kende behalve haar kind een afgrijselijk leven toe en viel van het ene op het andere moment in een diepe slaap die op een coma leek. Een slaappilletje bleek totaal overbodig.

In de keuken stond een doorzichtige plastic zak vol boodschappen. Veel chips en kaaskoekjes. Bakjes met vette hartigheid, bierworstjes en brie. Een grote pot pindakaas met nootjes, een nog grotere pot chocoladepasta.

Na hooguit een minuut stond de inhoud van de zak op het aanrecht. Je zou al misselijk kunnen worden door alleen maar naar die rommel te kijken.

Maar de lege zak was het belangrijkst.

Ze snurkte en ze maakte pruttelende geluiden bij het uitademen. Er liep een straaltje vocht uit een mondhoek. Alles aan haar was ordinair en vulgair.

De kans was te mooi om te laten lopen.

16

Lieve Kiki,

Ons leven heeft een draai van honderdtachtig graden gemaakt.

De dag begon zo goed. Je maakte me om zeven uur wakker en zei dat je honger had. Ik haalde brood uit het vriesvak van de koelkast, kookte twee eitjes en sneed een grote homp kaas af die je breed lachend oppeuzelde. Mijn hart maakte rare sprongen. Ik stelde me voor dat we iedere dag op deze manier samen zouden beginnen en die gedachte maakte me blij en tegelijk weemoedig. Ik besloot te genieten van het moment en me verder niet bezig te houden met onmogelijke wensen.

Je zei dat ik de beste eierenkoker was van de hele wereld en de liefste papa. Je zei ook dat je bij me kwam wonen als je groot zou zijn. Je woorden ontroerden me en zorgden er tegelijk voor dat ik bevangen werd door wanhoop. Die wanhoop liet me iets denken wat je als beschaafd mens niet hoort te denken. Maar ik dacht het. Ik wenste je moeder een dodelijk ongeluk toe en ik voelde er niets bij.

Je klom van je stoel en kwam naar me toe om me te omhelzen.

Je hoort weleens dat mensen op de dag dat er iets verschrikkelijks gebeurt al onrustig wakker worden en een gevoel van onraad hebben.

Ik voelde niets, ik wist alleen dat ik me voortaan het contact met jou niet meer zou laten ontzeggen.

Ik bracht je naar school en zwaaide net zolang tot je achter de grote deur was verdwenen. Daarna kwam ik fluitend op mijn werk. Mijn vader vroeg of ik soms de loterij had gewonnen en mijn moeder informeerde met hoop in haar stem of ik een leuke vrouw had ontmoet. Ik besloot haar de bemoeienis waaraan ik me had geërgerd te vergeven en omhelsde haar. Ze fluisterde in mijn oor dat ze het me zo zou gunnen.

Het was een mooie dag, we werkten heerlijk samen, ik voelde me trots op mijn bedrijf en verzette me niet tegen de gedachte dat ik weer zangles zou kunnen nemen. Ik had zomaar wilde fantasieën over optredens in grote wereldsteden en verre reizen samen met jou, Kiki.

Ik was die dag een beetje gek. Ik zong en kreeg applaus van de klanten. En ik bedacht dat gemiste kansen niet hoefden te betekenen dat je geen nieuwe kansen kon grijpen. Het leek of ergens in mijn hoofd een knop was omgezet.

Om kwart over vier werd ik gebeld door jouw juf. Ze wilde naar huis, maar ze kon niet weg omdat je moeder jou niet was komen ophalen en niet reageerde op de apps die de juf had gestuurd, noch op de berichten die ze had ingesproken. Ik zei dat ik er direct aankwam. Mijn vader bood aan om mee te gaan en hij stelde voor om Ted ook mee te vragen. Mijn moeder beloofde dat ze jou naar mijn huis zou brengen als er iets aan de hand bleek te zijn en ze vroeg me om een sleutel. Het leek haar een goed idee om een sleutel van mijn huis te hebben, zodat ze jou vaker thuis kon brengen.

Ondanks het ontbreken van een voorgevoel leek het me prima om met mijn vader en mijn broer poolshoogte te gaan nemen. Mijn vader en ik reden eerst samen naar je school en brachten je naar de slagerij. Je vond het heerlijk om je oma te zien en je beloofde lief te gaan spelen. Mijn moeder zou je naar mijn huis brengen, mocht dat nodig zijn.

Nu lijkt het of iedereen al in de gaten had dat er iets ernstigs aan de hand was, behalve ik.

We reden langs het huis van je oom, die al op ons stond te wachten. Ik voelde me goed bij die twee mannen.

Mijn vader waarschuwde me dat het mogelijk was dat ik je moeder zou aantreffen met een vreemde kerel in haar bed. Hij liet me beloven dat ik dan geen ruzie zou maken.

Ik hoopte dat ik haar zou aantreffen met een vreemde kerel in haar bed, want dat zou de meest eenvoudige oplossing zijn om de onrust die bezit van me begon te nemen te laten zakken. Je oom was het met mijn vader eens.

We belden eerst aan en daarna nog een keer. Ik gebruikte de huissleutel die ik nog had om binnen te komen. Op het moment dat ik over de drempel stapte voelde ik de stilte die geen normale stilte was.

Ted stelde voor om de kamers te controleren terwijl ik met mijn vader wachtte in de gang. Mijn vader antwoordde dat het goed was. Ik zei niets. Ik was vanaf het moment dat ik binnenstapte verlamd van angst, want op dat moment voelde ik dat er iets totaal niet pluis was in dat huis.

Ze lag op de bank in de woonkamer. Eerst dacht ik nog dat ze sliep, maar toen ik dichterbij kwam zag ik dat ze niet ademde.

Mijn vader zei dat ze een rare blauwe kleur had en vond dat we een dokter moesten bellen. Hij adviseerde me dringend om niets aan te raken. Ted sloeg zijn armen om me heen.

Er kwam een ambulance voorrijden en de politie werd gebeld. We moesten in de keuken zitten toen de technische recherche werd opgeroepen en ze lieten ons steeds opnieuw vertellen waarom we waren gekomen en wat we hadden ontdekt.

Je moeder is dood, Kiki. Het lijkt erop dat ze is gestikt, maar niemand weet waardoor. Zolang het onderzoek niet is afgerond logeer je bij je opa en oma, op dringend advies van mijn broer. Hij adviseerde dit zodat ik zelf even ruimte krijg om te verwerken dat we je moeder vonden.

Ik rond wel iets anders af, namelijk dit document. Het is onverstandig om te riskeren dat iemand dit leest, ik moet ervoor zorgen dat ik nergens gelinkt kan worden aan de plotselinge dood van je moeder. Daarom delete ik nu wat ik aan jou geschreven heb.

Sorry voor wat er gebeurd is.

Je bent voor altijd met mij samen, lieve Kiki, ik zal altijd jouw papa zijn.

Je krijgt nu van mij de dikste digitale kus die er bestaat.

Wij gaan samen zijn, laat niemand het wagen om ons uit elkaar te halen, want dan sta ik niet voor mezelf in.

Deel 2

Jochem

17

Jochem zou twee etmalen willen slapen om achtenveertig uur totaal van de wereld te kunnen zijn. Slapen zonder te dromen, ver verwijderd van alles en iedereen.

Hij is doodop door de urenlange gesprekken met een speciaal team van rechercheurs dat zich heeft gestort op het overlijden van Pattie. Hij heeft volledig meegewerkt aan alle delen van het onderzoek, dus DNA afgegeven en precies verteld wat hij allemaal deed op de dag dat ze stierf.

Hij had niet hoeven weten dat Pattie seks heeft gehad voordat ze overleed en dat ze een hoog alcoholpromillage in haar bloed had. Het gaat hem niets aan, niet meer. Ze waren al officieel ex en nu zijn ze voor altijd gescheiden. Hij wil niets met haar dood te maken hebben. Hij heeft er ook niets mee te maken.

Wat kan er toch met haar gebeurd zijn?

Hij is uitgeput door de urenlange verhoren die hij heeft moeten doorstaan. Het waren zeker aardige kerels die hem ondervroegen, en hij kan niet zeggen dat ze hem slecht behandeld hebben, maar toch heeft het gevoel dat ze hem ergens van verdachten een behoorlijke impact op hem gehad. Het leven is anders geworden, de bodem onder zijn bestaan is weggeslagen. Wat een geluk dat hij tot op de minuut kon aangeven wat hij de hele dag waarop Pattie stierf heeft gedaan en dat er zoveel mensen waren die zijn verklaring konden bevestigen. Maar de gedachte dat politiemensen het toch nodig vinden om hem steeds opnieuw te verhoren brengt het gevoel teweeg dat zijn strot wordt dichtgeknepen. Nog steeds.

De verhoren spitsten zich toe op de relatie die hij met Pattie had. Hij heeft niets achtergehouden en precies verteld hoe ze zich gedroeg en wat haar gedrag bij hem teweeg heeft gebracht. Maar hij heeft er zorgvuldig voor gewaakt dat er geen woord over zijn lippen kwam dat de indruk kon wekken dat hij serieus had nagedacht over een manier om van haar verlost te worden. Ted en zijn vader hebben ook hun zegje gedaan. Zijn moeder werd later verhoord en na afloop heeft ze tegen hem gezegd dat het fijn was om eens helemaal los te gaan over het gedrag van haar ex-schoondochter. Na deze gesprekken met de rechercheurs had Jochem de indruk dat er minder kritisch naar hem werd gekeken.

Toen een van de rechercheurs aan hem vroeg of het overlijden van zijn ex hem verdrietig maakte heeft hij hem recht aangekeken en geantwoord dat het hem speet voor háár maar dat het hem weinig deed omdat ze de liefde die hij voelde nu eenmaal zelf had vermoord. Daar heeft hij aan toegevoegd dat hij wél verdrietig was doordat zijn dochter leed onder deze situatie. Dat meende hij oprecht. Hij vindt de verdrietige blik in de ogen van Kiki pijnlijk en verwarrend. Het kind is haar moeder kwijt en dat is hoe dan ook voor haar een traumatische ervaring.

Hij heeft de indruk dat ze zijn verklaringen serieus nemen en dat stelt hem gerust, maar het maakt hem tegelijkertijd onrustig en laat hem op zijn hoede zijn. Hij zou aan de rechercheurs willen vragen of ze uit het sperma dat ze in Pattie hebben gevonden kunnen vaststellen met wie ze seks heeft gehad voordat ze overleed.

Zijn moeder is ervan overtuigd dat Pattie een onenightstand had met iemand die ze ergens had opgepikt en dat ze door overvloedig drankgebruik en seksuele opwinding tijdens het vrijen een hartstilstand heeft gekregen, waardoor haar minnaar van dat moment op de vlucht is geslagen. Die man is zich waarschijnlijk een ongeluk geschrokken en heeft de benen genomen. Je weet natuurlijk nooit waar hij vandaan kwam en of hij misschien thuis een vrouw had. Dan wil je wel wegwezen, om ellende te voorkomen.

Het klinkt logisch en Jochem wil het geloven. Waarom lukt dat dan niet?

Kiki logeert nog even bij zijn ouders, omdat Jochem haar niet wil confronteren met de bezoeken van de rechercheurs. De moeder van Jochem heeft met haar juf afgesproken dat ze extra in de gaten wordt gehouden en dat ze haar zal ophalen als ze op school te verdrietig wordt. Het kind heeft samen met haar oma aan de klas verteld dat haar moeder is doodgegaan. Ze vraagt steeds opnieuw wat 'dood' precies is. Jochem wil haar zo snel mogelijk bij zich hebben om haar gerust te stellen en om haar te laten wennen aan het verlies van haar moeder. Hij heeft met de moeder van Pattie afgesproken dat zij alles mag meenemen wat ze van haar dochter wil hebben, dat ze de uitvaart regelt en dat hij financieel zal bijdragen. Pattie blijkt een uitvaartverzekering te hebben afgesloten, maar er zal moeten worden bijbetaald als alles wordt uitgevoerd wat Nadia heeft bedacht. Jochem vindt het best. Ze doet maar, het is háár dochter. Het moet verschrikkelijk zijn om je kind te verliezen, dus hij gaat haar geen strobreed in de weg leggen. Als hij maar met rust wordt gelaten.

Hij vindt het een vreemd idee dat hij niets voelt, ook op geen enkele manier iets mist en dat het lijkt of er een vage kennis is overleden. Hij heeft hier met zijn vader over gepraat en die zei dat hij waarschijnlijk allang afscheid van Pattie had genomen. Zijn beide ouders lijken op geen enkele manier geraakt te zijn. Dat zal wel te maken hebben met het feit dat zij ook al afscheid hadden genomen. Jochem vindt dit een logische gedachte. Waarom blijft hij zich dan afvragen of het wel klopt dat Pattie tijdens een vrijpartij een hartstilstand heeft gekregen? Waarom zou hij willen weten of ze tóch is gestikt? Waarom blijven die lui van de politie nog zoveel vragen stellen?

Als de twijfel hem te onrustig maakt, praat hij met zijn broer. Ted heeft gisteren nog tegen hem gezegd dat het heel normaal is dat de dood van zijn ex hem van zijn stuk heeft gebracht. Ook al was Pattie zijn ex-vrouw, ze was ook de moeder van zijn kind en Jochem heeft veel van haar gehouden. Hij adviseert hem regelmatig om terug te denken aan de jaren dat hij nog gelukkig was met haar en om die herinnering te koesteren. Dan zegt Jochem liever niet dat hij twijfelt over dat geluk. Wat betekent het dat hij zich niet kan herinneren of hij ooit gelukkig was met Pattie?

De vragen veroorzaken een onmetelijk eenzaam gevoel.

18

Ze staat opeens achter hem als hij bezig is met het leegmaken van de la waarin Pattie haar favoriete slipjes bewaarde. Ze zijn vrijwel allemaal zwart met tule tussenstukjes, veel kant, hoofdzakelijk strings. Die dingen moeten weg!

Jochem schiet overeind als hij de deur achter zich hoort opengaan en de moeder van Pattie ziet staan. 'Hoe ben je binnengekomen? Wat kom je doen?'

Nadia maakt een sussend gebaar. 'Sorry dat ik je laat schrikken, maar ik heb drie keer aangebeld. Pattie heeft me een paar maanden geleden een sleutel gegeven. Die wil je waarschijnlijk terug?' Ze reikt hem de sleutel aan.

'Hou hem maar bij je tot je alles hebt weggehaald wat je wil hebben,' zegt hij. 'Is de uitvaart nu geregeld?'

Nadia loopt naar het raam. 'Het is hier erg muf, zal ik het raam even openzetten?' Zonder zijn antwoord af te wachten, zet ze het slaapkamerraam open. 'Ik heb nooit begrepen dat Pattie zo'n hekel had aan frisse lucht. Ja, de uitvaart is geregeld. Aanstaande vrijdag. Nu moeten ze nog wel haar lichaam teruggeven. Ik laat haar opbaren in het uitvaartcentrum. Of wil je haar hier zetten?'

Jochem voelt zich verbijsterd. Hier zetten? In dit huis? Hoe komt ze op het idee?

Nadia zet het raam nog verder open. 'Foute vraag, denk ik. Eigenlijk dacht ik vooral aan Kiki. Ze heeft Pattie niet meer gezien en ik dacht... Maar je weet natuurlijk niet hoe ze er nu uitziet en of Kiki zal schrikken. Maar waar wachten die lui van de politie nu nog op?'

Jochem is blij dat Nadia het niet meer over opbaren heeft. 'Ik heb geen idee waar ze nog op wachten. Het lijkt mij duidelijk dat het hier om een acute hartdood ging.'

Nadia leunt tegen de vensterbank. 'Denk je?'

Jochem heeft het gevoel dat hij nu op zijn woorden moet letten. 'Denk jij dan van niet?'

'Ik denk dat ze is vermoord,' zegt Nadia, waarna ze beide handen voor haar mond slaat.

Jochem loopt op haar af en legt zijn handen op haar schouders. 'Wat er ook mag zijn gebeurd, ik heb er echt niets mee te maken. Geloof me, alsjeblieft.'

Nadia buigt haar hoofd. 'Ik geloof je. Met jou is niets mis, Jochem.'

Nadia heeft hem geholpen met het leeghalen van de andere kasten waarin kleding van Pattie lag. Ze wil de zakken thuis uitzoeken en alles wat geschikt is aan een goed doel geven.

Jochem heeft niet aan haar gevraagd wat ze geschikt vindt.

Hij heeft koffiegezet en nu zitten ze tegenover elkaar aan de keukentafel. Het rommelt een beetje in zijn maag, hij staat op en doorzoekt een paar keukenkastjes. In het laatste kastje vindt hij een zak met mini-Snickers. Hij eet er snel twee op.

'Geef mij er ook maar een,' zegt Nadia. 'Ik eet niet verstandig, maar het is nu even niet anders. Zorg jij goed voor jezelf?'

'Ik heb een zorgzame moeder, die waakt er wel voor dat ik voldoende eet. Kom binnenkort maar bij ons eten, dat zullen mijn ouders leuk vinden en Kiki ook.'

'En jij?'

Jochem haalt een derde Snickertje tevoorschijn. 'Ik ook. Als je je maar niet overal tegenaan gaat bemoeien, dat heb ik wel genoeg meegemaakt.'

'Dat is duidelijke taal. Sinds wanneer ben jij zo rechtstreeks?'

'Sinds ik verlost ben van een bepaalde druk. Pattie en ik hadden al veel eerder moeten scheiden. Maar ja, dan was Kiki jonger geweest en had ik een minder goede band met haar kunnen opbouwen. Pattie was niet erg toegankelijk voor contact. Ze heeft van alles geprobeerd om Kiki bij mij uit de buurt te houden, dat weet jij ook wel.'

Nadia zwijgt.

'Jij geloofde je dochter natuurlijk toen ze mij afschilderde als een gewelddadige bruut.' Jochem merkt dat hij nu met stemverheffing spreekt. Hij is weer kwaad, daar kan hij beter mee ophouden.

'Ik geloofde haar niet,' antwoordt Nadia.

'Heb je dat tegen haar gezegd?'

'Nee, niet zo direct. Ik heb kritische vragen gesteld, maar ik wilde voorkomen dat we ruzie kregen. Niet om mezelf te beschermen, maar wel om te voorkomen dat ik Kiki niet meer zou kunnen zien. Ik vond dat ik vanwege haar een oogje in het zeil moest houden.'

Jochem wil nog een Snickertje pakken, maar hij bedenkt zich. Hij aarzelt om de vraag te stellen die op zijn lippen brandt.

'Vraag maar,' moedigt Nadia hem aan.

'Bedoel je dat je je dochter niet volledig vertrouwde?'

'Dat bedoel ik.' De stem van Nadia begeeft het.

'Waarom hebben wij niet eerder op deze manier met elkaar gepraat?' vraagt Jochem zich hardop af.

Nadia heeft haar tranen gedroogd en drinkt het glas water leeg dat Jochem voor haar heeft ingeschonken.

Jochem wil voorstellen om haar te helpen met het opruimen van de kleding van Pattie, maar hij bedenkt zich. Dit is een taak voor haar moeder, hij heeft hier niets mee te maken.

'Ik breng de eerste zakken naar mijn auto,' kondigt Nadia aan. Jochem blijft aan de keukentafel zitten.

Dit is mijn huis, denkt hij. Ik kan hier met mijn dochter wonen en samen met haar een nieuw leven opbouwen. Alles wat hier is gebeurd moet ik achter me laten. Nieuwe start, nieuwe kansen. Gewoon met Kiki over Pattie blijven praten en later, als het nodig is, vertellen hoe het zat tussen haar en mij. Of niet, misschien juist niet. Het kind heeft recht op haar eigen herinneringen, waarom zou ik die verstoren? Dit is mijn huis. Pattie is weg. Als de politie vraagtekens heeft bij haar dood, lossen ze hun vragen maar lekker zelf op.

Hij staat op en loopt naar boven.

Dit is mijn badkamer, dit is mijn slaapkamer, dit is de kamer van mijn dochter, de logeerkamer, de zolderverdieping. Hier staan mijn wasmachine en mijn droger, mijn oude racefiets die ik ondanks alle tegenstand heb bewaard.

Hij blijft van de ene kamer naar de andere lopen.

'Ik ben terug!' roept Nadia. 'Waar zit je?'

Jochem loopt de trap af. 'Ik deed een rondje huis. Het lukt me nog niet om me hier weer thuis te voelen.'

Nadia loopt voor hem uit naar de keuken. 'Begrijpelijk, er heeft zich hier nogal wat afgespeeld. Je hoeft mij niets uit te leggen, ik had mijn ogen niet in mijn zak zitten. Wil je het huis verkopen en ergens met Kiki opnieuw beginnen? Dat zou ik geen slecht idee vinden. Dit blijft toch het huis waar haar moeder is vermoord.'

Jochem staat abrupt stil. 'Vermoord? Ik denk toch echt dat ze een hartstilstand heeft gehad. Ze leefde beslist niet gezond, Nadia, dat weet jij ook wel. Ze at te veel en ze dronk te veel. Ze bewoog te weinig. Het leek of haar gezondheid haar niets kon schelen. Alles moest wijken voor de zorg voor haar kind dat ze helemaal voor zichzelf wilde houden. Weet je wel dat ze mij probeerde wijs te maken dat ik niet de vader ben van Kiki?'

Nadia knikt. Ze opent haar mond om iets te zeggen, maar sluit hem weer.

'Zeg het maar,' dringt Jochem aan. 'Zeg maar dat het klopt wat mijn broer me vertelde.'

‘Je broer? Wat zei die dan?’

‘Hij zei dat Pattie een persoonlijkheidsstoornis had.’

‘Dat klopt, Jochem. Maar is dat nu werkelijk nooit in jou opgekomen?’

‘Ze was moeilijk,’ geeft Jochem toe. ‘Lastig. Onaangenaam. Niet liefdevol meer nadat Kiki eenmaal was geboren. Ik leek vaak een lastig element in haar leven. Ze speelde met me, met mijn gevoel, met mijn verliefdheid. Ik was lange tijd heel erg verliefd op Pattie en ik hoopte nog langere tijd dat de vrouw die ik in een kroeg had leren kennen en die me een soort sekshemel had bezorgd bij me terug zou komen.’

‘Jongen, toch,’ zegt Nadia. Haar stem trilt een beetje.

‘Misschien is het geen slecht idee om dit huis te verkopen en ergens helemaal opnieuw te beginnen,’ zegt Jochem. ‘Ik ga daar over nadenken.’

Nadia heeft de rest van de kleding van haar dochter in plastic vuilniszakken gestopt en de zakken ook in haar auto gezet. Na de kleding hebben ze samen de sieraden van Pattie bekeken. Die sieraden zal Nadia bewaren tot Kiki oud genoeg is om te beslissen wat ze hiermee wil doen. Jochem vindt het een prettig idee dat Nadia alles bewaart. Hij merkt steeds meer dat hij zo weinig mogelijk in huis wil hebben wat hem aan zijn ex herinnert.

Nadat Nadia is vertrokken belt hij zijn broer en legt hem het idee voor om het huis te verkopen. Ted adviseert hem daar eerst goed over na te denken, omdat het verlies van haar ouderlijk huis vlak na het verlies van haar moeder voor Kiki misschien te heftig zou kunnen zijn. Maar hij begrijpt wel dat Jochem met deze gedachte speelt. Als Jochem dat over een tijdje met Kiki wil bespreken, kan hij rekenen op de steun van zijn broer.

Dat aanbod ontroert Jochem.

19

Het heeft behoorlijk veel moeite gekost om de ouders van Jochem zover te krijgen dat ze aanwezig wilden zijn bij de uitvaart van Pattie. Hij raakte geïrriteerd door hun halsstarrige weigering, maar ten slotte lukte het Ted om hen ervan te overtuigen dat ze aanwezig hoorden te zijn voor Kiki.

Jochem zit met zijn dochter en Nadia op de eerste rij. Hij heeft zijn arm om Kiki heen geslagen en drukt regelmatig een kus op haar hoofd. Ze zit doodstil tegen hem aan.

Er zitten meer mensen in de aula dan hij had verwacht. Volgens Nadia zijn het allemaal klanten. Pattie was een goede fotograaf, dat weet Jochem. Mensen kwamen vaak bij haar terug.

Gelukkig heeft Nadia niet aan hem gevraagd of hij wilde spreken, hij zou dat zeker hebben geweigerd. Hij heeft geen vragen gesteld over het programma. Hij zit hier met en voor zijn dochter, maar hij hoort er niet echt bij. Dat wil hij ook niet, hij wil op geen enkele manier geraakt worden door wat hier gebeurt. De vrouw die in de kist ligt is een vreemde geworden, van wie hij is verlost. Als ze was blijven leven had ze alles op alles gezet om het contact tussen hem en zijn dochter te dwarsbomen. Ze zou iedereen hebben gemanipuleerd, met een stalen gezicht leugens over hem hebben uitgesproken en herhaald, nepemoties hebben getoond, kwaadaardigheid tot hoogste kunst hebben verheven.

Het is goed dat ze dood is.

Wie is hij geworden? Hoe komt het dat hij dit durft te denken?

De uitvaartleider heeft iedereen welkom geheten en nu vertelt hij dat er twee sprekers zullen zijn.

Nadia staat op en loopt naar de microfoon. Ze lijkt rustig te zijn. Ze spreekt Pattie toe en ze benadrukt hoe gelukkig ze was toen haar dochter werd geboren. Ze schetst een zorgeloze kindertijd, waarin Pattie al op jonge leeftijd blijk gaf van een groot talent voor fotografie. Ze zegt dat de vader van Pattie en zij altijd trots op haar zijn geweest en dat altijd zullen blijven.

Jochem vraagt zich af of Nadia de vader van Pattie wel op de hoogte heeft gesteld van haar overlijden. Hij zou even om zich heen willen kijken, maar hij weet niet of hij die man zal herkennen.

Er is muziek, een nummer van ABBA. Waarom ABBA? Pattie had niets met die groep, in tegenstelling tot haar moeder. Begrijpt hij het nu goed, heeft Nadia gekozen voor muziek waar ze zelf dol op is? Zou ze dat hebben gedaan omdat ze niet precies weet van welke muziek Pattie hield?

Weet hij dat zelf wel?

Het antwoord op die vraag veroorzaakt een koude rilling op zijn rug.

De tweede spreker die wordt aangekondigd is Ted.

Ted?

Zijn broer staat op, maar voor hij naar de microfoon loopt, buigt hij zich even naar Jochem toe. 'Namens jou en Kiki, Nadia drong nogal aan,' fluistert hij.

Verdomme, hij wil niet huilen.

'Ted sprak mooi,' zegt zijn moeder.

'Een gepast eerbetoon,' vult zijn vader aan.

'Ik hoop dat je het niet erg vindt dat ik hem dit heb gevraagd,' fluistert Nadia.

'Was het zo goed?' vraagt Ted.

Jochem beaamt het en zegt dat hij zin heeft in een stevige borrel. Als hij drinkt, zal het niemand opvallen dat hij verder niet ingaat op de woorden die Ted heeft gesproken namens hem en Kiki en zal niemand in de gaten hebben dat Jochem met geen mogelijkheid kan herhalen wat zijn broer heeft gezegd.

De woorden zijn weg. Ze hebben niet bestaan, want hij heeft ze niet gehoord. Onverklaarbaar vindt hij dat.

Kiki trekt aan zijn hand, omdat ze iets wil vragen. 'Is het niet heel koud in de grond?'

Jochem laat zich door de knieën zakken en stelt haar gerust.

'Voelt mama echt niets meer?'

'Echt niet,' weet Jochem nog uit te brengen voordat zijn stem het begeeft.

Hij weet niet meteen wie de man is die hem belt, maar hij begrijpt al snel dat het de rechercheur is die het onderzoek naar de dood van Pattie heeft geleid. De man vertelt dat hij de moeder van Jochems ex-vrouw al heeft ingelicht maar nu Jochem ook ervan op de hoogte wil stellen dat het onderzoek is afgesloten. Het DNA dat op het lichaam van de overledene is aangetroffen matcht niet met ander DNA, er zijn geen aanwijzingen voor geweld en de vermoedelijke doodsoorzaak blijft verstikking.

Jochem bedankt hem voor de mededeling.

Iemand raakt zijn arm aan, hij ziet dat het Nadia is. 'Slecht bericht?'

'Het was de rechercheur die jij ook hebt gesproken.

Nadia moet een paar keer slikken voordat het haar lukt om iets te zeggen. 'Ze hebben geen moordenaar te pakken gekregen.'

'Moordenaar?' Jochem hoort de weerstand in zijn eigen stem.

'Ja, de moordenaar van Pattie. Mijn meisje is vermoord en ik heb haar niet kunnen beschermen. Ik ben veel te streng voor haar geweest, ik heb veel te veel kritiek op haar gehad. Ik meende het goed, maar ik heb alles fout gedaan.'

Jochem kan haar nog net opvangen voordat ze door haar knieen zakt. Hij probeert de blikken van zijn ouders te vangen, maar ze kijken weg. Gelukkig ziet Ted dat er iets aan de hand is. Hij komt snel naar Jochem toe en helpt Nadia ondersteunen als ze haar naar een andere ruimte begeleiden.

*

Moet je spijt hebben als je een daad hebt gepleegd die onomkeerbaar is maar waar je volledig achter staat?

Zou spijt dan enige waarde hebben?

Er is een vrouw van de wereld verwijderd die niemand gelukkig maakte. Integendeel, ze zaaide onrust en oogstte teleurstelling met een grote glimlach en met een voldane blik in haar ogen.

Ze was het leven niet waard.

En ze schiep persoonlijk de ultieme gelegenheid.

Dom, dom, dom!

Het is niet echt moeilijk om een persoon die ladderzat is en daardoor in een diepe slaap valt een handje te helpen om de eeuwige jachtvelden te bereiken. Eerst controleren of die persoon werkelijk heel diep slaapt door stevig en venijnig te knijpen en heel dicht bij de oren lawaai te maken. Als daar niet op wordt gereageerd een plastic zak over het hoofd trekken, afsluiten, rustig afwachten tot de persoon niet meer ademt, de zak weer losmaken, van het hoofd trekken en in je zak steken. Wel meenemen, natuurlijk.

Slim, slim, slim.

Daarna ongezien weg zien te komen, en dan moet je mazzel hebben. Je weet namelijk niet of er toevallig iemand op straat is die je ziet, of net naar buiten kijkt, of net de groene bak buiten zet, et cetera.

Het lukte om ongezien weg te komen en het enige wat nog rest is de kaken op elkaar houden en aan niemand, maar dan ook werkelijk aan niemand vertellen wat er is gebeurd.

Laat een of andere klojo er maar lekker voor opdraaien.

20

De ouders van Jochem zijn meegereden met Fifi en Ted. Kiki was blij dat ze weer bij papa mocht slapen en ze ligt inmiddels in haar bed. Nadia heeft nog geholpen met opruimen en is daarna naar huis gegaan.

Vlak voordat ze vertrokken heeft zijn moeder hem om een sleutel van dit huis gevraagd, in verband met het kunnen thuisbrengen van Kiki. Ze heeft de sleutel van het vakantiehuisje aan hem teruggegeven.

Jochem heeft een glas whisky ingeschonken en nu zit hij op de bank. Hij voelt zich hier nog niet op zijn gemak, ook al is het zijn eigen huis en woont hij hier nu met zijn eigen kind. Ze zijn samen, zonder vrouw, zonder moeder.

Hij wil medelijden voelen voor Pattie, maar hij kan momenteel alleen maar haten. En twijfelen.

Sprak ze de waarheid toen ze beweerde dat hij niet de vader is van Kiki? Hij weet nog dat iemand hem eens vertelde dat kinderen het gedrag van hun ouders vaak kopiëren. Ze kunnen praten, lachen en lopen op dezelfde manier, omdat ze nadoen wat ze zien en horen. Hij weet niet meer wie hem dat vertelde, maar dat doet er ook niet toe.

Hij wil hier met iemand over praten.

Ted neemt al snel op. Hij sliep nog niet, zegt hij. Fifi slaapt al. Ze is de laatste tijd erg moe, hij wil dat ze naar de huisarts gaat. Wat is er aan de hand?

Jochem nipt van zijn whisky. Hij wil niet dronken worden, zijn kind ligt boven te slapen en hij moet voor haar kunnen klaarstaan als ze onverwacht wakker wordt. Hij zegt dat hij wil praten over het onzekere gevoel dat is ontstaan door wat Pattie beweerde.

Ted luistert en laat hem uitspreken als Jochem vertelt dat hij er altijd van overtuigd is geweest dat Kiki zijn dochter is, omdat ze hetzelfde aparte loopje heeft als hij. Of zou dat alleen gaan om kopieergedrag?

'Luister goed,' zegt Ted. 'Herinner je je de oudste broer van pa nog? Hij heette Chris en hij is omgekomen bij een auto-ongeluk toen hij net vijftig was. De familie had weinig contact met hem omdat hij vaak te veel dronk. Weet je dat nog?'

Jochem probeert zich iets van deze oom te herinneren. 'Dat weet ik niet meer,' antwoordt hij.

'Ik denk dat jij toen nog een kleuter was, maar ik weet nog wel dat pa het er moeilijk mee had. Ik weet ook nog dat hij vertelde dat Chris op een vreemde manier liep, ook als hij nuchter was. Hij had altijd startproblemen en weinig evenwicht. Het zou me niet verbazen als dit een genetisch familietrekje is.'

Jochem moet dit even tot zich laten doordringen. 'Maar ik herinner me dat jij eens tegen me zei dat die startproblemen en dat verstoorde evenwicht iets te maken konden hebben met een ontwikkelingsstoornis in mijn brein, of zoiets. Weet je dat nog?'

'Ja, dat weet ik nog. Ik dacht toen niet aan oom Chris, maar ik denk nu toch dat jullie manier van bewegen iets te maken heeft met genen.'

'Jij hebt het niet, pa heeft het niet.'

Ted lacht. 'Genen zijn onvoorspelbare elementen in een mensenlichaam, broer. Laat het toch rusten, ik weet zeker dat Kiki jouw kind is. Wat Pattie zei… ach, moeten we het daar nog over hebben? Maar als je zekerheid wil, kun je toch nog steeds een DNA-test doen?'

'Dat doe ik niet. Je hebt gelijk: Kiki is duidelijk mijn dochter.

Wat Pattie beweerde sloeg nergens op, zoals het meeste wat ze uitkraamde. Gaat het eigenlijk wel goed met Fifi? Volgens mij was ze erg afgevallen.'

'Dat klopt, ze gaat veel te ver met alle diëten om te voorkomen dat ze aankomt. Ze heeft een vreemd beeld van zichzelf, vind ik. Ze is altijd slank geweest, geen overgewicht, en toch voelt ze zich regelmatig te dik. Ze volgt het ene na het andere dieet en ze weet niet van ophouden. Ik wil dat ze met onze huisarts gaat praten en een voedingscoach regelt. Naar mij luistert ze niet en ik wil liever ook niet terechtkomen in een therapeutische rol.'

'Dat begrijp ik,' zegt Jochem. 'Laat het me weten als ik iets kan doen.'

Zo heeft toch iedereen zijn eigen sores, denkt hij. De ene vrouw eet zich klem, de andere hongert zich uit. Binnenkort gaat hij zijn broer en schoonzus uitnodigen om te komen eten. Wie weet heeft Fifi behoefte aan verzorgd worden in plaats van altijd zelf te zorgen. Hij drinkt zijn glas leeg. Hij wil slapen. Niet denken aan een graf waarin Pattie ligt. Vreselijk, een graf. Ontbinden, opgegeten worden door wormen.

Hij neemt toch nog maar een laatste glas.

21

Jochem kan niet goed verklaren waarom hij vandaag voortdurend aan Pattie denkt. Ze zou jarig zijn, maar ze is al drie maanden dood en als ze nog had geleefd was hij niet op visite gekomen. Dit is een gewone dag, niemand van de familie zal stilstaan bij de verjaardag van Pattie, behalve haar eigen moeder. Het is dus goed om lekker te werken en bezig te zijn met leuke dingen. Voor iedereen gaat het leven verder, zijn dochter doet het goed. Ze praat niet meer de hele dag over haar moeder, maar Jochem gaat geen enkele opmerking of vraag uit de weg en troost als het meisje zomaar wordt overspoeld door gemis en verdriet. Hij knuffelt, beschermt, maakt plezier en luistert.

Hij neemt Kiki iedere week mee naar het graf van Pattie en bekijkt regelmatig met Kiki foto's van vakanties en van haar moeder. Hij beaamt dat mama best heel lief was en als Kiki dat vraagt probeert hij niet te denken aan Patties escapades. Ze is zijn probleem niet meer, ze is niemands probleem meer. Ze is dood, ze wordt nooit meer jarig.

Iedereen is aardig voor hem en behulpzaam. Dat waardeert hij, maar hij krijgt het er soms ook een beetje benauwd van. Hij voelt zich regelmatig behandeld als een patiënt, maar hij is niet ziek. Hij is opgelucht!

Zijn ouders hebben net een nieuwe ovenschotel samengesteld met pittige kip en veel groenten. Koolhydraatarm, omdat daar veel om wordt gevraagd. Volgens Jochems vader moeten ze zich toeleggen op meer koolhydraatarme daghappen die voedzaam zijn en snel te bereiden. Iedereen heeft tegenwoordig haast, is hij van mening. Maar goede voeding is en blijft belangrijk.

Jochem laat hem praten en probeert niet aan dode lichamen te denken die onder de grond liggen te vergaan. Waarom wilde Nadia haar dochter per se laten begraven? Cremeren had minder ruimte gegeven aan lugubere gedachten van het kaliber rottende kadavers. Maar nu kan zijn dochter wél naar de plek waar haar moeder is achtergebleven en het gaat in dit geval om wat belangrijk is voor zijn kind.

Zijn moeder staat naast hem en tikt op zijn arm. 'Er is een vrouw bij de toonbank die vraagt of je Jochem Tersteege bent. Ze schijnt je te kennen van de middelbare school.'

Jochem loopt op de vrouw af. Hij kent haar ergens van.

Ze steekt een hand op. 'Je weet niet meer wie ik ben, hè? Meike Roose. We zaten bij elkaar in de klas op de havo.'

'Er daagt wel iets, maar nog niet veel,' zegt Jochem. Zou ze kunnen zien dat hij liegt?

Ze glimlacht heel even. 'Ik hoorde dat je vrouw is overleden. Gecondoleerd.'

'Het was zijn ex-vrouw,' corrigeert zijn moeder die opeens naast Jochem staat. 'Maar toch aardig van je dat je meeleeft.'

Jochem kijkt naar zijn moeder en hij vraagt zich af sinds wanneer ze die geïrriteerde ondertoon in haar stem heeft.

En hoe het komt dat hij zich dit niet eerder heeft afgevraagd.

Hij maakt een uitnodigend gebaar naar Meike. 'Wil je koffie? We hebben achter een personeelskamer.'

Hij voelt de verbaasde blik van zijn moeder in zijn rug als hij met Meike naar achteren loopt.

Zodra de deur achter hen gesloten is, stelt hij de vraag. 'Jij was toch het meisje dat opeens niet meer op school verscheen?'

22

Het komt door zijn slechte stemming, door zijn onzekerheid en door het gevoel dat hij de regie over zijn leven niet stevig in handen heeft. Normaal gesproken zou hij het niet in zijn hoofd halen om een vrouw aan wie hij bepaalde herinneringen heeft uit te nodigen voor een kop koffie in het personeelsverblijf zonder daar een goede reden voor te hebben. De geschiedenis met Meike heeft bijna dertig jaar geleden plaatsgevonden en hij heeft na de grote schok, de teleurstelling en het verdriet een streep getrokken onder alles wat zich toen heeft voorgedaan. Het was puberleed en het leven ging verder. Hij haalde zijn diploma, begon aan de vakopleiding die hij nodig had om de zaak van zijn ouders over te nemen en plaatste de vragen die hij had naar de achtergrond tot het mogelijk was ze te wissen. Die vragen waren toch weg?

Het komt door zijn instabiliteit, hij is de weg momenteel een beetje kwijt. Alles komt weer goed, het is nergens voor nodig om zich nu te verdiepen in leed dat al jaren achter hem ligt.

Ze is nog even mooi, haar blauwe ogen stralen zoals ze altijd al deden, haar blonde krullenkop trekt opnieuw de aandacht.

Ze lacht ook even ondeugend als vroeger. Waarom zou hij blijven volhouden dat hij zich haar nauwelijks herinnert?

Ze kijkt hem aan en nu is ze ernstig. 'Het klopt, ik was opeens verdwenen. Dat had niets met jou te maken. Ik ben toen een tijdje… weggeweest.'

'Hoezo, weg? Naar een andere stad? Naar een ander land?'

'Ik was in België, bij familie. Mijn moeder was Belgisch, vandaar.'

'Wij hadden een beetje verkering, weet je dat nog?'

Nu lacht ze breed. 'En of ik dat nog weet. Puberliefde, heel voorzichtige gevoelens, veel aftasten en een beetje betasten. Toch?'

Jochem blijft ernstig. 'Voor mij was het méér, het kwam in de richting van een totale verstandsverbijstering. Iets van nadenken verheffen tot onmogelijkheid, fixeren op één persoon, blik nog alleen gericht op oneindig.' Hij blijft haar strak aankijken.

'Kijk niet zo naar me,' zegt ze.

'Zo wat?'

'Zo nadrukkelijk.' Ze doet een stap in zijn richting. 'Dat ik moest vertrekken had niets met jou te maken.'

Jochem doet zo onopvallend mogelijk een stapje naar achteren. 'Wat kom je doen, Meike?'

'Ik wil graag opnieuw vrienden worden.'

Voordat Jochem daar antwoord op kan geven, zwaait de deur open en komt zijn moeder binnen. 'Sorry dat ik moet storen. Jochem, Ted heeft net gebeld. We moeten naar hem toe. Fifi is verdwenen.'

Jochem loopt zonder iets tegen Meike te zeggen achter zijn moeder aan.

'Ik ben bang dat het daar helemaal niet goed gaat,' zegt zijn moeder.

'Ik laat mijn mobiele nummer voor je achter,' roept Meike.

23

Jochem schrikt van het asgrauwe gezicht van zijn broer. Ze omhelzen elkaar.

'Waar is pa?' vraagt Ted.

'Hij komt later, moest eerst iets afmaken.' Jochem loopt achter zijn broer aan. 'Wat is hier in vredesnaam aan de hand?'

'Eerst koffie,' zegt Ted.

Er hangt een vreemde sfeer in dit huis en Jochem weet niet hoe hij die moet duiden. Ted ziet bleek, maar hij beweegt zich soepel en lijkt de situatie te beheersen. Hij zegt dat er geen paniek moet ontstaan. Fifi is waarschijnlijk weggegaan om tot rust te komen, dat doet ze vaker als ze de drukte niet aankan.

'Drukte?' herhaalt Jochem. 'Jullie hebben een rustig leven, volgens mij. Mooi huis, geen geldzorgen, over welke drukte heb je het?' Hij wendt zich tot zijn moeder. 'Zie ik het verkeerd?'

'Wat voor de een normaal is, kan voor de ander drukte betekenen,' antwoordt zijn moeder. 'Fifi is snel vermoeid, maar ze wil dat niet graag laten merken.'

'En dan vertrekt ze voor een paar dagen? Wat is nu dan precies het probleem?'

'Ze is niet bij haar ouders,' zegt Ted. 'Ze heeft ook niet gezegd dat ze een time-out nodig had, ze was gewoon niet thuis toen ik gisteren thuiskwam en ze heeft tot nu toe niets van zich laten horen.'

'Moet je dan de politie niet bellen?' vraagt Jochem. 'Dit klinkt of er iets niet in de haak is.'

Ted schenkt koffie in. 'Daar wilde ik dus met jullie over praten. Wanneer bel ik de politie? Het is niet de eerste keer dat Fifi opeens weg is, maar ze bleek altijd bij haar ouders te zitten. Die stuurden haar dan na een paar dagen weer terug naar huis.'

Jochem roert in zijn kopje. 'Maar had je dan tijdens die dagen geen contact met Fifi? Probeerde je haar zelf niet naar huis te krijgen?'

Voordat Ted een antwoord kan geven, neemt hun moeder het woord. 'Ik kan me niet voorstellen dat juist jij dit vraagt. Je bent zelf kampioen doen of je neus bloedt en dan ga je kritische vragen stellen aan je broer?'

Ted steekt een hand op. 'Niet doen, ma, nergens voor nodig. Jochem mag vragen wat hij wil, onze situaties zijn niet te vergelijken. Fifi heeft het mij nooit zo moeilijk gemaakt zoals Pattie dat deed bij Jochem. Ik heb haar kwetsbaarheid en onzekerheid ook altijd binnenshuis gehouden, jij en pa waren de enige personen die iets in de gaten hadden en vragen stelden.'

Hun moeder trekt haar neus op. 'Zonder ooit een eerlijk antwoord te krijgen.'

'Ik los mijn problemen altijd het liefst zelf op.' Teds stem klinkt koel. Hij wendt zich tot Jochem. 'Om op je laatste vraag terug te komen: als Fifi weer eens bij haar ouders logeerde, wilde ze geen contact met mij. Ik belde dan een paar keer per dag met haar moeder, die hield me op de hoogte voor zover er iets te melden viel. Fifi wilde namelijk ook nooit met haar ouders praten. Ze sloot zich af en pas als ze zichzelf weer openstelde, vertelde ze wat haar had dwars gezeten. Maar altijd mondjesmaat, als ik naar haar zin te veel dóórvroeg kwam er geheid ruzie. Dat wilde ik zo veel mogelijk vermijden.'

'Heftig zeg,' zegt Jochem.

Ted trekt zijn schouders op. 'Je raakt eraan gewend.'

Buiten wordt een deur dichtgeslagen. Ze luisteren alle drie naar het geluid en verroeren zich niet. Er wordt aangebeld.

Ted klemt zijn handen om de leuning van zijn stoel.
'Zal ik even opendoen?' biedt Jochem aan. Hij voelt zich kalm op een vreemde manier. Misschien zelfs op een kille manier.

Dit is fout, denkt hij als hij twee politieagenten voor de deur ziet staan.

24

Zowel Jochem als zijn broer en zijn moeder lijken bevangen door de spanning die samen met de agenten zijn intrede heeft gedaan. Niemand is in staat om zich te bewegen.

De oudste agent schraapt een paar keer zijn keel. 'Dit is het adres van mevrouw Fifi Tersteege-Benningen?' Hij richt zich tot Ted. 'U bent haar echtgenoot? Ik vrees dat ik geen goed bericht voor u heb. Uw vrouw is een paar uur geleden van het dak van een hotel gesprongen en ze heeft dit niet overleefd. Het spijt me zeer dat ik u hiervan in kennis moet stellen.'

Jochem sluit zijn ogen. Hij wil niets en niemand meer zien, hij wil hier niet meer zijn. Maar hij is hier wel, in deze beklemmende gekmakende stilte.

Hij opent zijn ogen weer. Ted zit roerloos naast hem, met zijn ellebogen op de tafel en beide handen voor zijn gezicht.

Zijn moeder zit tegenover hen en ze kijkt strak voor zich uit.

De agent vertelt dat het stoffelijk overschot van mevrouw naar een mortuarium zal worden gebracht en dat een officier van justitie eerst gaat bepalen of er een vermoeden is van een strafbaar feit. Als dat niet het geval is, zal een sectie plaatsvinden. De uitslag van de sectie zal zo snel mogelijk bekend worden gemaakt.

Jochem wil weten waarom een sectie nodig is.

De agent legt uit dat de doodsoorzaak vastgesteld moet worden. Het moet ook duidelijk worden of de overleden persoon niet is geholpen door bijvoorbeeld toediening van drugs, waardoor een persoon willoos is gemaakt. Als er geen aanwijzingen zijn dat het iets anders is dan zelfdoding, hoeven personen die betrokken zijn niet als getuige worden verhoord. Als er zelfs maar de geringste aanleiding is om te vermoeden dat er sprake is van opzet of schuld stelt de recherche, onder leiding van de officier van justitie, een strafrechtelijk onderzoek in. En hierin wordt natuurlijk naar een verdachte gezocht.

Er valt een diepe stilte na deze uitleg.

Jochem is als enige nog in staat om een vraag te stellen. 'Weten jullie zeker dat het om mijn schoonzus gaat?'

De agent legt uit dat hij en zijn collega hier zijn omdat uit de persoonsgegevens bleek dat het om mevrouw Fifi Tersteege-Benningen zou gaan. Er was een paspoort aanwezig bij de receptie van het hotel. In de badkamer waar mevrouw gebruik van heeft gemaakt zijn een kam en tandenborstel gevonden die ze waarschijnlijk heeft gebruikt en waarmee DNA-onderzoek kan plaatsvinden. Maar mevrouw moet natuurlijk wel officieel geïdentificeerd worden. Dat hoeft niet vandaag, het kan ook na de sectie. De identificatie moet gedaan worden door iemand die het slachtoffer in leven heeft gekend.

De moeder van Jochem gaat rechterop zitten. 'Valt er wel iets te identificeren?'

Jochem wil zich verontschuldigen voor deze botte vraag, maar de agent vertrekt geen spier. Hij antwoordt dat het lichaam van mevrouw te identificeren valt. Van een lichaam dat dermate verminkt is dat identificatie moeilijk wordt, kunnen ook tandheelkundige gegevens gebruikt worden, naast DNA of vingerafdrukken. De kleding kan worden herkend, eventueel littekens. Er is een opvallend uiterlijk kenmerk waargenomen bij de mond van de overledene.

Ted komt overeind en vlucht naar het toilet in de gang.

'Het is een verschrikkelijke boodschap voor u allemaal,' zegt de agent.

Ted is weer terug. Jochem heeft hem een glas water aangereikt en zit nu naast hem aan tafel. Hun moeder zit tegenover hen met hoog opgetrokken schouders.

De agent herneemt het woord. Als er geen sprake is van een strafbaar feit en de identificatie is gedaan, zal het lichaam worden vrijgegeven en kan de familie beslissen wat er verder gaat gebeuren.

'Er kan geen sprake zijn van een strafbaar feit,' zegt Ted. Zijn stem bibbert, maar het lukt hem om te praten. 'Fifi heeft geen vijanden. Ze is kwetsbaar, maar ik ken geen mensen die haar iets zouden willen aandoen.'

'Jullie horen zo snel mogelijk de uitslag,' belooft de agent. Hij voegt eraan toe dat er psychologische hulp geregeld kan worden, als daar behoefte aan is.

'Psychologische hulp?' herhaalt Jochem.

'Daar is geen behoefte aan,' beslist hun moeder. 'Dit lossen wij als familie zelf op.'

Jochems mond valt open. 'Lijkt het je niet beter als Ted een dergelijke beslissing neemt?' Hij wendt zich tot zijn broer. 'Misschien wil je collega's bellen? Of je huisarts?'

Ted maakt een afwerend gebaar.

'We praten er nog over,' zegt Jochem.

Zijn moeder snuift hoorbaar. Hij vraagt zich af wat haar bezielt.

'U krijgt zo snel mogelijk een bewijs van overlijden,' gaat de agent verder. 'En uiteraard hoort u ook wat de officier van justitie heeft besloten. Als er geen verder onderzoek nodig is, kunt u contact opnemen met een uitvaartondernemer.'

'Maar wanneer moet Ted Fifi dan identificeren?' De stem van hun moeder klinkt schril en hard. Ze wendt zich tot Ted. 'Of kun je dat soms niet?'

'Mama! Wat bezielt je?' roept Jochem. 'Wat is er met je?'

'Laat maar,' sust Ted. 'Het is de schrik, daardoor kan iemand heel oninvoelbaar reageren.'

'Ik haal jullie vader,' beslist hun moeder. Ze loopt naar de deur. 'Hij moet hier zijn, want hij is de enige van onze familie die helder kan blijven denken als er ongelukken gebeuren.' Ze wijst naar Ted. 'En wil jij dan wel ophouden met dat gepsychologiseer? Wij zijn niet je patiënten.'

'We hebben pas een paar maanden geleden het overlijden van de vrouw van mijn broer meegemaakt,' legt Ted uit aan de agenten. 'We zijn als familie gewoon niet helemaal toerekeningsvatbaar.'

'Zorg goed voor uzelf,' adviseert de agent.

Als de deur achter hem en zijn collega is dichtgevallen, zakt Ted door zijn knieën.

25

Jochem zit op zijn knieën naast zijn broer. Ted huilt geluidloos, alleen zijn ademhaling is te horen.

Iemand moet de ouders van Fifi bellen, denkt Jochem.

Ted maakt zich los en gaat weer staan. 'Ik moet de ouders van Fifi bellen, maar ik ben bang dat ze niet aardig zullen reageren. We zijn niet elkaars beste vrienden.'

'Ik wil ze wel bellen,' biedt Jochem aan.

'Graag, maar probeer te voorkomen dat ze hier vanavond op de stoep staan. Morgen misschien, maar nu liever nog niet. Ik kan die mensen er even niet bij hebben.'

Jochem is ook weer gaan staan. Hij noteert het nummer van de vader van Fifi en loopt naar de keuken. Halverwege draait hij zich om. 'Zal ik vanavond bij je blijven? Dan vraag ik of Kiki bij pa en ma kan slapen.'

Het lijkt of Ted opnieuw gaat huilen, maar hij beheerst zich. 'Graag. Dank je.'

Jochem krijgt de voicemail als hij de vader van Fifi belt. Hij spreek een bericht in, maar hij vraagt alleen of de vader terug wil bellen. Daarna belt hij zijn moeder. Die is nog op weg naar de winkel. Ze belooft Kiki op te halen en mee naar huis te nemen. Ze voegt eraan toe dat pa al onderweg is. En zijn de ouders van Fifi al gebeld? Verder wil ze nog laten weten dat ze misschien hard overkomt, maar het allemaal niet kwaad meent. Sorry als ze iets verkeerds heeft gezegd. Ted heeft gelijk, ze zijn allemaal van slag.

Jochem weet niet wat hij hierop moet antwoorden. Zijn moeder lijkt opeens een vreemde.

De vader van Fifi meldt zich.

Jochem zegt dat hij de broer is van Ted en dat Ted momenteel niet in staat is om hem te vertellen wat hij moet weten.

Er valt een stilte.

Jochem slikt een paar keer en daarna vertelt hij wat er is gebeurd.

De vader vloekt. Aan zijn stem is te horen dat hij probeert om niet te gaan huilen als hij zegt dat hij de moeder van Fifi op de hoogte zal stellen en dat hij vanavond nog zal bellen. Ze kunnen nu niet komen, omdat zijn auto in de garage is en morgen pas kan worden opgehaald.

'Dat zal Ted zeker begrijpen,' zegt Jochem. Hij voelt zich een bedrieger.

Ted zit aan de ronde eettafel in de serre. 'Er belde iemand van de politie. Het lichaam van Fifi wordt nu naar het mortuarium van het academisch centrum gebracht.' Hij drukt zijn handen tegen zijn lippen. 'Ik heb gezegd dat ik naar dat mortuarium kom om haar te identificeren. Daarna zal de sectie plaatsvinden.'

'Wil je dat echt vandaag al doen?' Jochem zou zijn broer nu op andere gedachten willen brengen.

'Ja, dit kan niet snel genoeg gebeurd zijn,' antwoordt Ted.

Jochem belooft dat hij hem daarbij zal helpen. 'Dit doen we samen, Ted. Zal ik Nadia bellen? Zij heeft de hele uitvaart van Pattie geregeld en ik denk dat ze ons best wil vertellen hoe dat werkt.'

Ted vindt het goed. Hij verontschuldigt zich ervoor dat hij Jochem hiermee lastigvalt. Daarna begint hij weer te huilen.

Er wordt gebeld.

Jochem loopt snel naar de voordeur en hij is blij als hij zijn vader ziet staan. Ze omhelzen elkaar.

'Je moeder heeft Kiki opgehaald en haar mee naar huis genomen. Ze kan vannacht bij ons slapen, dan heb jij je handen vrij. Ik blijf hier.'

'Blijf je ook slapen?' vraagt Jochem.

'Graag, als het kan. Ik wil even niet bij je moeder zijn.' Hij grijpt Jochem weer vast. 'Het valt tegenwoordig niet mee om het met haar uit te houden, jongen. Maar daar wil ik je niet mee lastigvallen, jij hebt genoeg aan je hoofd.'

'Vertel het toch maar als hier alle zaken geregeld zijn,' zegt Jochem. Hij loopt achter zijn vader aan naar de woonkamer en hij vraagt zich af of hij werkelijk wil weten waarom het tegenwoordig voor zijn vader moeilijk is om het uit te houden met zijn moeder. Er zijn nu wel genoeg huwelijken kapotgegaan, zijn ouders moeten bij elkaar blijven.

Ted is weggekropen in de armen van zijn vader. Jochem staat er een beetje onbeholpen bij. Hij wil geen moeilijke vragen gaan stellen en zijn broer de ruimte geven om zijn verdriet te tonen. Zou het toch een goed idee zijn om de huisarts van Ted in te schakelen?

Ted zit nu dicht naast zijn vader op de bank.

Jochem gaat tegenover hen zitten. 'Het lijkt me het best dat Ted en ik eerst naar het mortuarium gaan om te identificeren. Als jij dan hier blijft, pa, kun je mensen die eventueel nog langskomen te woord staan. De vader van Fifi kan ook nog bellen, misschien kun je dan met hem praten. Zullen we je huisarts inschakelen, Ted? Misschien kan hij je iets voorschrijven om te slapen. Pa en ik blijven hier en morgen regelen we wel iets op het werk. We laten je dit niet alleen opknappen.'

'Ik heb geen slaapmedicatie nodig,' zegt Ted. Hij staat op en loopt naar de keuken. De keukendeur wordt met een harde klap dichtgeslagen. Het volgende moment is er het geluid van brekend glas.

Jochem wil opstaan, maar zijn vader houdt hem tegen. 'Iets kapotgooien is voor hem altijd de beste manier geweest om zich te uiten, dus laat hem maar.'

Uit de keuken komt opnieuw geluid.

Het hele servies gaat eraan, denkt Jochem.

*

Het is belangrijk om met betrekking tot ingrijpen bij een netelige situatie niet alleen weloverwogen maar vooral op het juiste moment te beslissen. Maar wat is het juiste moment? Eigenlijk is het antwoord simpel.

Het juiste moment is het moment dat een slachtoffer zelf uitkiest en door degene die moet handelen herkend wordt.

Onbegrijpelijk?

Het kan ook beter niet begrepen worden door mensen die niet direct betrokken zijn.

Het was zo moeilijk om te beslissen wanneer er moest worden ingegrepen omdat alles zo in het geniep ging, omdat opening van zaken geven niet zozeer onmogelijk maar juist gevaarlijk was. In die zin had de hele exercitie iets van spitsroeden lopen.

Heel vermoeiend.

Maar ook heel opwindend.

Je moet ervoor zorgen dat het niemand opvalt dat je plannen maakt. Je laat niets merken van irritatie en als je ontdekt dat het anderen toch opvalt, stuur je bij. Zelfbeheersing en pokerface. Excuses, ook al zijn ze fake. Gedrag vertonen dat waardering wekt. Wát je ook ziet gebeuren, niet oordelen of veroordelen. Goed luisteren en niets vergeten. Sympathieke opmerkingen maken, de indruk wekken dat je alles niet alleen begrijpt maar vooral respecteert. Nooit de noodzaak uit het oog verliezen om als winnaar tevoorschijn te komen.

Je knokt voor zelfbehoud en daarvoor ga je tot het uiterste.
Desnoods tot de dood erop volgt.

Ze was wanhopig, ze dreigde dat ze zou springen maar ze zei er niet bij dat ze op een dakrand stond.
Ze koos het juiste moment.
Eigenlijk heel simpel.

26

De nacht brengt eindelijk stilte in huis. Buiten is het gaan waaien. Er komt stormachtig weer naderbij, maar naar verwachting zal die storm in de loop van de ochtend afnemen en tegen de avond gaan liggen. De zomer is voorbij.

Jochem denkt aan Kiki, die bang is voor onweer en storm. Pattie was dat ook en hij heeft steeds geprobeerd te voorkomen dat hun kind die angst overnam door te doen alsof onweer en storm de normaalste zaak van de wereld waren. Dat is natuurlijk niet gelukt en nu is zijn dochter behept met een stompzinnige angst en is het aan haar vader om haar daar weer van af te helpen. Vannacht gaat dat niet lukken, want ze zijn niet thuis. Maar hij weet zeker dat zijn moeder haar zal geruststellen en troosten. Ze vond de angst van Pattie overdreven en aanstellerig en ze zal de angst van Kiki beslist niet aanwakkeren of voeden. Hij zou haar nu even willen bellen, maar het is al middernacht geweest. Tijd om te slapen of in ieder geval uit te rusten.

Zou er iemand in dit huis vannacht echt slapen?

Hij wil het beeld van de dode Fifi wissen. De man die hen ontving in het mortuarium was aardig en stelde hen direct gerust. Het beschadigde deel van Fifi's gezicht was afgedekt, maar haar mond was te zien en ook de kleine moedervlek bij haar rechtermondhoek. Haar trouwring lag op een tafeltje, naast haar horloge.

Ted verklaarde met een door tranen verstikte stem dat alles

klopte. De ring, het horloge, haar schoenen, haar kleren en vooral de moedervlek. Hij tekende een paar formulieren.

De man die hen had ontvangen vertelde dat het gezicht van mevrouw na de sectie kon worden behandeld door mensen die gespecialiseerd waren in het herstellen van uiterlijke verwondingen, zodat familie en vrienden nog afscheid konden nemen. Ted antwoordde dat er later een gelegenheid zou worden georganiseerd om afscheid te nemen, maar met gesloten kist. Hij voegde eraan toe dat hij zeker wist dat zijn vrouw niet bekeken zou willen worden als ze dood was.

Jochem probeerde iets te ontdekken wat leek op een ademhaling of een andere minimale beweging, zodat aantoonbaar kon worden dat Fifi nog leefde. Maar de hele ruimte was gevuld met dood.

Met kou.

Met onstuitbare ellende.

En met woede.

Hij wilde niet kwaad zijn, maar hij was razend en hij had zijn schoonzus willen uitkafferen. Gelukkig trok Ted hem mee naar buiten. Toen ze terugliepen naar de auto vroeg Jochem aan zijn broer of hij zich niet beetgenomen voelde.

Ted antwoordde dat het voor hem geen kwestie was van beetgenomen zijn, maar wél van schuld, omdat hij niet goed genoeg had opgelet. Hij beloofde later meer te vertellen over wat er allemaal met Fifi aan de hand was.

Op de overloop zijn voetstappen. Er wordt een deur geopend en weer gesloten. Iemand trekt het toilet door. Opnieuw voetstappen en daarna de volgende stilte.

Jochem kijkt op het klokje dat op de vensterbank staat. Er is een halfuur voorbij sinds hij in bed stapte. Komt er ooit een eind aan deze nacht?

Wat is er aan de hand geweest in dit huwelijk? Wat was er gaande waardoor Fifi soms uitweek naar haar ouders? Hij moet zijn broer daar vragen over stellen. Morgen. Later. Hij wil begrijpen wat hier is gebeurd.

Opeens verlangt hij heftig naar zijn kind.

27

Ted heeft kleding van Fifi uitgezocht waarin ze zal worden opgebaard. De uitvaartondernemer gaat deze kleding afleveren bij het mortuarium waar de kist zal staan. Nadia heeft geregeld dat hij langskwam en ze heeft Ted geadviseerd om bij voorbaat al een persoonlijke tekst te bedenken voor op de rouwkaart. Dat is niet gelukt. Ted huilt alleen maar en hij laat alle organisatie aan zijn broer en hun ouders over.

Ze hebben gekozen voor een standaardtekst, die kort en krachtig is en waaruit op geen enkele manier is vast te stellen dat het om een zelfdoding gaat. Volgens hun ouders wekt dat alleen maar roddel en achterklap op en lopen ze allemaal het risico dat ze kwetsende vragen en opmerkingen te verduren krijgen. De werkelijke doodsoorzaak is aangemerkt als een familiegeheim. Ze hebben met elkaar afgesproken dat zelfdoding tegenover iedereen die vragen stelt zal worden ontkend, ook al heeft in de krant gestaan dat er een vrouw van het dak van een hotel is gesprongen. Dat ging om een vrouw die zij niet kennen. Soit! Ook de ouders van Fifi hebben zich bereid verklaard om deze verklaring af te geven.

Er hangt een vreemde sfeer tussen de ouders van Fifi en Ted. Volgens Ted zijn het eenvoudige mensen, maar harde werkers. Ze lezen geen boeken en kijken alleen naar televisieprogramma's van Net5, SBS6 en RTL4, tenzij het over actualiteiten gaat. Dan zappen ze verder. Ze vinden de hele wereld een grote puinzooi en willen niets weten van alle ellende die naar hun mening veroorzaakt wordt door de elite. Mensen die aan de universiteit hebben gestudeerd nemen ze per definitie niet serieus, die worden automatisch geplaatst in het kamp leugenaars en vijandelijke bedriegers die uitsluitend nadenken over zelfverrijking. Ted is vanaf het begin van zijn relatie met Fifi behandeld als iemand die bedreigend was voor de gezinssfeer. Ze hebben zijn intenties nooit willen vertrouwen en dus is er nooit sprake geweest van een vertrouwelijke relatie.

Jochem luistert stil naar wat zijn broer hem nu vertelt. Hij vraagt hoelang het geleden is dat Ted zijn schoonouders heeft gezien of gesproken. Dat blijkt al maanden geleden te zijn.

'Je begrijpt dus dat wat er nu gebeurd is mijn schuld moet zijn,' licht Ted toe. 'Of van de elite in het algemeen. Fifi heeft nadat ze mij leerde kennen besloten om via deeltijdcertificaten haar havo af te maken. Ik vind het nog steeds heel knap van haar dat dit is gelukt, maar haar ouders hebben haar niet eens gefeliciteerd. Ze trokken hun neus op voor kennis en ze geloofden niet dat Fifi de certificaten op eigen kracht had gehaald. Ze was met de havo gestopt na haar vijftiende verjaardag, omdat haar ouders op alle mogelijke manieren tegenwerkten. Vooral haar moeder was van mening dat ze zich boven haar familie verheven zou gaan voelen als ze hoger opgeleid zou zijn dan haar vader en moeder. Tegenspraak werd niet geduld en vaak afgestraft met een pak slaag. Daardoor ging ze steeds minder praten en werd ze op alle fronten onzeker. Om haar ouders tegemoet te komen is ze toen in een kapsalon gaan werken en ze hoopte dat ze de kappersopleiding zou mogen doen. Ze ontmoette mij toen ze net achttien was en we wilden snel trouwen. Dat verhaal ken je.'

Jochem herinnert zich nog goed de opwinding van zijn ouders toen Ted, die als psycholoog al een drukke eigen praktijk had opgebouwd, thuis kwam vertellen dat hij een meisje van achttien had ontmoet met wie hij wilde trouwen. Hij herinnert zich ook dat hij het stoer vond van zijn broer en dat hij ruzie kreeg met zijn ouders toen hij die mening uitsprak. En dat hij zich afvroeg waarom zijn ouders hun oudste kind het geluk niet gunden. Zijn moeder voorspelde dat dit huwelijk niet lang zou duren, om te beginnen door het leeftijdsverschil. Zijn vader bromde dat de wereld echt anders in elkaar zat dan Jochem dacht.

Pas toen hij zelf vader werd, begreep hij wat de geboorte van je nageslacht teweeg kon brengen in je hoofd, je hart en in je ziel.

Fifi werd voorgesteld aan de familie. Iedereen was vriendelijk en voorkomend. Later herhaalde zijn moeder dat dit huwelijk niet lang zou duren en dat ze daar desnoods zelf voor wilde zorgen.

Jochem haalde zijn schouders op.

Nu is Fifi dood. Zogenaamd verongelukt, in werkelijkheid van het dak van een hotel gesprongen. Niemand heeft blijkbaar iets in de gaten gehad.

Maar klopt dat wel?

28

Ted heeft aan Jochem gevraagd of hij een paar weken met Kiki bij hem wil intrekken. Jochem had liever afgesproken om een paar keer per week bij elkaar te eten, maar dat durfde hij niet. Dit gebrek aan lef vindt hij walgelijk, maar zijn broer is opgelucht en daar gaat het nu even om. Zijn vader heeft hem ervoor gewaarschuwd dat hij zijn eigen sores ook in de gaten moet houden en ruimte voor zichzelf moet nemen.

Jochem is blij dat hij zes dagen per week kan werken en het is hem tot nu toe gelukt om het dringende advies van zijn moeder over een vrije dag midden in de week te weerstaan. Werken helpt om minder na te denken over wat er recent allemaal is gebeurd en om zichzelf niet lastig te vallen met vragen waarop geen antwoord te geven is. Vragen die onrust veroorzaken, vragen waarbij achterdocht en kritiek hun intrede doen.

Het leven was voorheen overzichtelijk, al zal hij niet ontkennen dat de reuring die Pattie veroorzaakte uitermate vermoeiend was. Zijn kind was belangrijk en doordat zij er was hoefde hij niet nadrukkelijk stil te staan bij zijn relatie. Hij werkte, zag mensen die tevreden waren over de ontwikkelingen in zijn bedrijf en als hij te diep dreigde te gaan nadenken, bedacht hij weer iets nieuws om ze tevreden te stellen. Hij dook weg voor te veel sores en weigerde na te denken over de toekomst. Maar toen lag Pattie opeens dood op de bank en raakte Jochem verzeild in een politieonderzoek, kritische vragen, controles op de antwoorden en fluisterende opmerkingen die hem onrustig maakten. Hij heeft zich overal zo weinig mogelijk van aangetrokken en zich geconcentreerd op zijn kind. Kiki was aanvankelijk heel verdrietig, maar ze herstelde snel en hij heeft sterk de indruk dat ze veel meer ontspannen en vrolijk werd nadat Pattie was overleden. Toch weet hij niet zeker of hij dit goed heeft gezien en of ze zich groothield om hem niet te verontrusten. Want sinds ze voor een paar weken bij Ted zijn gaan wonen, is Kiki stil en afwerend. Zou hij toch meer vrije dagen moeten nemen? Hij twijfelt aan alles en iedereen, vooral aan zichzelf. Het leven lijkt rustiger en overzichtelijker dan voorheen, maar toch staat hij voortdurend op scherp.

Hoe kan dat toch?

Misschien komt het door de dood van Fifi. Wat kan er met haar aan de hand zijn geweest? Een jonge vrouw van nog geen dertig die voor de buitenwereld alles had: leuke man; geen geldzorgen; mooi vrijstaand huis; de vrijheid om te gaan en staan waar ze wilde, die springt toch niet zomaar van het dak van een hotel?

Jochem had niet met haar ouders moeten praten, ook al drong Ted er nog zo op aan. Het heeft allemaal niet alleen niets opgelost, het heeft vooral vragen en twijfels toegevoegd.

Hij had zich niet door Ted moeten laten ompraten, hij had minder gevoelig moeten reageren op tranen en smeekbedes, hij had naar zijn eigen weerstand moeten luisteren. En dat had hij niet alleen in dit geval moeten doen, hij had daar al veel eerder mee moeten beginnen.

Hij haat de zwakte die zich elke keer weer manifesteert, die hem onzeker en besluiteloos maakt. Maar hij heeft toch met die ouders gepraat en daardoor weet hij nu helemaal niet meer wat hij moet denken over de situatie waarin niet alleen Ted maar ook de rest van de familie verzeild is geraakt.

Hij vraagt zich steeds af of ze met z'n allen gewoon de ogen hebben gesloten voor wat zich binnen de familie afspeelde. Alle nare opmerkingen en het afstandelijke gedrag van Pattie werden schouderophalend dan wel vergezeld van besmuikt gelach bij voorkeur genegeerd. De schuwe en angstige houding van Fifi werd nooit openlijk besproken. Ze was bij verjaardagen aanwezig, maar later kon je je afvragen of ze er echt was geweest. Ted heeft wel uitgelegd dat Fifi overbeschermd was opgevoed en daardoor niet in staat was om zelfstandig beslissingen te nemen, wat verklaarde dat ze niet geschikt was om deel te nemen aan het arbeidsproces, maar Jochem kan zich niet herinneren dat iemand daar ooit op heeft doorgevraagd. Het leek of ze stilzwijgend hadden afgesproken om gezamenlijk af te haken als het moeilijk werd.

Ze wisten allemaal hoe ze heette en toch was ze anoniem. Ze is ook onopvallend weggebracht. Er heeft een kleine advertentie in de krant gestaan, maar pas twee dagen na de crematie waarbij alleen de directe familie aanwezig was. Niemand sprak, er werden alleen drie stukken muziek gedraaid en daarna zijn ze direct naar huis gegaan. Jochem wordt nog steeds beroerd als hij hieraan terugdenkt.

Hij zou er met Ted over willen praten, maar die is nog steeds nauwelijks aanspreekbaar. Iedere vraag die in de buurt komt van de mogelijkheid om persoonlijk te worden, wordt afgewimpeld. Ted werkt niet, maar zorgt voor eten en drinken, houdt het huis schoon en loopt rond met betraande ogen. En hij drinkt te veel alcohol, dat is Jochem wel duidelijk. Dat doet hij niet waar Kiki bij is, maar zodra ze in bed ligt komt de rode wijn tevoorschijn en anderhalve fles per avond wordt met het grootste gemak naar binnen gewerkt. Jochem heeft al een paar keer geprobeerd om daarover te praten, maar hem werd direct de mond gesnoerd met de mededeling dat hij zich niet moest bemoeien met andermans verdriet.

Hij wil terug naar zijn eigen huis en hij weet niet op welke manier hij deze wens moet aankaarten. Zou zijn vader hem willen aflossen? Die is weer terug naar huis, maar misschien wil hij graag nog een tijdje weg bij zijn vrouw. Nog zo'n probleem waar niemand openlijk over praat.

Ted is in slaap gevallen op de bank en snurkt. De eerste fles rode wijn is al leeg, misschien slaapt hij lang genoeg om de tweede dicht te laten. Jochem kan een gevoel van walging niet onderdrukken. Hij wil zijn broer niet veroordelen, maar toch kan hij er niet goed tegen dat die zich zo laat gaan. Die man is nota bene universitair geschoold in het omgaan met gevoel en emoties. Die studie geldt toch niet alleen voor het behandelen van anderen? Je betrekt dergelijke kennis toch ook op jezelf?

Kiki staat bovenaan de trap te huilen, hoort hij. Jochem brengt haar terug naar bed en het valt hem op dat het kind zich zo aan hem vastklampt. Ze wil nog niet onder het dekbed, ze wil op schoot blijven zitten en zich vastklemmen.

En ze blijft maar huilen.

Als ze eindelijk is bedaard, haar neus heeft gesnoten en Jochem de tranen van haar wangen heeft geveegd, wil ze antwoord geven op de vraag die hij al een paar keer heeft gesteld. Waarom is ze de laatste tijd zo stil?

Jochem denkt eerst dat hij het antwoord niet goed heeft verstaan en laat het haar nog een keer herhalen.

Hij heeft het dus goed gehoord. Zijn dochter is bang in dit huis.

Waarom, waarvoor?

Opnieuw tranen.

Pas als hij haar belooft dat ze de volgende dag terug zullen gaan naar hun eigen huis, wordt ze rustig en zegt ze dat ze dan wel durft te gaan slapen.

Ted snurkt nog steeds.

Jochem schakelt de televisie uit, dempt de schemerlampen en legt een plaid over het lichaam op de bank. Hij deinst terug van de alcoholwalm die om zijn broer heen hangt. Het is een goed besluit om terug naar huis te gaan want het wordt tijd om zijn eigen leven weer op de rit te krijgen.

Wat zou het heerlijk zijn om nu in slaap te vallen en goed uitgerust wakker te worden. Maar slapen zal niet lukken, zolang hij zijn oren gespitst blijft houden en niet kan ophouden met denken aan de woorden die zijn dochter uitsprak.

29

Het klopte, zijn vader wilde maar al te graag zijn plaats innemen. Jochem heeft geen moeite gedaan om te achterhalen wat er precies aan de hand is tussen zijn ouders. Er zijn wel eerder periodes geweest dat die twee het niet goed met elkaar konden vinden, daar was zijn moeder meestal tamelijk loslippig over. Ze mopperde dan over de slome houding van zijn vader en veroordeelde zijn weigering om daarover te praten. Als ze heel erg getergd was zei ze dat Jochem haar ook irriteerde, omdat hij vaak net zo zompig was als zijn vader. Dit soort tirades verlamden Jochem en later had hij dan weer spijt omdat hij alles had geaccepteerd zonder tegengas te geven.

Momenteel stelt hij geen vragen. Als zijn vader iets te melden heeft is hij welkom, maar nu gaat het voorlopig om hem en zijn kind. Ze moeten de draad weer oppakken en een leven opbouwen met z'n tweeën. Zijn broer heeft zowel qua kennis als op financieel gebied genoeg in huis om adequate hulp voor zichzelf te regelen.

Waarom was Kiki zo bang in het huis van Ted en Fifi? Waar was ze bang voor? Jochem probeert op allerlei manieren hierachter te komen, maar zijn dochter weert alles af. Het enige wat ze tot nu toe heeft willen vertellen was dat er rare geluiden waren. Enge geluiden. Jochem vermoedt dat er sprake is geweest van borrelende waterleidingen, dat heeft hij zelf ook een paar keer gehoord. Hij heeft besloten om het onderwerp voorlopig niet aan te roeren en het er eventueel pas weer over te hebben als ze weer een tijdje in hun eigen huis wonen.

De medewerkers zijn blij dat hij weer terug is. Iedereen komt langs om dat te vertellen. Charles, de leerling-slager die het vak in zijn vingers heeft, vertelt vol trots dat de twee nieuwste dagschotels die hij heeft mogen samenstellen niet zijn aan te slepen. Jochem feliciteert hem met dit succes en zegt dat hij trots op hem is.

De meeste vrouwen komen even knuffelen en hij wordt hier voor de verandering niet verlegen van. Integendeel, hij merkt hoe verschrikkelijk hij eigenlijk naar een warm lichaam verlangt. Een vrouw die al tien jaar bij hem werkt vertelt dat er een dame langs is gekomen die iets voor hem heeft achtergelaten. Ze overhandigt hem een kleine witte envelop.

Jochem neemt de envelop aan en stopt hem in zijn zak.

'Maak je hem niet open?' vraagt de vrouw.

Jochem lacht. 'En jullie maar gissen wat die mevrouw mij te vertellen heeft. Ik ga dit lezen als er geen nieuwsgierige ogen op me gericht zijn. Laten we nu maar aan het werk gaan.'

Het is druk en veel klanten zwaaien naar hem. In de personeelskamer ligt een enorme stapel kaarten op hem te wachten. Het blijken allemaal berichten te zijn van mensen die hun medeleven betuigen voor de verliezen die de familie recent heeft meegemaakt. Na twintig kaarten gelezen te hebben, haalt Jochem het gesloten envelopje uit zijn zak en scheurt het open.

Er zit een briefje in.

Het spijt me dat jullie familie in zo'n korte tijd zulke verschrikkelijke verliezen te verwerken heeft gekregen. Als je zin hebt om even te praten, bel me dan.
Lieve groet,
Meike

Jochem staart naar de naam.

Meike?

O ja, Meike. Van vroeger, het lijkt honderd jaar geleden. Ze was in de zaak, wat zei ze ook alweer? Iets wat te maken had met haar onaangekondigde vertrek destijds en dat ze weer vrienden wilde worden. Hij leest het briefje opnieuw en ontdekt nu pas het mobiele nummer dat in een hoekje staat.

Hij vouwt het weer dicht en stopt het in zijn zak.

Zijn moeder biedt aan om koffie te zetten. Jochem heeft haar niet horen binnenkomen en legt de kaart die hij net gelezen heeft opzij.

'Ted belde me net,' zegt zijn moeder. 'Hij vroeg of Fifi het met mij weleens over een dagboek heeft gehad. Weet jij daar iets van?' Ze doet druk, ze lijkt onrustig.

'Wat is er met je?' wil Jochem weten. 'Wat kan er zo interessant zijn aan een dagboek? Volgens mij hebben hele volksstammen zo'n ding.'

'Met mij is niets, maar wat is er met jullie? Ik maak me zorgen over jou en Ted, jullie lijken niet meer op de zonen die ik ken.'

Jochem merkt dat zijn moeder hem irriteert. 'Je zonen hebben het een en ander meegemaakt, ma. Wat vreemd dat je je daar niets bij kunt voorstellen.'

'O, kan ik me nu opeens iets niet voorstellen? Begrijp jij eigenlijk wel hoe het is om als moeder te moeten toezien dat allebei je zonen een ongelukkig huwelijk hebben en niet te kunnen ingrijpen? Wil je nu koffie of niet?'

Jochem weet niet goed hoe hij nu moet reageren. 'Hoe komt Ted op het idee dat Fifi een dagboek had?' is het enige wat hij kan bedenken.

Zijn moeder haalt haar schouders op. 'Wat maakt het uit? Hij stelt daar vragen over en het lijkt wel of hij mij ervan verdenkt dat ik een geheim bondje heb gehad met zijn vrouw. De hele wereld lijkt gek geworden. Ik heb hem aangeraden om beter te zoeken en om aan zijn vader te vragen of die wil helpen. Je vader vindt nu eenmaal nooit iets gek.'

Jochem staat op. 'Ik denk dat ik de rest van de dag vrij neem.'

Ik ga Meike bellen, besluit hij als hij naar zijn auto loopt. Grote kans dat ik met haar een normaal gesprek kan voeren.

*

Er was een dagboek.
Wat kan erin gestaan hebben?
Wat is ermee gebeurd?
Het moet boven water komen, dan kan het vernietigd worden.

Het is een typisch vrouwending: opschrijven wat er gebeurt in je leven en hoe dat voelt. Diepzinnig proberen te analyseren wat mensen bedoelen die iets tegen je zeggen waarvan je in de war raakt of wat je kwetst. En dat natuurlijk allemaal in het grootste geheim. Lekker lijden in stilte, ook zo'n typisch vrouwending. Maar het helemaal geheimhouden is ook geen optie, want dan krijg je geen aandacht.

Dit exemplaar moet gevonden worden, omdat er zogenaamde bekentenissen in kunnen staan die verschillende personen in een kwaad daglicht zullen zetten. De zoektocht zal zo onzichtbaar mogelijk moeten worden georganiseerd. De spanning die eraan te pas zal komen is een welkome afwisseling in het bestaan.
Het leven moet natuurlijk wel spannend blijven.

30

Kiki wil graag leren lezen en ze vraagt of Jochem het haar kan leren. Mama wilde dat niet, die vond dat ze moest wachten tot ze naar groep drie ging. Maar ze wil nú leren lezen. Een paar kinderen op school kunnen het ook al, dus het is stom dat zij het nog niet kan.

Jochem probeert te luisteren en tegelijk het pastarecept van penne met spinazie, knoflook, champignons en kipfilet te maken dat hij tussen de gerechtenkaarten in een van de keukenladen heeft gevonden. Het kokende water in de pan waarin hij de penne heeft laten zakken pruttelt nu hij de warmteknop lager heeft gedraaid. Hij kijkt naar de dansende pasta. 'We gaan zondag beginnen,' belooft hij. 'Dan hebben we de hele dag de tijd en er is regen voorspeld, dus blijven we lekker samen thuis. Goed?' Hij tuurt naar de tekst van het recept. Spinazie kleinsnijden en kort koken. Afgieten en daarna knoflook bakken, samen met de gehalveerde champignons. In een koekenpan de stukjes kipfilet kort bakken, na een paar minuten de knoflook en champignons toevoegen en nog even meebakken. Kookroom verwarmen, kruiden erbij. Pas op het laatst de spinazie door het mengsel roeren.

Kiki volgt alles wat hij doet. 'Dit vond mama altijd heel lekker,' zegt ze.

Jochem wil de aandacht afleiden van Pattie, van wat zij lekker vond en eigenlijk van haar hele bestaan. Zelfs na haar dood zit ze hem nog dwars, hij raakt erdoor geïrriteerd. Hoe vaak heeft hij haar wel niet geprezen als ze dit gerecht op tafel zette? Meestal kreeg hij als antwoord dat het tijd werd dat hij zelf eens de keuken indook en het koken niet alleen aan haar overliet. Daarna kwam steevast de vraag of hij soms dacht dat een fotograaf minder moe van werken werd dan een slager. Was het beter geweest om gewoon te zeggen dat hij dat inderdaad dacht? Nee, natuurlijk niet. Het zou een onzinnige ruzie hebben veroorzaakt die nog urenlang in huis had nagedreund. Hij koos dus voor ontkenning en extra complimenten. Nu duikt hij alsnog de keuken in. Beter laat dan nooit, maar Pattie had niet hoeven sterven om hem zover te krijgen. Alleen scheiden was genoeg geweest.

Waar komen die tranen nu opeens vandaan?

Kiki slaat haar armpjes om Jochems benen en ze zegt dat hij de allerliefste papa van de hele wereld is.

Gelukkig rinkelt zijn mobiel. Hij ziet dat zijn vader belt en hij loopt naar de kamer om hem te woord te staan. Als die nu maar niet begint te klagen over zijn moeder. Maar hij blijkt ergens anders voor te bellen. Is ma soms bij hem? Ze ging iets eerder naar huis, omdat ze hun huishoudelijke hulp die vandaag voor het laatst was een bloemetje wilde brengen. Daarna zou ze naar Ted komen om mee te eten. Maar ze is nog steeds niet gearriveerd en ze is ook niet thuis. Heeft ze iets tegen Jochem gezegd over wat ze eventueel van plan was?

Kiki roept dat het zo raar ruikt in de keuken. Jochem legt zijn mobiel op tafel, rent naar het fornuis en ontdekt dat het kip-champignon-knoflookmengsel is aangebrand. Hij zet de koekenpan in de gootsteen en schrikt van het sissende geluid.

Hij zou alle duivels uit de hel willen vloeken.

Kiki is naar de woonkamer gelopen en staat nu met haar opa te praten. Ze vertelt dat het eten is aangebrand en dat ze nu misschien wel naar McDonalds gaan.

Jochem neemt het toestel weer van haar over en verontschuldigt zich. Hij voegt eraan toe dat hij geen idee heeft waar zijn moeder kan zijn. Misschien heeft ze nog een boodschap gedaan en is ze nu onderweg. Waarom deze paniek?

'Ik ben niet in paniek,' snauwt zijn vader en hij verbreekt de verbinding.

'Goed, jij je zin. We gaan naar de Mac,' zegt Jochem tegen Kiki. Er is niemand in paniek, denkt hij. We zijn alleen een beetje snel beledigd en onvriendelijk. Bekijk het allemaal, dit deel van de familie gaat aan het fastfood.

Als ze op weg zijn naar McDonalds neemt hij een besluit. Hij gaat zich niet beschikbaar stellen voor medeleven met de sores die blijkbaar spelen bij zijn ouders en hij kookt geen lievelingsrecepten van Pattie meer.

Hij wil haar wissen.

31

Er waren drie verhaaltjes nodig om Kiki rustig te krijgen en nu slaapt ze eindelijk. Jochem sluipt de trap af en loopt naar de keuken. Eerst maar eens het verbrande eten in de groene bak gooien en de koekenpan in een sopje zetten. De penne kan bewaard worden. Morgen maakt hij een lekkere tomatensaus met gehakt waar de spinazie ook nog bij gebruikt kan worden. Lekker eten zonder poespas.

Hij is onrustig, merkt hij. Nadat hij de keuken heeft opgeruimd blijft hij een beetje rondlopen, dingen verzetten, truttig doen met een sopdoek, televisie aan, televisie uit. Wat is dit allemaal? Loopt hij nu werkelijk na te denken over waar zijn moeder is? Het zal hem niet verbazen als ze er even tussenuit wil knijpen, misschien zit zij nu ook in een hotel, zoals Fifi deed. Maar hij weet zeker dat zijn moeder het niet in haar hoofd zal halen om daar van het dak te springen.

Hij heeft het een beetje koud. Het is nog maar begin september, we gaan nu natuurlijk nog niet de verwarming aanzetten.

Waarom denkt hij zo aan zijn moeder?

Hij kan beter even met Ted bellen.

Teds stem klinkt koel. Hij heeft weinig tijd voor een gesprek, want pa zit er nogal doorheen. Tot nu toe is het niet gelukt om ma te spreken, bij iedere poging om haar te bellen krijgen ze de voicemail. Ze neemt altijd op, dit kennen ze niet van haar. Het is ook volkomen onduidelijk waarom ze niet is komen eten, ze is niet thuis geweest om bloemen te geven aan de huishoudelijke hulp. Pa heeft met die vrouw gebeld, ze bleek ma niet gezien te hebben en ze was een beetje boos omdat ze op haar laatste werkdag door niemand gedag was gezegd.

Ted stuurt haar morgen bloemen.

Dat is mijn broer, denkt Jochem. Aan zulke dingen denkt hij, in mij zou het niet opkomen. Ik ben en blijf de onhandige kluns van de familie.

'Liet je het eten aanbranden?' vraagt Ted. Nu zit er toch een lach in zijn stem en het schijnt mee te vallen met weinig tijd hebben.

'Ik moet meer oefenen,' bekent Jochem. 'Ik ben meer een ster in dagschotels verzinnen dan in ze te bereiden. Heb jij enig idee waar ma kan zijn?'

'Ik denk dat ze vanavond gewoon weer thuis is en dat pa zich opwindt over niets. We moeten ons niet druk maken, iedereen heeft rust nodig.'

'Wat was er nu precies aan de hand met een dagboek? Daar had ma het over.'

Aan de andere kant wordt gezucht. 'Onze huisarts was hier een paar dagen geleden. Hij kwam kijken hoe het ging en hij dacht dat ik wist dat Fifi al maanden geleden bij hem was geweest omdat ze hulp wilde voor haar somberheid en angsten. Ik heb niet gezegd dat ik daar niets van wist en toen hoorde ik dat ze al geruime tijd een vrouwenpraatgroep bezocht. Ze is onlangs nog terug geweest bij de huisarts om te praten over hoe het ging en toen heeft ze verteld dat ze het advies had opgevolgd van een van de groepsleden om een dagboek bij te houden en heel veel baat had bij dat advies. Daar wist ik dus ook niets van. Daarna heb ik aan ma gevraagd of zij hiervan op de hoogte was. Haar reactie vond ik verschrikkelijk. Ik weet niet wat er precies met haar en pa aan de hand is, maar ik vind dat ze niet het recht heeft om mij een grote bek te geven als ik een normale vraag stel. Wat heb ik haar nu weer aangedaan? Wat mij betreft blijft ze een tijdje ondergedoken, lekker rustig. Maar dat kan ik natuurlijk niet tegen pa zeggen.'

'Heb je gezocht naar dat dagboek? Misschien zou de inhoud iets kunnen verklaren.'

'Dat was het eerste wat ik dacht. Ik heb het hele huis afgezocht, echt alles ondersteboven gehaald, maar niets te vinden. Nu denk ik dat ze dat dagboek natuurlijk verzonnen kan hebben om de huisarts niet te laten merken wat ze van plan was. Maar morgen zoek ik toch nog een keer.'

'Jij maakt je niet bezorgd over waar ma kan zijn?'

'Welnee, die komt wel weer tevoorschijn. Laat pa maar een tijdje bij mij blijven, dan komt er vanzelf rust in de tent. Kun jij je dan een beetje over ma ontfermen?'

Jochem belooft het en hij heeft direct al spijt van deze belofte. Waarom heeft hij dit nu niet geweigerd? Hij zit absoluut niet te wachten op de naargeestige opmerkingen van zijn moeder en daar zou hij eerlijk over moeten zijn. Maar Ted kan natuurlijk niet beide ouders opvangen, er zit dus niets anders op dan zijn steentje bij te dragen.

Hij zoekt het mobiele nummer van zijn moeder op en belt. Ze neemt meteen op.

Jochem weet eerst niet wat hij moet zeggen. Hij was voorbereid op de voicemail en nu meldt ze zich. 'Waar ben je, ma? Iedereen zoekt je. Pa is in alle staten.'

'Ben je alleen, Jochem?'

'Ja, Kiki slaapt al. Maar waar ben je nu?'

'Ik kom naar je toe, als je me belooft dat je daarover niets tegen je vader en Ted gaat zeggen.'

'Goed. Wil je blijven slapen?'

'Nee. Ik ben onderweg.'

Het is goed om te weten dat er niets met haar is gebeurd, beseft Jochem.

Toch is er iets grondig mis.

32

Het valt Jochem direct op dat zijn moeder er niet goed uitziet. Ze heeft wallen onder haar ogen en ze ziet erg bleek.

'Ben je soms ziek?' vraagt hij.

Ze drukt hem tegen zich aan. 'Nee, ik ben niet ziek, althans niet lichamelijk. Ook niet geestelijk, hoor, maar ik voel me zeker niet senang. Al een hele tijd niet. Ik wil je daar liever niet mee lastigvallen, je hebt zelf genoeg aan je hoofd. Maar toch… je bent de enige die ik vertrouw.'

'Vertel me alles wat je kwijt wil,' zegt Jochem.

Wat weet je als kind eigenlijk over het huwelijk van je ouders? Je ziet de buitenkant, je denkt dat ze het samen goed hebben, je merkt nooit iets van onenigheid of uiteenlopende meningen als ze je daar niet van op de hoogte stellen.

Hoe blind kun je zijn als het over je eigen ouders gaat?

Er is geen ruzie, benadrukt zijn moeder steeds opnieuw. Het harde werken dat ze jaren samen deden was absoluut de kern van hun samenzijn, waarbij de opvoeding van hun zonen zeker een even grote plaats innam. Als ouders kun je heel verschillend aankijken tegen sommige karaktertrekken van je kinderen. Je herkent dingen van jezelf, van de andere ouder en je ziet tegelijk dat je kinderen uit méér bestaan dan uit een samensmelting van jullie genen. Het zijn individuen, met herkenbare en soms ook onherkenbare karaktereigenschappen.

Waar gaat dit over, denkt Jochem.

'We zaten wat jou betrof altijd op één lijn,' vertelt zijn moeder. 'Maar we verschilden altijd erg van mening als het over Ted ging. Ik wil daar niet over uitweiden, daar kun jij niets mee en daar hoor je buiten te staan. Maar ik wil wel dat je weet dat we samen de weg een beetje zijn kwijtgeraakt toen Fifi mij steeds vaker in vertrouwen wilde nemen, omdat ze niet gelukkig was met Ted en omdat ze daarover niet met haar ouders kon praten. Ik vond dat ik haar moest steunen. Ze was vooral mentaal niet sterk, ik had met haar te doen.'

'Wist Ted dat je met haar sprak?'

'Nee, maar ik drong er vaak op aan dat Fifi dat aan hem moest vertellen. Ik had nooit verwacht dat je vader dit in haar plaats zou doen.'

Jochem wil dat ze nu stopt en hem verder met rust laat.

'We kregen daar een enorme ruzie over,' gaat zijn moeder verder. 'We waren het vaker niet met elkaar eens, maar ik kan me niet herinneren dat we ooit eerder zo lijnrecht tegenover elkaar hebben gestaan. Dat heeft me aan het denken gezet over mijn huwelijk en daar ben ik nog niet uit. Ik woon even bij een oude schoolvriendin die een paar maanden geleden weduwe is geworden. Zij heeft een praatpaal nodig, ik onderdak. Maar ik wil gewoon aan het werk blijven, geen ruzie maken en met mezelf in het reine komen. Begrijp je dat?'

'Ik begrijp het,' zegt Jochem.

Zijn moeder trekt haar tas naar zich toe. 'Er is nog iets en ik hoop dat je me daarmee wil helpen.' Ze maakt de tas open en wat ze tevoorschijn haalt lijkt een boek, maar er staat geen titel op. De omslag bestaat uit een bordeauxrode kaft. 'Twee dagen voordat Fifi sprong, bracht ze me dit. Het is haar dagboek. Ze wilde het laten bewaren op een plek waar Ted het niet kon vinden en ze liet me met de hand op mijn hart beloven dat ik het niet aan hem zou geven. Ze was van plan om het later, als ze zich beter voelde, weer op te halen.'

‘Heb jij het gelezen?’ Jochem zet zich schrap voor het antwoord. Hij wil hier niet bij betrokken worden, wie weet wat Fifi allemaal aan het papier heeft toevertrouwd. Moet iemand dat weten?

‘Ik heb de eerste twee hoofdstukken gelezen nadat Fifi sprong. Het lukt me niet om verder te lezen, maar ik wil vooral niet dat Ted dit in handen krijgt. Daarom wil ik je vragen om het voor mij te bewaren tot ik het zelf durf te verbranden. Dat voel ik als een plicht aan Fifi.’

‘Fifi is dood, ma. Waarom zou je het nu niet verbranden?’

‘Omdat ik denk dat het gelezen moet worden en omdat jij de enige bent aan wie ik dit durf te vragen. Het dagboek moet weg uit ons huis en zolang ik niet thuis ben wil ik het ergens achterlaten waar het veilig ligt.’

‘Maar waarom zou het niet veilig liggen in het huis van jou en pa?’

‘Omdat Ted het dan zal vinden, jongen.’

‘Dan moet hij eerst weten dat het bij jullie ligt.’

Zijn moeder strijkt met beide handen over haar voorhoofd. ‘Ik heb aan je vader verteld dat Fifi het had gebracht en je vader gaat het aan Ted vertellen. Hij vertelt hem altijd alles, dat is altijd zo geweest en dat zal altijd zo blijven. Mag het alsjeblieft in jouw kluis liggen zolang ik niet thuis ben?’

‘Allemachtig, ma, wat een puinzooi is dit.’

33

De wereld is een beetje gek geworden. Dat is de enige verklaring voor wat er momenteel allemaal gebeurt. Het ene moment probeer je overeind te blijven ondanks het onvoorspelbare gedrag van je echtgenote en het volgende moment ben je een gescheiden weduwnaar, verliest je broer zijn vrouw, twijfelt je moeder aan haar huwelijk en ligt er een dagboek in je kluis waar je niets mee te maken wil hebben.

Misschien is het niet de wereld die gek is geworden, misschien ben je het zelf. Zou zomaar kunnen.

Meike was totaal niet verbaasd dat hij belde; aan haar stem was juist goed te horen dat ze het leuk vond. Ze vertelde dat hij geen vijf minuten eerder had moeten bellen, want toen was ze nog niet thuis en lag haar mobiel op de trap in de gang omdat ze weer eens was vergeten om dat ding in haar zak te stoppen.

Jochem vroeg of hij later terug moest bellen, maar dat was niet nodig. De lichten waren aan, de gordijnen gesloten en ze had net een glas spa blauw ingeschonken. Ze was op stap geweest met de meiden van de eetclub.

'Wat leuk, een eetclub,' zei Jochem. Hij wist niet wat hij anders zeggen moest en voelde zich een beetje opgelaten.

Meike legde uit dat ze iedere maand ging eten met drie andere vrouwen die ze al jaren kende. Ze hadden samen gestudeerd.

Jochem vond zijn vraag wat ze precies gestudeerd hadden al

wat slimmer klinken. Het bleek psychologie te zijn. Hij vertelde dat zijn broer ook psycholoog is.

Daar ging ze niet op in. Ze vroeg hoe het met hem en zijn broer ging. Ze had in de krant de overlijdensadvertenties van Pattie en Fifi gelezen en de naam Tersteege had veel bij haar losgemaakt.

Na haar woorden viel een stilte en Jochem kon opnieuw geen slimme vraag bedenken. Hij vroeg zich af of er vroeger, toen ze een soort van verkering hadden, ook stiltes waren gevallen. Dat kon hij zich niet herinneren.

'Je bent nog steeds niet heel erg spraakzaam, hè?' vroeg Meike. 'Hoe gaat het met je?'

Jochem raakte om een onverklaarbare reden geëmotioneerd door die vraag. 'Ik geloof niet dat het goed met me gaat,' lukte het hem te zeggen.

'Wil je praten? Zal ik naar je toe komen?'

Hij stemde toe en noemde zijn adres.

Tien minuten later stond ze voor de deur.

Het lijkt volkomen vanzelfsprekend dat ze haar schoenen heeft uitgeschopt en met opgetrokken benen tegenover hem op de bank zit. Ze wil geen alcohol, want ze moet nog rijden. Frisdrank is goed.

'Hoe ben je ertoe gekomen om psychologie te gaan studeren?' vraagt Jochem. 'Ben je na de havo dan eerst nog vwo gaan doen?'

Meike neemt een slok van haar sinas en zet daarna het glas op de kruk die als bijzettafeltje kan dienen. 'Ik ben inderdaad na de havo vwo gaan doen en daarna werd ik meteen ingeloot voor psychologie.'

'Maar niet hier in de buurt,' concludeert Jochem.

Meike gaat verzitten. 'Nee, ik woonde toen eerst bij een tante net over de grens in België, daarna op een kamer in Maastricht.'

Ze staart voor zich uit. 'Ik was zwanger toen ik vertrok. Zwanger van onze geschiedenisleraar. Dat kon natuurlijk niet, een kind krijgen van een getrouwde man. Dus ik moest weg en de tante in België was een uitwijkmogelijkheid om uit het zicht van bekenden zichtbaar zwanger te zijn.'

'Je hebt een kind,' zegt Jochem.

Meike neemt eerst nog een slok voordat ze antwoord geeft. 'Ik ben zwanger geweest en een week voor de uitgerekende datum voelde ik niets meer in mijn buik. De verloskundige die de bevalling zou begeleiden vertelde me dat de baby was overleden. Ik werd ingeleid en een paar uur later kreeg ik een dood meisje in mijn armen. Ze was klein maar gaaf, alles erop en eraan, maar toch dood. De verloskundige zei tegen me dat dit wel vaker gebeurde.

'Dat lijkt me een verschrikkelijke ervaring,' zegt Jochem.

Meike knikt. 'Dat was het, ook al zei iedereen tegen me dat dit waarschijnlijk voor mij het beste was. Weet je, ik betrapte mezelf ook op die gedachte. Ik kon verder met mijn leven. Maar toch zat er een gat in mijn hart. Dat zit er nog steeds.'

Jochem staat op. 'Ik ga aan de alcohol. Weet je zeker dat jij niet wilt? Ik neem een bruin biertje.'

'Doe mij dan ook maar, één moet kunnen. Kan ik ergens mee helpen?'

'Het helpt genoeg dat je er bent.' Jochem doet een stap in Meikes richting, maar draait zich toch snel weer om. 'Ik maak ook een hartig plankje. En ik moet even bijkomen van je verhaal.'

In de keuken probeert hij de woorden die ze uitsprak terug te halen. Dat lukt alleen op een staccato manier. Geschiedenisleraar. Zwanger. Vwo. Psychologie. Dood. Gat in mijn hart.

Gat in mijn hart, die uitspraak begrijpt hij het beste.

34

Jochem zit roerloos op de bank.

Meike is een kwartier geleden vertrokken, ze hebben bij de voordeur de armen om elkaar heengeslagen en elkaar daarna weer snel losgelaten. Het omhelzen was goed en vreemd. Je knuffelt blijkbaar dertig jaar zonder contact niet zomaar even weg.

Hij weet niet goed wat hij voelt. Ze is nog even bruisend en spraakzaam als in de tijd toen ze probeerden bij elkaar uit de buurt te blijven en toch veel moeite deden om elkaar te zien. Dat was verwarrend en onbehaaglijk. Jochem herinnert zich goed hoe opeens allerlei hormonen tevoorschijn kwamen waar hij onzeker van werd. Hij herinnert zich ook dat zijn moeder vrijwel iedere dag aan hem vroeg of er soms iets aan de hand was met een meisje en dat hij steeds beter nadacht over wat hij wel en niet tegen haar zei. Nu kan hij erom glimlachen, maar ook nu zal hij nadenken over wat hij wel of niet tegen zijn moeder zegt.

Meike verdween dus plotseling omdat ze zwanger was van de geschiedenisleraar. Dat was een jonge vent, weet Jochem nog, maar hij kan niet meer op zijn naam komen. Meike heeft hem na haar vertrek nooit meer gezien of gesproken en daar heeft ze ook nooit behoefte aan gehad of moeite voor gedaan. Ze noemde hem een afgesloten hoofdstuk in haar leven.

Ze heeft tegen Jochem gezegd dat ze graag weer contact met hem wil, op vriendschappelijke basis. Ze leeft alleen, is gescheiden en heeft geen kinderen meer gekregen. Ze zou het leuk vinden om Kiki te ontmoeten, zei ze vlak voordat ze vertrok. Ze werkt twintig uur per week als psycholoog in een verpleeghuis, hoofdzakelijk voor begeleiding van personeel en familie van cliënten. Daarnaast heeft ze haar eigen praktijk als psychotherapeut en geeft ze supervisie aan jonge psychologen.

Jochem heeft gevraagd of ze Ted kent, maar ze kent hem niet.

Hij probeert erachter te komen wat hij nu precies denkt over de ontmoeting met Meike. Ze is nog net zo leuk als ze was, maar ze is nu ouder en heeft zelf het een en ander meegemaakt. Het is niet wat ze vertelde over wat er in haar leven was gebeurd waardoor hij twijfelt of hij vaker contact met haar wil hebben. Wat hem onzeker maakt is de vraag of hij wil weten wat ze niet heeft verteld.

Ze stond al buiten toen ze aan hem vroeg of hun nieuwe contact voorlopig tussen hen kon blijven en of ze hem later mocht vertellen waarom ze dat vroeg.

Het is onaangenaam stil in huis sinds Meike vertrok.

Hij neemt nog maar een biertje.

Het geluid van zijn mobiel laat hem schrikken. Hij ziet dat Ted hem belt. Het blijkt dat pa opeens moeite kreeg met ademen en Ted heeft het noodnummer van de huisartsenpost gebeld. Zijn eigen huisarts bleek dienst te hebben en hij was er al na tien minuten. Het viel gelukkig mee, het ging om hyperventilatie en dat had waarschijnlijk te maken met alle spanningen van de laatste tijd. Pa heeft een rustgevend middel gekregen en slaapt nu. Ted is woest en zijn woede betreft de huisarts. Want wat gebeurde er nadat pa het middel had ingenomen en naar zijn slaapkamer vertrok? Ted wilde graag wat meer informatie van de huisarts over wat er precies aan de hand was met Fifi. Hij wilde bijvoorbeeld graag weten met welke praatgroep ze contact had gehad. Dat is toch geen gekke vraag als je er als echtgenoot opeens achter komt dat je overleden vrouw een praatgroep bezocht waar jij niets van wist? Heeft die huisarts dan helemaal niet in de gaten dat je als partner bijna gek wordt van de vragen die je bezighouden en waar je antwoord op wil hebben? Snapt hij dan niet hoe schuldig je je kunt voelen als je beseft dat je, nota bene als psycholoog, geen idee hebt gehad van de enorme geestelijke nood van de vrouw die iedere nacht naast je sliep? Welke reden Ted ook aandroeg, de huisarts volhardde in zijn weigering om iets te vertellen over wat Fifi hem heeft verteld of informatie te verschaffen over de praatgroep die ze bezocht. Hij bleef herhalen dat dit te maken had met zijn beroepsgeheim en met de privacy van therapeut en deelnemers van de betreffende praatgroep. Als klap op de vuurpijl bood hij Ted ook nog een kalmerend middel aan.

Jochem zegt dat hij graag naar hem toe zou willen komen, maar niet weg kan omdat Kiki slaapt. Hij voegt eraan toe dat hij contact heeft gehad met hun moeder en dat pa en Ted zich over haar niet bezorgd hoeven maken.

Ted antwoordt dat het welzijn van hun moeder op dit moment werkelijk niemand een mallemoer interesseert en verbreekt de verbinding.

35

Jochem wordt wakker omdat iemand aan zijn arm trekt. Eerst denkt hij nog dat hij droomt, maar dan beseft hij dat de stem van Kiki iets roept en dat ze overstuur lijkt.

Hij opent zijn ogen.

'Ik kom te laat op school,' huilt Kiki.

Jochem ziet dat het tien voor negen is. Hij trapt het dekbed van zich af en loopt snel naar de badkamer. 'Papa brengt je en hij zal uitleggen dat jij er niets aan kunt doen,' belooft hij.

De juf van Kiki begrijpt het. Ze aait het kind over haar bol en zegt dat iedereen zich weleens verslaapt en dat niemand daar boos om wordt. Ze moedigt haar aan om papa nog een dikke kus te geven en daarna haar plaats in de klas op te zoeken.

Jochem omhelst zijn dochter en zwaait naar de andere kinderen. Hij bedankt de juf met een handgebaar.

Zijn vader is niet in de zaak, zijn moeder schittert ook door afwezigheid. Geen punt, denkt hij, wel zo rustig. Hij heeft het helemaal gehad met sores en zorgen, hij wil lekker aan het werk en stiekem aan Meike denken.

Hij is net aan zijn lunch begonnen als een van de verkoopsters komt vertellen dat er een man in de zaak staat die hem wil spreken. Jochem loopt mee naar de toonbank en ziet iemand staan die hij kent, maar wiens naam hem is ontschoten.

Als hij zijn naam hoort, weet hij het weer. Het is een van de leden van het rechercheteam dat hij noodgedwongen leerde kennen nadat Pattie plotseling overleed. De man vraagt of ze ergens onder vier ogen kunnen praten. Jochem neemt hem mee naar zijn kantoor.

Er is een man aangehouden, nadat zijn partner de politie heeft getipt. De aangehouden man heeft toegegeven dat hij op de avond dat Pattie overleed seksueel contact met haar heeft gehad. Hij kende haar, omdat ze een erotisch getinte fotoserie had gemaakt van hem, samen met zijn vriend. De man heeft, behalve met mannen, regelmatig seksueel contact met vrouwen. Hij ontkent iets te maken te hebben met de dood van Pattie, omdat hij zeker weet dat ze leefde toen hij haar huis verliet. Wel heeft hij toegegeven dat hij tijdens de seks een hand op haar mond heeft gelegd, omdat ze erg luidruchtig was.

Binnenkort zal over deze aanhouding melding worden gemaakt in de pers, maar de politie vond het wenselijk dat de familie eerst zou worden ingelicht. De rechercheur is al bij de moeder van Pattie geweest en zij heeft hem dringend gevraagd om ook Jochem in te lichten.

'Is het te bewijzen dat hij iets te maken had met haar dood?' vraagt Jochem.

'Er wordt nu onderzocht of er enig bewijs kan worden geleverd voor doodslag of dood door schuld. Als kan worden aangetoond dat er geen sprake was van opzet, zou de verdachte een voorwaardelijke straf kunnen krijgen. Maar het is nooit te voorspellen hoe een proces verloopt. Het lijkt me voor jullie als familie goed om te weten wat er is gebeurd.'

'En zijn partner heeft de politie getipt? Lekker stel lijkt me dat.'

'De verdachte heeft aan de partner het overspel bekend en die is toen woedend geworden. Daarna ontdekte de partner dat de vrouw in kwestie dood gevonden was en deed hij aangifte.'

'Nou, nou,' zegt Jochem. 'Ik zal mijn ouders en mijn broer inlichten en ik overleg nog met mijn broer op welke manier we dit aan mijn dochter gaan vertellen. Hij is psycholoog, ik vertrouw op zijn adviezen. Als er iets te vertellen valt.'

Dood door schuld. Je leeft je een keer goed uit met een vrouw, maar ze maakt te veel herrie tijdens de seks en je probeert het geluid wat te dempen door je hand op haar mond te leggen. Merk je dan niet dat ze in ademnood raakt? Ben je op zulke momenten zó gefocust op klaarkomen dat je niets meer hoort of ziet?

Jochem herinnert zich opeens haarscherp zijn eerste keer met Pattie. Ze maakte hem wild, gulzig en gretig. Al was het hele huis in elkaar gestort, hij zou er niets van hebben gemerkt en hij zou zijn doorgegaan tot de verstandverbijsterende explosie was bereikt.

Toch blijft hij twijfelen aan de schuld van de man die nu vastzit.

Ted is weer rustig, zegt hij als Jochem hem belt. Pa ook, al is die vooral suf. De huisarts heeft hem blijkbaar een stevig kalmeringsmiddel gegeven.

Jochem vraagt of ze vanavond bij hem en Kiki willen komen eten. Hij neemt dan een paar spaghettimaaltijden mee, die vindt iedereen heel lekker.

Ted vindt dat een goed idee en hij biedt aan om daar een gezonde salade bij te maken. En heeft Jochem verder nog iets van ma gehoord?

Jochem is opgelucht dat er geen uitspraken meer worden gedaan over dat het niemand een mallemoer interesseert wat er aan de hand is met ma. Hij legt in het kort uit wat de rechercheur die langskwam heeft verteld.

Ted vindt het een vreemd verhaal, maar voegt eraan toe dat mensen nu eenmaal een beetje gek kunnen worden van seks.

'Je bedoelt mannen?' vraagt Jochem.

'Ik bedoel mensen, mannen en vrouwen. Jij kent Pattie, dus dat weet jij ook wel.'

‘Maar wat weet jij op dit gebied van Pattie?’

Ted lacht. ‘Nou, ik zal niet gaan beweren dat ik uit ervaring spreek, maar ik wil je wel vertellen dat ik regelmatig moeite heb moeten doen om haar van me af te houden. Sorry dat ik je dit moet vertellen. Die vrouw was nu eenmaal oversekst en ik kan me voorstellen dat ze deze man helemaal gek heeft gemaakt.’

Jochem zwijgt.

‘We hebben het er later nog wel over, onder vier ogen en met een biertje binnen handbereik. Hoe laat verwacht je ons?’

Jochem heeft nu al spijt dat hij de familie heeft uitgenodigd.

36

Een van de verkoopsters heeft Kiki van school gehaald en het kind heeft op haar manier meegeholpen in de slagerij. Ze was enthousiast over Jochems mededeling dat opa en oom Ted vanavond spaghetti kwamen eten en ze hoopte dat oma snel weer uitgerust zou zijn.

Jochem heeft haar verteld dat oma een paar daagjes logeren is omdat ze een beetje moe was van het harde werken. Gelukkig heeft ze niet gevraagd waar oma precies is, want Jochem heeft geen idee waar zijn moeder kan zijn. Hij had aan haar moeten vragen waar de vriendin woont bij wie ze nu logeert. Hij voelt zich ongerust over deze ontsnapping en vraagt zich af wat er precies aan de hand is tussen zijn ouders en wat Ted daar eventueel over weet. Dat gaat hij zeker aan hem vragen als ze het gesprek onder vier ogen zullen hebben.

Hij heeft Meike geappt en aan haar gevraagd of ze zondag wil komen lunchen. Ze antwoordde direct dat ze graag zou komen, maar in het weekend op stap gaat met haar vriendinnen van de eetclub. Ze gaan naar een huisje op Schiermonnikoog, om de vijftigste verjaardag van een van die vriendinnen te vieren. Maar volgende week zondag komt ze graag. Jochem merkt dat de gedachte om haar weer te zien hem blij maakt. Voorlopig praat hij met niemand over hun hernieuwde contact, zeker niet totdat hij weet waarom ze dit graag voorlopig geheim wil houden. Het telt beslist mee dat hij wil voorkomen dat hij van alles moet gaan uitleggen als blijkt dat ze elkaar niet willen blijven zien. Die mogelijkheid is aanwezig, al bestrijdt hij dit al in gedachten. Hij weet dat hij nog steeds iets voor haar voelt, maar hij is bang voor een teleurstelling en in dat geval kun je beter niet te hard van stapel lopen. Het leven is momenteel al ingewikkeld genoeg.

Jochem en Kiki zijn net thuis, als hij hoort dat er een app binnenkomt. Hij ziet dat hij van zijn moeder komt en opent het bericht.

Ik wil morgen weer naar huis komen, maar ik kom voorlopig niet werken. Verlang naar rust, het lijkt me goed om nog een weekje zo veel mogelijk alleen in huis te zijn. Je vader weet dat ik terugkom, hij is erg blij. We komen er wel uit.

Wat is er precies aan de hand? Waar wordt hij buiten gehouden? Hij voelt dat hij niet alles weet en hij wil duidelijkheid. Als zijn moeder weer thuis is, gaat hij bij haar langs. Grote kans dat ze dit ook van hem verwacht.

Misschien is hij te overgevoelig en houden de woorden die Ted lachend uitsprak hem onnodig veel bezig. Maar wat kan zijn broer bedoeld hebben met de opmerking dat hij regelmatig moeite moest doen om Pattie van zich af te houden? Waarom heeft hij hier nooit iets over gezegd?

Had Jochem zelf beter op moeten letten?

Hij wist dat hij een vurige vrouw had getrouwd, maar hij wist ook dat haar vurigheid al jaren niet meer voor hém was bestemd. Natuurlijk begreep hij goed dat ze zich ergens met iemand anders zou uitleven, maar hij koos ervoor om nooit vragen in die richting te stellen en zichzelf te dwingen om er niet over na te denken. Alles zou anders zijn gelopen als Kiki er niet was geweest, maar het kind was er nu eenmaal en ze had recht op zijn zorg en zijn bescherming. Want ondanks zijn kop-in-het-zandmethode wist hij goed dat zijn dochter die bescherming nodig had.

Persoonlijkheidsstoornis. Dat is voer voor psychologen.

'Daar zijn ze,' roept Kiki. 'Ik denk dat oom Ted taart bij zich heeft.' Ze vliegt naar de voordeur. 'Taart, taart!' hoort Jochem haar roepen.

Hij loopt naar de gang. 'Taart als toetje, moet kunnen voor een keer,' lacht Ted. Hij loopt op Jochem af en dempt zijn stem. 'Pa heeft een bericht gehad van ma. Ze komt morgen weer thuis. Hij wil dat ik erbij ben als hij met haar praat. Wil jij er ook bij zijn?'

'Nee!' Jochem hoort de woede in zijn eigen stem.

'Ik wist niet dat je kwaad werd.' Teds gezicht staat strak. Hij voegt toe dat hun ouders in zíjn huis samen zullen praten, omdat hun moeder dan misschien niet meteen helemaal losgaat.

Jochem vraagt zich af of een gesprek in het huis van Ted werkelijk een reden voor zijn moeder kan zijn om niet los te gaan.

Pa en Kiki lijken uitgehongerd te zijn. Kiki wil van alles vertellen en moet regelmatig gemaand worden om niet met volle mond te praten.

Jochem kijkt naar haar en hij vraagt zich af hoe het mogelijk is dat ze zo goed kan eten terwijl ze recent haar moeder verloren heeft. Betekent dat ontkenning? Niet beseffen wat dood betekent? Is het pure overlevingsdrang? Of zou er sprake zijn van opluchting?

Wiens opluchting?

37

Jochem heeft al drie keer een app naar zijn moeder gestuurd, maar nog steeds geen antwoord ontvangen. De berichten zijn ook niet door haar gelezen. Zou ze nog niet thuis zijn? Heeft ze zich bedacht en blijft ze toch liever nog een tijdje weg? Het geeft geen goed gevoel dat ze niet reageert, maar hij heeft het vandaag te druk om daar lang bij stil te staan. De stagiair die nu voor de vierde week in de zaak werkt heeft voorgesteld om een pittige goulash als weekschotel te maken en vandaag bereiden ze het vlees voor dat gebruikt gaat worden. De weekschotels worden altijd enorm goed afgenomen, er moet voldoende voorraad zijn om niemand teleur te hoeven stellen. Jochem heeft dus geen ruimte om steeds op de telefoon te kijken of er al is gereageerd en zeker niet om poolshoogte te gaan nemen bij zijn ouders. Het zijn volwassen mensen en vanavond praten ze samen onder toezicht van hun zoon die goed is opgeleid om dit soort gesprekken te begeleiden. Jochem hoeft zich hier geen zorgen om te maken.

Hij zou willen dat hij hiertoe in staat was, maar het tegendeel is waar. Hij maakt zich zorgen en hij weet waarover. Er zijn nu twee huwelijken in de familie gesneuveld en hij wil dat zijn ouders bij elkaar blijven. Er moet rust komen, er mag weer plezier worden gemaakt en ze moeten voor elkaar zorgen. Het kan misschien lijken dat het leven doorgaat, maar er is een kind dat veel te verwerken krijgt en dit kind moet aandacht en liefde hebben. Daar wil hij samen met zijn broer en zijn ouders mee bezig zijn, maar hij wil ook met Ted praten over wat die te verwerken krijgt. Het lijkt nu of hij alles wat hij voelt opzijzet, maar hij moet zelf toch ook kunnen rouwen? Momenteel lijkt zijn focus vooral gericht te zijn op hun ouders. Daar is Jochem ook veel mee bezig. Er is nu genoeg verloren gegaan, hun ouders moeten gewoon getrouwd blijven, punt! Alle onrust in zijn lijf kan het best bestreden worden met positieve gedachten en met vertrouwen in de toekomst. Daar gaat hij het vanavond met Meike over hebben als hij haar belt. Gisteravond kreeg hij tot drie keer toe haar voicemail, maar hij heeft niets ingesproken. Later probeert hij het opnieuw. Hij gaat ervan uit dat ze thuis zal zijn, want morgen vertrekt ze met de vriendinnen naar Schiermonnikoog.

Zou ze ook aan hém denken?

De dag is voorbijgevlogen. Jochem heeft met een van de verkoopsters tussendoor een gesprek gehad over een andere opvang voor Kiki na schooltijd. Hij wil niet te veel terugvallen op zijn moeder en hij vindt het ook geen goed idee om Kiki steeds naar de zaak te laten komen, al schijnt ze zich goed te vermaken. De verkoopster met wie hij sprak vertelde dat ze een vriendin heeft die als zzp'er kinderen opvangt in haar eigen huis. Ze heeft Jochem beloofd dat ze die vriendin vanavond zal bellen om te vragen of ze eventueel plaats heeft voor Kiki. De bewuste vrouw woont vlak bij Jochem, hij zou zijn dochter dus kunnen ophalen als hij op weg is naar huis.

Vandaag heeft hij besloten om een uur vóór sluitingstijd naar huis te gaan. Hij heeft Kiki een patat-met-frikandellendag beloofd en er nadrukkelijk bij gezegd dat ze hier beslist geen gewoonte van gaan maken. Hij weet dat hij hiermee gaat scoren.

Hij is bijna thuis als hij zijn mobiel hoort overgaan.

Ted steekt direct van wal. 'Ik kwam een ex-cliënte tegen in de supermarkt. Ik vond haar toen ze nog bij me in therapie was al een heel aantrekkelijke vrouw en ik geef toe dat ik ook wel over haar fantaseerde. Maar ik ben altijd correct gebleven, zelfs toen ze toespelingen maakte op te veel ondeugende mogelijkheden. Nu stond ze uit het niets naast me. Man, ik wist niet dat ik het nog in me had.'

'Dat je wát in je had?'

Ted lacht hard. 'Nou, wat denk je? Gebeurt er met jou dan helemaal niets meer als je een mooie meid tegenkomt?'

'Je vrouw is pas een paar weken dood, Ted.' Deze zin had hij beter niet kunnen toevoegen. Waar bemoeit hij zich mee? Weet hij wat zijn broer allemaal te verduren heeft gehad in zijn huwelijk? En heeft hij recht van spreken terwijl hij zelf de hele dag aan zijn eerste liefde denkt?

'Dat klopt,' zegt Ted. 'Maar zíj is dood, ík niet.'

Jochem verontschuldigt zich voor wat hij net zei.

Ted zegt dat het niet uitmaakt. 'We zijn gewoon allemaal een beetje van de leg, broer. Daarom zeggen we misschien soms geen verstandige dingen. Ik wilde dit alleen even kwijt. Goed gevoel dat alles nog werkt.' Hij lacht opnieuw heel hard. 'Ik ga me nu voorbereiden op het gesprek van onze ouders. '*Wish me luck!*'

Jochem wil nog iets aardigs zeggen, maar Ted heeft de verbinding al verbroken.

38

Kiki ligt in bed en Jochem denkt dat ze al sliep toen hij de trap af liep. Tijdens het eten heeft hij aan haar gevraagd of ze nog veel aan haar moeder denkt. Hij hield er rekening mee dat er vage antwoorden zouden komen, of weerstand, of tranen. Er gebeurde niets in die richting.

Kiki vertelde dat ze eerst veel had gehuild en nu nog soms huilde en dat opa en oma tegen haar hebben gezegd dat huilen goed is, maar dat ze ook mag spelen en lekker eten, en plannen maken en lief aan mama denken, en blij zijn omdat ze altijd leuke cadeautjes gaf. Ze zette intussen haar tanden in een frikandel en at de in mayonaise gedrenkte patatten met smaak op. Tussen twee happen door deelde ze mee dat ze nooit, echt nooit, dingen ging drinken waar je dronken van kon worden en dat ze blij was dat ze bij papa woonde.

Daarna at ze rustig verder en kreeg Jochem geen hap meer door zijn keel.

Hij wil hulp hebben bij de opvang van Kiki. De uitspraak die ze deed heeft hem ervan doordrongen dat zijn dochter veel meer last heeft gehad van het gedrag van haar moeder dan hij in de gaten heeft gehad. De opmerking over alcohol moet met Pattie te maken hebben, want zelf drinkt hij in het bijzijn van zijn kind hooguit twee biertjes en hij weet zeker dat ze hem nog nooit dronken heeft gezien. Dat is hij ook niet vaak, in tegenstelling tot Pattie.

Zij dronk net zo ontremd als ze zich gedroeg en hij had de reacties van Kiki beter in de gaten moeten houden. Hier zou hij met zijn moeder over willen praten, want zij was altijd degene die helder kon analyseren en goed luisterde. Maar zijn moeder is tegenwoordig niet zichzelf, want ze is gaan nadenken over haar eigen relatie en dat brengt verwarring teweeg bij Jochem. Hij kan zich niet herinneren dat er ooit ruzie was of onvrede. Hij vond zijn ouders jarenlang een voorbeeld voor iedereen en hij begrijpt niet wat er gebeurd kan zijn waardoor alles nu op losse schroeven lijkt te staan. Wat zei zijn moeder ook alweer? Pa en zij hadden altijd op één lijn gezeten waar het Jochem betrof, maar ze verschilden vaak van mening als het over Ted ging. Ze zei ook dat zijn vader alles altijd doorvertelde aan Ted. Dat is vreemd. Is dit misschien het euvel tussen zijn ouders? Raakt zijn moeder daardoor vertwijfeld over de houdbaarheid van haar huwelijk? Ze lijkt in korte tijd een ander mens te zijn geworden, iemand die hij niet kent en van wie hij steeds minder begrijpt.

Ze nam wél de telefoon op toen híj belde. Ze nam hem in vertrouwen en dat streelt hem. Het is misschien beter om haar nu niet lastig te vallen met vragen en af te wachten of ze weer wil praten. Jochem hoopt dat het gesprek dat vanavond plaatsvindt iets kan oplossen, wat het ook mag zijn. Hij hoopt ook dat hij binnenkort weer bij zijn moeder kan aankloppen voor advies, maar als het daar voorlopig nog niet naar uitziet wil hij met Ted praten.

Hij heeft de afwasmachine aangezet, de woonkamer opgeruimd, al een paar keer in de gang geluisterd of hij boven geluid hoorde en nu zit hij op de bank met zijn benen op een bijzettafeltje.

Hij pakt zijn mobiel en schrikt van het geluid dat opeens te horen is. Op de display ziet hij dat Meike hem belt. Ze vraagt of ze langs kan komen.

Jochem heeft snel een andere broek aangetrokken en een fris shirt. Ook heeft hij een fles frisdrank in de koelkast gezet, omdat hij zag dat Kiki alles had opgedronken.

Waarom wil ze langskomen? Haar stem klonk ernstig. Wil ze hem vertellen dat ze afziet van verder contact? Dat had ze dan toch gewoon kunnen zeggen?

Er moet iets anders aan de hand zijn.

Hij hoort een auto stoppen, er wordt een portier dichtgeslagen en het tuinhekje piept. Ze is er.

Die ogen, die mooie mond, dat prachtige dikke haar en dat spleetje tussen haar voortanden, die heerlijke lach. Ze komt vast niet zeggen dat ze geen contact meer wil.

Ze kust hem vol op zijn mond.

39

Het weekend met de vriendinnen gaat niet door, vertelt ze. Een van de meiden heeft totaal onverwacht haar partner verloren. Hartinfarct. Ze zaten samen op een terras in de zon en spraken over de volgende vakantiebestemming. Hij was erg moe en wilde naar een plek waar hij alleen maar op een ligbed hoefde te liggen en waar vooral geen excursies werden georganiseerd. Zijn laatste woorden waren: 'Veel zon, veel cocktails en veel seks.' Zij lachte en wachtte op wat hij verder nog ging zeggen, maar hij zei niets meer. Ze dacht eerst dat hij spontaan in slaap was gevallen en ze bestelde nog een koffie voor zichzelf. De serveerster die de bestelling opnam zag wat er aan de hand was en belde direct het alarmnummer. Er bleek een arts op het terras te zitten, ze begon direct te reanimeren. De vriendin van Meike kon niets meer. Niet praten, niet assisteren, zelfs niet huilen. Ze zat daar maar op dat terras aan de laatste woorden van haar man te denken. Later belde ze pas familie. Ze is nog steeds niet in staat om actie te ondernemen, haar zussen hebben alles geregeld wat te regelen viel. Volgende week is de crematie. Het wordt dus geen weekend Schiermonnikoog.

Ze praat zacht en haar stem hapert regelmatig.

Jochem gaat naast haar op de bank zitten en trekt haar tegen zich aan.

Soms zijn woorden niet nodig, eerder ongewenst. Soms is elkaar vasthouden en zwijgen het beste medicijn tegen onmacht en verdriet.

Jochem heeft het gevoel dat alles wat hij nu zou willen zeggen verkeerd kan overkomen. Wat heeft Meike eraan als hij gaat beweren dat het altijd beter is als je bij het onverwachte verlies van je partner mooie herinneringen hebt om op terug te kijken? Daar heeft ze niets aan en dat gaat hij dus niet zeggen. Vasthouden en stil blijven zitten is genoeg.

Meike is de eerste die weer wat zegt. 'Het was zo'n leuk stel, ze waren zó gek op elkaar. Soms was ik daar wel een beetje jaloers op. Dan dacht ik: waarom vind ik toch geen man aan wie ik alles zou willen vertellen wat me bezighoudt en bij wie ik me niet hoef af te vragen of ik echt de enige vrouw ben in zijn leven? Waarom kom ik eigenlijk alleen van die polygame types tegen? Wat zegt dat over mij?' Ze maakt zich los uit Jochems armen. 'Sorry dat ik je hiermee lastigval.'

'Je valt me niet lastig, Meike, ik beschouw het als een blijk van vertrouwen dat je me dit vertelt. Het lijkt me verschrikkelijk om op die manier opeens je partner te verliezen en ook om er dichtbij te staan. Hebben ze kinderen?'

'Nee, dat was het grote verdriet in hun leven. Ze hebben van alles geprobeerd, maar het is niet gelukt. Juist nu zou ik mijn vriendin een paar kinderen gunnen. Jij hebt wél je meisje voor wie je kunt zorgen en dat jouw genen heeft. Ik denk dat plotseling afscheid moeten nemen minder zwaar kan zijn als er een kind is in wie degene die sterft toch doorleeft.'

Jochem vraagt of Meike iets wil drinken.

'Heb ik iets verkeerd gezegd?' vraagt Meike als ze een slok frisdrank heeft genomen.

'Hoezo?'

'Je haakte opeens af. Vond je het vervelend dat ik refereerde aan jouw verlies?'

Jochem voelt zich betrapt. 'Ik heb niet zulke goede herinneringen aan de moeder van mijn kind en als ik heel eerlijk ben zeg ik dat ik hoop dat mijn dochter genetisch weinig van haar heeft meegekregen. Ik hoop ook dat ze mijn dochter is.'

Meike zet haar glas weer neer. 'Daar zeg je nogal wat. Wil je me er meer over vertellen?'

Jochem knikt. 'Je mag er meer over weten, maar liever later als hierboven geen kind ligt te slapen dat ik ook in de gaten moet houden. Er speelt nog iets anders. Vanavond gaat mijn broer een gesprek tussen mijn ouders begeleiden. Die hebben problemen, waar ze samen niet uit kunnen komen.

Maar jij kwam hier volgens mij niet naartoe om over mij te praten.' Hij denkt even na. 'Ik vermoed dat je het ook niet alleen over de dood van de man van je vriendin wilde hebben. Klopt dat?'

Meike glimlacht. 'Je bent scherp, Jochem, en je hebt gelijk. Ik wil het over iets heel anders hebben. Wat ik me wél afvraag is waarom je broer een gesprek met je ouders begeleidt en waarom hij dit niet overdraagt aan een deskundige die niet zo dichtbij staat. Dat zijn natuurlijk mijn zaken niet, ik vraag het me alleen af.'

'Ik denk dat mijn ouders iemand nodig hebben die dichtbij staat,' legt Jochem uit. 'Maar er zit iets heel logisch in wat jij daarover zegt. En nu jij.'

'Voordat ik verderga wil ik graag met je afspreken dat wat ik je nu vertel tussen ons blijft. Je hoeft me dat niet te beloven als je dit niet wilt. Dan zwijg ik erover.'

'Ik geef je mijn woord,' zegt Jochem.

40

Wat hij ook had verwacht, niet dit verhaal. Het gaat niet alleen om wat hij had verwacht, het gaat er ook om of hij hierbij betrokken had willen worden. Maar nu is het te laat om ergens op terug te komen. Nu ligt het verhaal op tafel.

Meike zei dat ze het lastig vond om dit met hem te bespreken. Ze moest er eerst goed over nadenken, maar er zat voor haar gevoel niets anders op dan Jochem te benaderen. Hij was geen partij in die zin dat zijn naam nooit op een negatieve manier genoemd was. Daarom leek hij de aangewezen persoon te zijn om mee te praten.

Fifi bezocht bijna een jaar de praatgroep voor vrouwen met angststoornissen die geleid werd door Meike. Deze groep heeft Meike opgericht op dringend advies van een huisarts met wie ze samenwerkt en die vaak naar haar doorverwijst als patiënten een verwijzing vragen voor een psycholoog. De groep is drie jaar geleden gestart en bestond doorgaans uit zes deelnemers. Fifi werd doorverwezen door haar huisarts en ze was vanaf het begin afstandelijk en een beetje nors. Praten was niet gemakkelijk voor haar en daarom opperde Meike het idee om wat zich allemaal afspeelde in haar hoofd te gaan opschrijven. Na een paar groepssessies vertelde Fifi dat ze een dagboek bijhield dat ze voor het thuisfront zorgvuldig verborgen hield. Als er daarna aan haar werd gevraagd of ze nog steeds in het dagboek schreef, beaamde ze dat maar ze ging er verder niet op in.

Ze was iedere week aanwezig, luisterde naar andere groepsleden maar vroeg nooit aandacht of het woord. Ze beantwoordde vragen die aan haar werden gesteld zo kort mogelijk en er was veel aandrang voor nodig om haar iets te laten zeggen over hoe ze zich voelde. Het kwam altijd op hetzelfde neer: Fifi was bang voor alles.

Op een dag bracht ze het dagboek mee en ze vroeg aan Meike of ze het een tijdje bij haar mocht stallen. Ze kon er op dat moment geen kant mee op, ze wilde nadenken over het nut ervan, tot ze zeker wist of ze ermee wilde doorgaan. Meike heeft dat geweigerd, omdat ze een dergelijke actie haaks vond staan op haar professionele relatie met de leden van de groep. Binnen die relatie kunnen de cliënten iedere week twee uur praten, bespreken, en advies krijgen. Voor Meike zou het aannemen en bewaren van een persoonlijk dagboek de professionele grens overschreden hebben. Fifi zei dat ze dit begreep en nog geen week later benam ze zichzelf het leven.

Nu voelt Meike zich schuldig.

Jochem weerlegt dit met de opmerking dat Fifi het dagboek daarna aan haar schoonmoeder heeft gegeven die het inmiddels naar hém heeft gebracht.

'Heb je het gelezen?' vraagt Meike.

'Ik denk dat ik het beter kan verbranden,' zegt Jochem.

Boven is een geluid. Jochem staat op. 'Ik ben zo terug.'

Kiki had een nare droom over pratende frikandellen. Ze kan erom lachen als ze ziet dat Jochem dat ook doet.

Hij geeft haar wat te drinken en stopt haar stevig in. Ze slaapt vrijwel direct verder.

Hij loopt snel naar beneden.

Meike is weg.

41

Het is middernacht, ziet hij op zijn horloge. Er staan drie lege bierflesjes op tafel en het wordt tijd om te gaan slapen, want over zeven uur moet er ontbijt worden gemaakt en een kind naar school gebracht. De televisie staat aan, zonder geluid. Jochem zapt. De herhalingen van praatprogramma's zijn begonnen. Opgewonden gebaren, bewegende monden, geluidloos gelach. Een waarschuwende opgestoken vinger.

Niet bepaald interessant als er een dagboek voor je neus ligt waar hoogstwaarschijnlijk de zielenroerselen in staan van iemand die recent van het dak van een hotel is gesprongen.

Iets dreef hem in de richting van de kluis en nu heeft hij spijt dat hij die kluis heeft geopend.

Wat moet hij hiermee?

Verbranden? Helemaal dichtplakken en in de zwarte afvalbak stoppen? Dan kan de gemeentelijke dienst die is belast met de afvalverwerking de vernietiging regelen.

Dit dagboek hoort hier niet, het hoort bij een man die zijn vrouw heeft verloren. Bij zijn broer Ted. Jochem weet dat de vrouw die dit schreef dat niet wilde, maar moet híj dan worden opgezadeld met een stompzinnig dilemma? Hij heeft hier toch niets mee te maken? Hij heeft toch genoeg aan zijn hoofd?

Wat een rotstreek heeft Meike hem geleverd door het huis uit te sluipen terwijl hij voor een geschrokken kind zorgde.

Wat een laffe streek. En waarom?

Ze hoeft niet meer terug te komen, hij is helemaal klaar met haar. Met alle vrouwen, momenteel.

Echt met alle vrouwen!

Hij schrikt van het geluid van zijn mobiel en ziet dat hij wordt gebeld door Ted. Als je alles gehad hebt, krijg je ook nog dat geleuter over je ouders te horen. Maar moet hij zijn broer ook in de klei laten zakken?

Hij neemt op. 'Is er iets uitgepraat of zijn er doden gevallen?' Hij moet lachen om zijn eigen woordkeuze. Nu echt stoppen met alcohol, denkt hij.

'Je kunt je afvragen of dat geen betere oplossing zou zijn geweest,' antwoordt Ted.

Ted zit ook aan het bier, vertelt hij. Goede manier om gedachten door te spoelen. Hij biedt aan om morgen, als ze allebei geslapen hebben en weer nuchter zijn, het hele verhaal te vertellen, maar Jochem wijst dat voorstel af. Hij weet nu al dat hij geen oog zal dichtdoen als hij niet weet wat er vanavond is gebeurd.

'Schrik niet te hard,' zegt Ted.

Hun moeder had direct het woord genomen, nadat ze samen met hun vader was binnengekomen. De boodschap was dat pa overal al van afwist en dat hij haar beloofd had om haar naar Schiphol te brengen. Ze had besloten om voor zes weken een appartement te boeken in Nice, in het complex waar ze drie jaar geleden samen met pa op vakantie was geweest. Ze had ruimte nodig om tot rust te komen en dat lukte niet in haar eigen omgeving. Haar vliegtuig zou om halftwaalf die avond vertrekken, pa ging haar naar Schiphol brengen.

Ted stond paf en had aan hun vader gevraagd wat er aan de hand was en waar dit opeens vandaan kwam.

Hun vader huilde. Ma gaf geen krimp.

Ted heeft ze koffie aangeboden en nog geprobeerd om een gesprek te voeren, maar zijn woorden ketsten af op emotie bij pa en weerstand bij ma. Er zat niets anders op dan het op te geven, als hij heel eerlijk is moet hij ook toegeven dat hij op dat moment helemaal klaar was met hun ouders. Het gesprek dat geen echt gesprek kon worden bleef dus hangen in wat gekeuvel, onhandige vragen en vele, vele stiltes. Ted was blij toen hun moeder zei dat ze moesten gaan, maar in plaats van op te staan begon pa hartverscheurend te huilen. Ma stond erbij en keek ernaar, ze deed niets. Na een paar minuten vroeg ze aan Ted of hij haar naar Schiphol wilde brengen, omdat ze dat gesnotter helemaal zat was. Hij voelde zich verbijsterd, ongelovig maar ook boos.

Pa verliet het pand zonder verder nog iets te zeggen. Ze hoorden hoe hij zijn auto startte en wegreed.

'We kunnen vertrekken,' zei ma.

Ted heeft haar dus naar Schiphol gebracht. Zwijgend en veel te hard rijdend. Dat kan nog wel een vette prent opleveren, maar dat maakt hem niets uit. Hun ouders bekijken het maar en ze mogen wat hem betreft lekker hun gang gaan, hij trekt voorlopig zijn handen van ze af. Wat vindt Jochem hiervan?

Jochem wil weten wat er na de zes weken Nice moet gaan gebeuren.

Het zal Ted niet verbazen als die twee dan gewoon weer doorsukkelen. Van hem mag het, als ze hem dan maar niet meer lastigvallen met geruzie of met vragen om hulp. Ze zoeken maar een hulpverlener die niet bij de familie betrokken is, dat is beter voor iedereen. En nu neemt hij nog een flesje en gaat hij slapen.

Alles goed met Jochem?

Het lijkt Jochem verstandig om dat te beamen.

Kiki heeft slaapblosjes op haar wangen, hij drukt er heel voorzichtig een kus op. Zij zal geen last hebben van de familiesituatie, neemt hij zich voor. Ze heeft recht op een zorgeloze jeugd en ze heeft al genoeg meegemaakt. Ze moet genieten, zich veilig voelen en in alle opzichten een gezond leven leiden. Daar gaan Ted en hij samen voor zorgen.

Hij ligt net in bed als hij hoort dat er een app binnenkomt. Hij aarzelt. Kijken? Morgen kijken?

Hij grijpt zijn mobiel. Het is een app van zijn moeder.

Sorry dat ik onverhoopt ben vertrokken, ik zag geen andere mogelijkheid. Zorgen jullie een beetje voor pa? Het komt goed, geef me wat tijd. Liefs, mama.

Vreemd, denkt Jochem. Ze noemt zichzelf altijd ma.

Liefs, mama.

Er is echt iets met haar aan de hand.

*

Voor iedere onverwachte situatie is een verklaring te bedenken. Daarbij heb je de meeste kans om geloofd te worden als die verklaring overzichtelijk en vooral geloofwaardig is. De meest simpele geest moet zich er als het ware iets bij kunnen voorstellen.

Het was niet de bedoeling om deze meest recente verklaring te bedenken, omdat het heel aannemelijk leek dat het verzet en de drang tot waarheidsvinding afgezwakt kon worden en uiteindelijk zou verdwijnen.

Soms is wat aannemelijk lijkt jammer genoeg toch niet haalbaar en dan is ingrijpen noodzakelijk.

De ingreep die moest worden uitgevoerd deed pijn.

Doet pijn.

Maar het kon niet anders.

Hoor je me?

HET KON NIET ANDERS!

Zoiets kan gebeuren als mensen grenzen opzoeken en overschrijden.

42

Het is goed om weer een dag hard te werken en om te zien dat zijn vader daar ook van geniet. Jochem heeft hem vanmorgen hartelijk begroet en geen vragen gesteld. Aan de medewerkers van de slagerij heeft hij bekendgemaakt dat zijn moeder een tijdje vrij heeft genomen in verband met persoonlijke omstandigheden.

Hij heeft niet aan zijn vader verteld dat hij vannacht een app ontving van zijn moeder. Het lijkt hem verstandig om zijn vader voorlopig niet in te lichten over het contact met haar, zodat hij tot rust kan komen. Misschien lukt het Jochem om van zijn vader te weten te komen wat er eigenlijk allemaal speelt in het huwelijk van zijn ouders. Zou er een andere man in het spel zijn? Dat kan hij zich niet voorstellen. Wanneer moet zijn moeder een andere man hebben leren kennen? Zijn ouders zijn, voor zover hij weet, ook na het werk vrijwel altijd samen. Zou juist dat voor problemen zorgen? Goed beschouwd is dat geen vreemd idee en zou de separatie die ma heeft bedacht een doorbraak kunnen betekenen in een patroon dat háár in ieder geval niet gelukkig maakt.

Nu genoeg gedacht, er moet gewerkt worden. Vanavond gaat hij, als Kiki slaapt, zijn moeder antwoorden. Hij zal ervoor zorgen dat ze zich niet veroordeeld zal voelen en ruimte krijgt om in contact te blijven. Laat haar maar lekker van de vrijheid genieten in Nice, Ted en hij zorgen er wel voor dat hun vader deze tijd doorkomt. Dat zal hij appen. Aardige woorden, begrip en steun. Alles komt goed.

Ted belt om te vragen hoe het met pa gaat. Hij heeft vandaag een administratiedag en merkt dat het hem goed doet om niet bezig te hoeven zijn met de problemen van zijn cliënten. Heeft Jochem nog iets van ma gehoord?

Jochem denkt snel na. 'Nee, nog niet. Ik laat haar ook zelf met rust, denk dat ze dit wil. Maar dat weet ik natuurlijk niet zeker. Lastig, deze situatie, ik heb er slecht van geslapen. En jij?'

'Als een roos. Ik ben het gewend om zaken die iets in me raken aan het einde van de dag opzij te schuiven. Dat is mijn vak, dit moet ik kunnen, anders is het niet vol te houden. Daarnaast ben ik ook harder dan jij.'

'Harder? Je hebt toch gevoel?'

'Natuurlijk, maar ik herinner me goed dat ma in de tijd dat jij puberde vaak zei dat jij opmerkelijk veel feminiene trekjes had die je aan de ene kant zachter maakten, maar ook kwetsbaarder.'

'Dat heb ik haar nooit horen zeggen,' sputtert Jochem tegen.

'Dat zei ze ook niet tegen jou, broer, dat zei ze tegen mij. Maar het klopt, dat weet jij ook.'

'Het zal wel. Wat maakt het uit? Ik hoop echt dat ze niet te lang wegblijft.'

'Daar ga ik van uit. Weet je, die twee kunnen misschien momenteel niet goed met elkaar, maar zonder elkaar is helemáál niet bespreekbaar. De term "vier handen op een buik" is door dat stel uitgevonden en verbeterd.'

'Dus jij maakt je geen zorgen?'

'Ik maak me inderdaad geen zorgen,' bevestigt Ted. 'En ik raad je aan dat ook niet te doen. Nu ga ik weer aan het werk. Zie je.'

Jochem leest het bericht nog een keer dat zijn moeder stuurde.

Liefs, mama.

43

Kiki is hangerig en ze wil niet eten, zelfs niet alleen een boterham. Ze vertelt dat ze op school moest overgeven en dat ze daarna in een kamer een uurtje heeft geslapen. Nu is ze niet misselijk meer, maar ze lust toch niets.

Jochem dringt niet aan en besluit voor zichzelf een uitsmijter met ham en kaas te maken. Morgen weer gezond doen, neemt hij zich voor.

Hij hoort zijn mobiel overgaan en kijkt op de display. Onbekend nummer.

Zijn moeder?

Hij noemt zijn naam.

'Hallo, je spreekt met Nancy Dreef. Ik kreeg je nummer van mijn vriendin Aleid, die bij jou werkt. Ik ben de zzp'er die naschoolse opvang doet, Aleid heeft over me verteld.'

Jochem is verrast. 'Dat klopt. Ik zoek iemand die mijn dochter Kiki na schooltijd en het liefst ook op zaterdag kan opvangen.'

'Aleid zei al dat het waarschijnlijk ook om de zaterdag zou gaan. Dat kan niet iedere zaterdag, maar om de week moet te regelen zijn. Ik woon vlakbij, schikt het als ik vanavond even langskom?'

Jochem spreekt met haar af dat ze er om halfacht zal zijn. Hij loopt terug naar de kamer om het aan Kiki te vertellen en ziet dat ze op de bank in slaap is gevallen. Ook goed.

Dit is een onverwachte meevaller en hij vindt dat hij die heeft verdiend. Misschien kan hij voor de zaterdag dat Kiki niet bij die

Nancy kan zijn iets voor een paar uur regelen met Ted. Maar terwijl hij dit denkt, herinnert hij zich dat Kiki liever niet in het huis van Ted wil zijn. Hij moet er toch achter zien te komen waarom ze dit niet wil. Ze heeft weer van die blosjes op haar wangen. Zou ze koorts hebben?

Nu mist hij een vrouw in huis. Een vrouw, niet Pattie. Hij wil niet aan Meike denken en toch denkt hij aan haar.

Toch eerst maar eten en later beslissen of hij Meike nog een kans wil geven.

Wat een opluchting dat hij de opvang voor Kiki heeft kunnen regelen. Nancy bleek een leuke vrouw te zijn met wie Jochems dochter op het eerste gezicht al een klik had, ook al was ze nog een beetje suf en slaperig. Nancy vertelde dat haar eigen dochter gisteren ook hangerig en misselijk was geweest, maar dat ze na een nacht slapen weer helemaal in orde was. Er zijn afspraken gemaakt over de kosten en Kiki kan de komende zaterdag ook al komen. Jochem heeft besloten om haar, als deze opvang goed gaat, voorlopig naar Nancy te laten gaan, ook als zijn moeder weer terug is. Nancy heeft zelf twee dochters van vier en zeven jaar en ze vangt hooguit drie kinderen op. Ze werkte voordat ze kinderen kreeg in de jeugdzorg en sinds de geboorte van haar eerste kind heeft ze zich zelfstandig gevestigd als oppasmoeder. Haar man is ambulanceverpleegkundige.

Ze was heel open, keek hem voortdurend recht aan ze maakte op een prettige manier contact met Kiki.

Dit is beslist een meevaller die Jochem goed kan gebruiken.

Kiki slaapt nadat ze toch nog twee geroosterde boterhammen met aardbeienjam naar binnen heeft gewerkt. De afwasmachine is ingeruimd en aangezet, de hele benedenverdieping is gestofzuigd en nu is Jochem eindelijk aan het lezen van de krant toe. Maar het lukt hem niet om aan de krant te beginnen. Hij heeft het dagboek van Fifi weer tevoorschijn gehaald en bladert erdoorheen. Goed leesbaar handschrift, stelt hij vast.

Maar mag hij dit lezen? Is het niet een privédocument waar niemand iets mee te maken heeft? En wíl hij wel weten wat ze geschreven heeft? Hij zou zijn moeder een app kunnen sturen om haar advies te vragen. Maar waarom zou hij haar hiermee lastigvallen?

Hij slaat het dagboek weer dicht en wrijft met zijn vingertoppen over de bordeauxrode kaft. Mooie kleur en opmerkelijk dat Fifi deze warme kleur heeft gekozen terwijl ze zelf meestal zwarte kleding droeg.

Jochem besluit om alleen de eerste bladzijden te lezen.

De psycholoog die de praatgroep leidt heeft me aangeraden om op te schrijven wat ik denk en waar ik over nadenk. Dat valt niet mee, want ik denk over te veel om op te noemen. Waar moet ik beginnen?
Het is maandag en het is de eerste dag dat ik schrijf. Ik mag hopen dat dit me helpt, want ik heb hulp nodig. Ik ben bang.
Ik ben niet mooi, ik draag geen fleurige kleding, ik heb geen vlotte babbel, ik kan me niet sociaal gedragen en ik ben overal, maar dan ook werkelijk overal bang voor.
Dit schrijven voelt goed, ik heb eindelijk een manier gevonden om me te uiten zonder de mond gesnoerd te worden. Nu kan ik woorden geven aan wie en wat ik ben.
Ik ben een vrouw die graag moeder zou willen worden, een lieve en zorgzame moeder van een dochter en een zoon. Die rijkeluiswens heb ik al mijn hele leven, maar het is tot nu toe bij een wens gebleven. Mijn man zegt dat ik te droog ben. Desondanks bestaan de kinderen die ik wil krijgen al in mijn hoofd. Ik noem de jongen Ruud en het meisje Miranda. Ze zijn mijn geheim en ze houden me overeind. Dat is nodig,

want ik ben een bange vrouw. Ik ben niet bang voor het hebben, maar voor het krijgen van kinderen.
Mijn moeder heeft me vanaf het moment dat ik kon lopen duidelijk gemaakt dat een kind verwekken alleen prettig was voor een man en ik me daar als vrouw maar bij had neer te leggen. Tanden op elkaar, blik op oneindig, de daad ondergaan en wachten tot het voorbij is. Met een beetje mazzel zou ik snel zwanger raken en kon ik me verschuilen achter hoofdpijn, misselijkheid en pijn in de buik. Vooral pijn in de buik, want dat kon gevaarlijk zijn. Veel eten, stevig aankomen, log lopen, veel kokhalzen, overal hoofdpijn van krijgen en altijd slaap hebben zouden de gulzigheid van de man die me zwanger had gemaakt als sneeuw voor de zon laten verdwijnen. Ze bleef en bleef het allemaal maar herhalen, er was niet aan haar te ontkomen en haar tegenspreken was ook niet aan de orde.
Als ik mijn moeder tegensprak, kreeg ik een pak slaag. Als ik probeerde terug te slaan kwam mijn vader tevoorschijn en dat betekende dat ik een paar dagen niet kon zitten. Mijn ouders beweerden dat ik het fijn vond om geslagen te worden. Ze begrepen niet hoe het mogelijk was dat juist zij zo'n vreemd kind gekregen hadden.
Volgens mijn moeder was ik dwars en onbetrouwbaar en verschool ik me achter zogenaamde angsten. Daarom had ik strenge leiding nodig. Ze sprak nooit gewoon, ze schreeuwde altijd, maar alleen binnenshuis als er geen vreemden in de buurt waren. In dat geval sprak ze zó zacht dat ze nauwelijks verstaanbaar was.
Ik heb twee moeders en ik ben zelf geen moeder, omdat ik te droog ben.
Tot zover genoeg voor vandaag.

Jochem sluit het dagboek. Hij had zich voorgenomen om vanavond geen alcohol te drinken, maar dat zal niet lukken.

Ted vertelde dat de ouders van Fifi tamelijk wereldvreemd waren en dat hij zich bij die mensen nooit op zijn gemak had gevoeld. Maar nadat Fifi was gesprongen, kon hij ze natuurlijk niet volkomen negeren. Op zijn verzoek sprak Jochem met ze.

De vader zei nauwelijks iets, hij keek strak voor zich uit, de lippen op elkaar geklemd, afwerend waarmee hij elke vorm van contact leek te willen vermijden.

De moeder wilde wél praten, maar ze bracht zó weinig geluid voort dat het voortdurend gissen was naar wat ze bedoelde of waar ze het over had. Jochem was blij dat ze opstapten en heeft nadien niet meer naar ze gevraagd.

Ik heb twee moeders.

Misschien is het verstandig om niet verder te lezen.

44

Er was vanmorgen niets meer aan de hand met Kiki en Jochem heeft een huppelend kind naar school gebracht. Daarna is hij eerst boodschappen gaan doen en tegen een uur of tien loopt hij zijn zaak binnen. Zijn vader komt direct op hem af en hij vertelt dat er drie ziekmeldingen zijn. Allemaal griep. Ze zullen moeten aanpoten vandaag.

Hij ziet er niet goed uit, denkt Jochem. Wallen onder zijn ogen, grauw en vermoeid. 'Slaap je wel goed, pa?' vraagt hij.

'Nauwelijks, jongen. Zou jij slapen als je in mijn schoenen stond? Ik overweeg om binnenkort naar Nice te gaan, ik wil met je moeder praten. Ted raadt het me af, hij weet zeker dat ze vanzelf weer tevoorschijn komt.'

'Ik ben het met Ted eens. Als je haar achternagaat zou dat verkeerd uit kunnen pakken. Ik denk dat je haar beter niet kunt pushen. Wat heb je aan nog meer ruzie? Laat haar maar, ze komt echt wel terug.'

'Jullie hebben gemakkelijk praten,' mokt zijn vader. 'Jullie zijn niet in de steek gelaten.'

Jochem trekt zijn wenkbrauwen op. 'O, nee? Is jou soms iets ontgaan?'

'Ik bedoel: jullie zijn niet achtergelaten op deze manier. Ach, laat ook maar. Wat jou en Ted is overkomen is veel erger dan wat ik meemaak.'

'Laten we er geen wedstrijd van maken,' stelt Jochem voor.

Zijn vader legt een hand op Jochems arm. 'Je hebt gelijk, dit is geen wedstrijd. Neem me niet kwalijk, ik ben in de war door alles wat er nu gebeurt. Als ik je kan helpen met oppas voor Kiki, kun je natuurlijk op me rekenen. Dat weet je, hè?' Hij trekt zijn hand weer terug. 'Jij hebt ook nog niets van je moeder gehoord, denk ik? Als je iets hoort, laat je me het dan weten?'

'Alleen als ma daar geen bezwaar tegen heeft. Ik vind dat zij zelf moet kunnen bepalen met wie ze contact wil hebben en dat ze daarbij recht heeft op privacy.'

'Ja, ja, ja, je hebt gelijk,' zegt zijn vader. Aan zijn stem te horen is hij een beetje boos.

Jochem ziet dat er iemand buiten naar hem zwaait.

Het is Meike.

Ze zijn op het bankje gaan zitten dat verderop in de straat staat. Jochem trekt de sjaal die hij snel om zijn hals heeft geknoopt wat strakker aan.

'Je had een jas aan moeten trekken, het is veel te fris om zonder jas buiten te zitten,' berispt Meike hem.

Jochem geeft haar gelijk. Het is nu echt herfst, hij merkte vanmorgen dat het jack dat hij droeg te dun was voor het kille weer dat opeens lijkt toe te slaan. Hij vraagt zich af hoe het komt dat hij zonder te aarzelen naar buiten is gerend toen hij Meike zag staan. Hij was toch van plan om haar verder te negeren?

'Fijn dat je nog met me wil praten,' gaat Meike verder.

'Dat was ik eigenlijk niet van plan,' geeft Jochem toe. 'Ik was erg teleurgesteld toen je zomaar mijn huis uitsloop. Waarom deed je dat?'

Meike raakt even een van zijn knieën aan. 'Laat ik het maar gewoon tegen je zeggen. Ik ging op de loop voor wat ik voelde.'

'Wat voelde je dan?'

Meike glimlacht. 'Iets heftigs.'

'Hoe heftig?'

'Tamelijk heftig. Ik was vergeten hoe ik kon voelen. Tot nu toe heeft heftig voelen me alleen verlies opgeleverd, maar ik wil niet blijven weglopen voor wat mooi zou kunnen zijn.'

Er valt een stilte.

'Ik wilde heel dicht bij je zijn, je vasthouden, met je vrijen. Ik sloeg op de vlucht voor zoveel verlangen.' Ze kijkt hem nu niet meer aan.

'Dat houd ik dan tegoed,' zegt Jochem. 'Wil je Kiki leren kennen?'

Meike lijkt verrast. 'Graag! Natuurlijk. Maar is dat niet te snel voor Kiki?'

'Dat weet ik niet. Ik kom er nog niet goed achter wat de dood van haar moeder voor haar betekent. Ze laat weinig los, ze stelt nauwelijks vragen, ze wil vooral graag bij mij zijn.

Wil je zaterdag komen eten? We sluiten dan om vier uur, dus ik ben rondom vijf uur thuis.'

'Mag ik je even kussen?' vraagt Meike.

'Zó,' zegt zijn vader. 'Wat was dat allemaal?'

Jochem legt een vinger tegen zijn mond.

'Ja, ja,' antwoordt zijn vader. Aan zijn stem is te horen dat hij nieuwsgierig is. Of is hij alleen geamuseerd? Het maakt niet uit, als hij maar niet verdrietig is.

Ze staat opeens voor Jochem, als hij zijn jas aantrekt.

'Hé Nadia, wat fijn om je te zien. Hoe gaat het?' Hij realiseert zich op hetzelfde moment dat hij al weken niets meer van zich heeft laten horen.

'Ben je soms boos op me?' vraagt zijn ex-schoonmoeder.

Jochem pakt haar vast. 'Natuurlijk niet, waarom zou ik boos zijn? Ik had eerder iets moeten laten horen, sorry. Heb je zin om mee te gaan naar Kiki? Ze is bij de opvangmoeder. Ik heb een vrouw gevonden bij wie ze kan zijn na schooltijd en om de zaterdag.'

'Wil je moeder dat niet meer doen?'

'Dat is een heel verhaal, ik vertel het je later. Goed? Maar hoe gaat het met je?'

Nadia's gezicht betrekt. 'Soms goed, erg wisselend.' Ze haalt een krant uit haar tas. 'Heb je dit al gelezen? De moordenaar is in afwachting van zijn proces vrijgelaten. Dat kan tegenwoordig klaarblijkelijk. Je maakt een lekkere wip, maar jammer genoeg smoor je de vrouw met wie je dat doet, daarna blijf je volhouden dat je totaal niet in de gaten hebt gehad dat ze niet meer ademde en dan mag je je rechtszaak gewoon thuis afwachten. Zijn partner heeft een interview gegeven aan *De Telegraaf*. Hij laat geen spaan van hem heel.'

Jochem duwt haar in de richting van de deur. 'Kom, we halen Kiki op en gaan naar huis. Het is goed dat je bent gekomen, Nadia. Kiki zal blij zijn.'

'Je had ook aan mij kunnen vragen om Kiki op te vangen,' zegt Nadia.

45

Kiki slaapt, er waren drie verhaaltjes nodig om haar rustig te krijgen. Ze was erg verrast toen ze haar oma zag en ze wil heel graag bij Nadia zijn op de zaterdagen dat ze niet bij Nancy is. De dondersteen heeft haar oma zover gekregen dat ze haar wil leren lezen nadat ze had vastgesteld dat papa dit wel had beloofd maar er nooit tijd voor had.

Het lukte Jochem om daar lachend op te antwoorden dat het 1-0 stond voor Kiki. Het kind heeft gelijk, hij heeft te weinig tijd voor haar en daar moet hij iets aan doen. Een dag minder werken zou mooi zijn, hij kan de zaak zo'n dag rustig aan zijn vader overlaten, maar zijn moeder is ook al weggevallen. En er zijn nu drie zieken. Voorlopig lijkt dit dus geen goed plan. Gelukkig kan Kiki nu op schooldagen en twee zaterdagen bij Nancy zijn en de andere zaterdagen worden opgevangen door Nadia. Die oplossing tempert een beetje zijn schuldgevoel.

Jochem heeft het nog niet over zijn afspraak met Meike gehad, het leek hem geen goed idee om daar iets over te zeggen waar Nadia bij was. Iedereen zal kunnen begrijpen dat hij niet bepaald rouwt om de dood van Pattie, maar voor zijn dochter en zijn exschoonmoeder liggen de zaken anders. Misschien is het toch een beter idee om Meike nog niet te laten kennismaken met Kiki en haar te vragen of ze zaterdag pas wil komen als het kind naar bed is.

Nadia heeft de krant achtergelaten waar het interview in staat dat de partner van de man heeft gegeven die werd opgepakt na de dood van Pattie.

Jochem slaat de krant open en bladert erdoorheen. De foto van de man beslaat een halve pagina. Het is geen mooie foto, vindt Jochem. Hard, boos, nadrukkelijk niet gelukkig.

Hij slaat de krant weer dicht. Waarom zou hij dit lezen? Het ging om een homoseksuele relatie, dat is hem duidelijk geworden uit eerdere berichtgeving. De mannen wilden een erotische fotoreportage laten maken en ze hadden Pattie uitgekozen als fotograaf. Daarna is een van de mannen op bezoek gegaan bij Pattie en heeft toen seks met haar gehad. Vervolgens bleek ze te zijn overleden. Deze man heeft zijn ontrouw opgebiecht aan zijn partner en die werd zó woedend dat hij de politie inlichtte toen bekend werd dat de vrouw was overleden.

Jochem kan zich de woede voorstellen, maar niet het verraad. En om je verhaal dan ook nog aan een journalist bekend te maken, gaat hem echt te ver. Dat zou hij zelf nooit in zijn hoofd hebben gehaald, terwijl hij waarschijnlijk vaker is bedrogen dan deze man.

Allemaal sensatie en het hele land mag het lezen.

Nee, hij leest dit niet. De krant gaat naar de bak voor oud papier en hij gaat nu met een glas frisdrank voor de buis liggen. Uurtje zappen, daarna slapen.

Niet meer denken.

Het lijkt of hij weer naar de kluis wordt gedreven waar het dagboek ligt.

Geen bier, vanavond. Fris blijven. Hooguit twee bladzijden lezen.

Ted is naar zijn werk. Ik moet vandaag de ramen zemen en de was strijken. Het is een grote was, ik zal er een paar uur mee

bezig zijn. Maar ik zal vooral proberen om het goed te doen, want alles zal gecontroleerd worden. Toch weet ik nu al dat ik straf krijg.
Want straf hoort erbij.
Een van de leden van de praatgroep die ik al een tijdje bezoek heeft verteld dat ze verschrikkelijk bang is voor onweer. Daar stelde de psychologe die de groep begeleidt vragen over en wat bleek? De vrouw werd vanaf de tijd dat ze nog een klein kind was door haar moeder uit bed gehaald als het onweerde, ze werd er zelfs voor wakker gemaakt. Alle kinderen moesten dan mee naar beneden en ze zaten bij kaarslicht te wachten tot het onweer voorbij was. Er mochten geen lampen aan, de stekkers gingen uit de stopcontacten, geen enkel elektrisch apparaat mocht worden gebruikt, dat was te gevaarlijk. Met die achtergrond ben je vanzelf de rest van je leven bang voor onweer.
Ik ben gewend aan straf krijgen. Mij is geleerd dat ik nooit iets goed doe, er is altijd wel iets aan te merken op mijn werk en ik zal nooit iemand honderd procent tevredenstellen. Dat hebben mijn ouders, met mijn moeder voorop, me verteld vanaf het moment dat ik kon praten. Ik herinner me dat ik als kind nog wel probeerde om het tegendeel te bewijzen, maar dat leverde zóveel onrust en slaag op dat ik daarmee ben opgehouden.
Ik kan niets goed doen en ik word altijd gestraft.
Mijn moeder adviseerde me om een vent te zoeken die mijn domheid en mijn onhandigheid zou accepteren en die in staat was om op te treden als ik fouten maakte. Dat heb ik gedaan en ik verwachtte dat ze deze man met open armen zouden ontvangen. Niets is minder waar.
Ze wantrouwden hem vanaf het moment dat ik hem kwam voorstellen. Ze beweren nog steeds dat hij niet spoort en niet deugt. Ik heb lang moeten nadenken voordat ik begreep waar

hun weerzin vandaan kwam, maar ik denk dat ik het nu weet. Hij lijkt te veel op hen, maar hij is slimmer. Dat kunnen ze niet uitstaan.
De was is gestreken en er is werkelijk geen fout plooitje of ongestreken stukje te bekennen. Toch krijg ik straf. Niet meteen, misschien niet vandaag, maar op een moment dat ik er niet op bedacht ben.
Hoe kom ik ooit weg uit deze hel?

Jochem slaat het dagboek dicht. Wat heeft hij nu precies gelezen? Over welke hel heeft Fifi het gehad?

Er is maar één antwoord mogelijk. Ze was psychisch ziek.

46

Jochem heeft het volgehouden om niet weer naar alcohol te grijpen, maar nu lukt het niet om in slaap te vallen. Vooral de laatste zin die hij tot nu toe las in het dagboek van Fifi blijft hem lastigvallen.

Hoe kom ik ooit weg uit deze hel?

Uit wat hij net heeft gelezen kan hij concluderen dat Fifi haar hele leven is mishandeld, misschien zelfs ook door zijn broer. Maar die gedachte gaat hem toch te ver. Dat kan niet, dat is godsonmogelijk. Ze heeft slaag gehad van haar ouders en dat heeft haar getraumatiseerd. Tot zover kan hij iets van haar verhaal begrijpen. Maar toch blijft de laatste zin hem bezighouden. Wat bedoelde Fifi met die hel?

Het is gelukt om in slaap te vallen, maar nu is hij weer wakker. Op de wekkerradio is te zien dat hij pas een uur heeft geslapen. Het is halftwee. Verder lezen in dat dagboek zal hem zeker uit zijn slaap houden, dus dat is geen goed idee. Dan toch maar één pilsje nemen? Of iets sterkers. Er moet nog een halve fles cognac zijn. Een cola-cognac dan?

Hij heeft de warme kamerjas aangetrokken die hij vorig jaar voor zijn verjaardag van Kiki heeft gekregen. Hij herinnert zich glimlachend dat het haar de grootste moeite kostte om dit voor hem geheim te houden toen de verjaardag naderde. 'Zelf uitgezocht,' vertelde ze trots, toen ze hem het cadeau eindelijk had mogen overhandigen.

Toen was alles nog normaal. Maar is zijn leven ooit normaal geweest in de jaren dat hij samen was met Pattie? Die vraag doet er nu niet meer toe. Op dit moment is er een andere vraag belangrijk.

Hebben zijn broer en schoonzus wel een normaal huwelijk gehad? En zou hij zich dit ooit hebben afgevraagd als zijn schoonzus niet van het dak van een hotel was gesprongen?

Hij kan en wil er niet aan denken dat Ted zijn vrouw misschien niet goed behandelde. Dat dagboek kan heel goed het relaas zijn van iemand die haar gedachten niet op een rijtje had. Zijn moeder heeft vaak beweerd dat Fifi vreemd was en dat ze hoopte dat Ted thuis de touwtjes in handen had. Jochem vond het opvallend dat zijn moeder met geen van haar beide schoondochters een warme relatie had, terwijl hij zich goed kon herinneren dat ze jarenlang uitkeek naar een leuke schoondochter. Hij kan zich ook goed herinneren dat ze haar opmerkingen over Fifi alleen maakte als Ted niet in de buurt was. Waarom heeft hij zich eigenlijk nooit afgevraagd waarom ze in dit opzicht altijd koos voor heimelijke toespelingen, terwijl ze toch in andere gevallen heel duidelijk kon zijn.

Er staat een groot glas cola-cognac voor zijn neus en hij neemt een slok. Heel lekker. Hij besluit toch maar nog een dag uit het dagboek te lezen.

Ik heb geen straf gehad, nog niet. Dat komt waarschijnlijk doordat er reuring in de familie is ontstaan die de aandacht afleidt van mij. Ik ben momenteel niet in the picture *om in aanmerking te komen voor de rol van slachtoffer.*
Er is een ander slachtoffer dat op de voorgrond staat. Het gaat om mijn schoonzus Pattie met wie niemand

een goede band had en die uit het zicht is geraakt nadat ze is gescheiden van mijn zwager Jochem.
Pattie is dood. Ze is straalbezopen gaan slapen en niet meer wakker geworden. Ted, mijn zwager en mijn schoonvader hebben haar gevonden.
En niemand is treurig, behalve haar dochter. Het is natuurlijk heftig voor dit kind om haar moeder te verliezen, dat kan ik me goed voorstellen. Het zal ook niet Patties bedoeling zijn geweest om haar dochter achter te laten. Dat doet een moeder niet. Een moeder zorgt, verzorgt, koestert, heeft lief en beschermt. Zo'n moeder wil ik zelf ooit zijn, op die manier wil ik een belangrijke plaats in ons gezin krijgen.
Je raakt eraan gewend dat je in je eigen huishouden de tweede viool speelt. Ik weet dat het geen enkel nut heeft om te proberen hier iets aan te veranderen. Die poging zou uitlopen op ruzie en op straf. Ik heb in de loop der jaren wel geleerd om mijn mond niet open te doen als ik weet dat er een kritische opmerking uit zou kunnen komen. Ik ben een bedreven zwijger, maar dat was ik al toen ik nog thuis woonde en Ted nog nergens te bekennen was.
Zou mijn leven anders zijn verlopen als ik niet door mijn huisarts naar hem zou zijn doorverwezen voor gesprekken over mijn angsten? Ik wilde niet, maar hij bleef aandringen en ik stemde ten slotte toe om verlost te zijn van zijn gepush.
Tijdens het eerste gesprek dat ik voerde met Ted ging er een wereld voor mij open, want hij maakte me aan het lachen. Zou iemand zich kunnen voorstellen wat het betekent om te ontdekken dat je lachen kunt? Ik lachte nooit, ik wist niet hoe dat moest en waarom ik het zou proberen. Ik was alleen bezig met mezelf overeind hou-

den, uitvogelen hoe ik me het best kon gedragen teneinde niet gestraft te worden en opnieuw goede voornemens te maken als het weer was misgegaan.
Toen ik nog op de basisschool zat, was ik het stille kind dat geen vriendinnetjes had. Op de middelbare school liep ik braaf mee met een groepje meiden dat mij in winkels snoep achterover liet drukken en oogschaduw liet pikken. Wat wilde ik graag gesnapt worden, zodat het kon ophouden. Maar niemand keek naar mij, niemand lette op mij, achteraf bezien zou het me niet verbazen als mijn aanwezigheid nergens opviel.
Ik was zelf een niemand.
En toen kwam Ted in mijn leven. Ik was net achttien geworden, ik werkte een paar weken in een broodjeszaak en mijn moeder zei iedere dag tegen me dat ze bereid was om Onze-Lieve-Heer van het kruis te bidden voor een man die met me zou kunnen omgaan. Dat deed ik ook, ik bad. Voor rust in mijn hoofd, voor minder levensangst en voor een beetje liefde. Een beetje leek me genoeg en ook het meest haalbare.
Ted maakte grapjes, stelde me op mijn gemak en zei tegen me dat ik een mooi meisje was. Ik viel bijna van mijn stoel van verbazing. Maar welke aardige opmerkingen hij ook maakte, ik ontdooide niet. Ik was en bleef op mijn hoede. Toen brak de dag aan waarop hij zei dat ik geen therapie nodig had, maar alleen een aardige man. Het leek hem verstandig om het therapeutische contact te verbreken.
Ik bevroor.
Hij stuurde me naar huis en vroeg tot hoe laat ik zaterdag moest werken. Ik antwoordde dat ik 's middags om vijf uur klaar zou zijn.
'Zeg maar tegen je ouders dat je zaterdag moet overwer-

ken,' zei hij. 'Lust je nasi? Dan maak ik nasi. Ik verwacht je om halfzes.'
Ik was die zaterdag om klokslag halfzes bij hem en om vijf over halfzes lag ik bij hem in bed. Ik wist niet wat me overkwam.
De eerste tijd met Ted was heel goed. De eerste tijd deed ik nog niets fout in zijn ogen.

Jochem ziet dat het al halfdrie is geworden. Hij drinkt zijn glas leeg en legt het dagboek terug in de kluis. De enige persoon met wie hij zou willen praten over wat hij heeft gelezen is zijn moeder, maar die is buiten beeld. Zal hij haar appen en vragen of ze hem wil bellen?
Morgen, misschien.

47

Jochem wordt wakker omdat zijn mobiel overgaat. Op het display ziet hij dat Ted hem belt. Het is halfacht. Wat kan er aan de hand zijn?

Ted wil weten of hij ook een bericht heeft gehad van ma.

Jochem controleert zijn berichten. Niets van zijn moeder.

'Ik dus ook niet, maar pa wél. Hij belde me een halfuur geleden wakker en hij sloeg helemaal op tilt. Ze schijnt niet zomaar naar Nice te zijn vertrokken, ze is daar mét een man en dóor die man. Een Fransman, met wie ze al contact schijnt te hebben sinds de laatste keer dat ze met pa in Nice was. Dat is nota bene al drie jaar geleden. En hoe converseren die lui? Volgens mij spreekt ma niet meer Frans dan: *merci*, *au revoir* en *bon appétit*.'

'Je kunt ook alleen met je lijf praten,' meent Jochem.

Het is even stil aan de andere kant. 'En dat zeg jij?'

'Ja, waarom niet? Denk je dat ik niet weet wat lichaamstaal is?'

'Jawel, maar ik zou zo'n opmerking niet achter jou zoeken. Om op de opwinding van pa terug te komen: hij wil naar Nice om ma aan haar haren naar huis te slepen. Wat doen we?'

'Ik ga in ieder geval niet mee, maar ik zal hem bellen en voorstellen om erover te praten als we elkaar straks in de zaak zien. Heb jij tijd om ook langs te komen?'

'Ik zit vandaag helemaal vol afspraken. Drie kennismakingen, allemaal jonge vrouwen met angststoornissen. Dat worden geen humoristische gesprekken. Huisartsen weten mij altijd te vinden voor de behandeling van angstige vrouwen, maar als ik eerlijk mag zijn heb ik daar onderhand wel genoeg mee te maken gehad. Dat ga ik binnenkort officieel bekendmaken.'

Tijdens het eerste gesprek dat ik voerde met Ted ging er een wereld voor mij open, want hij maakte me aan het lachen.

Jochem merkt dat hij zijn keel moet schrapen. 'Ik denk dat jij wel genoeg humor hebt om angstige vrouwen te ontdooien.'

'Hoezo? Wat bedoel je?'

'Wat ik zeg. Het is toch je werk, je hoeft met zulke vrouwen toch niet samen te leven? Ik kan me niet voorstellen dat jij geen professionele afstand kunt bewaren.'

Ted slaakt goed hoorbaar een diepe zucht. 'Jij kunt je wel meer niet voorstellen. Hoor ik nog wat je gesprek met pa heeft opgeleverd?'

Hij schijnt niet geïnteresseerd te zijn in het antwoord, want hij heeft de verbinding verbroken.

Jochems vader lijkt minder opgewonden te zijn dan Ted vertelde. Hij geeft toe dat hij in eerste instantie naar Nice wilde afreizen, maar bij nader inzien toch besloten heeft om thuis te blijven. Maar hij weet nog niet wat hij verder wil doen. Zullen ze daar straks op een rustig moment over praten?

'Wil je dat ik ma een app stuur?' vraagt Jochem.

'Ik weet niet wat wijsheid is in dit geval, jongen. Ted bood dat ook al aan. Jullie moeten hier niet bij betrokken worden, dit is iets tussen jullie moeder en mij. Ik moet daarover nadenken.'

Hij zou zijn moeder willen appen om haar te vertellen wat hij heeft gelezen. Maar hij beseft dat ze, nu ze iets aan het beleven is met een man, niet bepaald zal openstaan voor wat een overleden schoondochter in haar dagboek heeft geschreven.

De eerste tijd met Ted was heel goed. De eerste tijd deed ik nog niets fout in zijn ogen.

Fifi moet hem met rust laten!

48

Het lijkt iets wat buiten hem om gebeurt en waaraan hij geen weerstand kan bieden. Het dagboek staat voortdurend vooraan in zijn gedachten, al probeert hij het nog zo vaak te negeren.

Jochem heeft met zijn vader gesproken en hij is blij dat pa het plan om af te reizen naar Nice heeft laten varen. Goedbeschouwd was hij heel realistisch, ondanks de tranen die rijkelijk vloeiden. Het zal niet meevallen om na een huwelijk van bijna tweeënvijftig jaar te moeten ontdekken dat je partner is afgereisd om een amoureuze ontmoeting te hebben met een man die ze tijdens jullie vakantie heeft leren kennen en met wie ze al een paar jaar een geheim contact blijkt te onderhouden. Jochem zou het begrepen hebben als zijn vader boos was geweest en het had hem niet verbaasd als pa het woord 'scheiding' in de mond zou hebben genomen. Maar het enige wat zijn vader heel duidelijk uitsprak was verdriet en teleurstelling. En hoop op herstel van de relatie. Jochem stond er een beetje onbeholpen bij. Hij kan zich niet herinneren dat hij zijn vader ooit eerder zag huilen en in plaats van te kunnen troosten, schoot hij zelf vol. Hij verontschuldigde zich voor zijn emotie, maar zijn vader wilde van geen verontschuldiging horen. Hij benadrukte dat Jochem een lieve zoon was en een heel andere man dan zijn broer. Daarna wilde hij aan het werk, maar niet voordat hij had gezegd dat het misschien wel een goed idee was als Jochem zijn moeder een app zou sturen om te vragen hoe het met haar gaat. Geen verwijten, geen kritische kanttekeningen, gewoon even laten weten dat je aan haar denkt en dat je graag contact wil houden.

'Ze gaat ons missen, dat weet ik zeker,' zei zijn vader. 'Ze komt vanzelf terug.' Zijn vader zei nog iets en daar blijft Jochem maar aan denken. Hij zei: 'Ik denk dat wat Fifi deed er veel erger bij je moeder heeft in gehakt dan ze wilde toegeven. Ze verschool zich achter nare opmerkingen, maar ik ken haar. Ze was geraakt en ze begreep het niet. Ze wilde nooit dat ik er iets over vertelde aan Ted en jou, maar soms sprak ze uren met Fifi. Ze wist dat Ted dit niet wilde, daarom zei ze er tegen niemand iets over, behalve tegen mij. En ik zweeg, ik wist trouwens ook niet wat Fifi allemaal aan haar vertelde. Vrouwendingen, denk ik. Daar heb ik geen verstand van. Tegenwoordig gaat het heel anders dan vroeger tussen mannen en vrouwen, maar voor mij mag het blijven zoals ik het gewend ben. Zeg hier maar niets over tegen Ted.'

Jochem denkt nog steeds na over deze woorden van zijn vader. Het lijkt of hij in korte tijd opeens een totaal andere familie heeft gekregen. Het zijn mensen die hij al jaren kent en tegelijk niet lijkt te kennen.

Vandaag is het een prachtige herfstdag. De zon schijnt, er waait een zachte wind, maar het is droog. Hij wil buiten zijn en hij vraagt aan zijn vader of hij het erg vindt als hij een paar uur eerder weggaat.

'Prima idee,' zegt zijn vader. 'Ga wat leuks doen. Ergens lekker koffiedrinken in de zon. Wie weet wat je nog tegenkomt.'

Koffie in de zon op een terras is een goed idee, denkt Jochem. Toch loopt hij alle terrassen snel voorbij en stapt in zijn auto.

Ik heb straf gehad en ik weet niet waarom. Ik moest spijt betuigen en ik weet nog steeds niet waarvoor.
Twee nachten moest ik in de schuur slapen en ik mocht er tegen niemand iets over zeggen. Maar dat heb ik wél ge-

daan. Ik heb, toen ik alleen thuis was, mijn schoonmoeder gebeld.
Ze kwam meteen naar me toe.
Ik weet zeker dat ze niet van me houdt. Toch komt ze als ik bel, toch luistert ze naar mijn verhalen en toch spreekt ze me moed in. Tot nu toe was alles wat ze zei te begrijpen en klonken haar woorden me redelijk in de oren. Sinds vandaag denk ik daar anders over.
Ze zei tegen me dat haar oudste zoon zo vaak boos is omdat er een vrouw in zijn leven is geweest die hem tot op het bot heeft gekwetst en dat het voor hem nog steeds onmogelijk is om dit te verwerken. Voordat ze weer vertrok beloofde ze me dat ze zou proberen om met hem te praten en dat ze hem zou adviseren om mij met rust te laten.
Volgens mij is iedereen in de familie de kluts kwijt door de onverwachte dood van Pattie. Het leven lijkt voor iedereen gewoon door te gaan, maar dat klopt natuurlijk niet. De familie is niet meer compleet. Dat zei ik later tegen Ted en nu ik dit opschrijf bedenk ik opeens dat die opmerking misschien de reden kan worden voor mijn volgende straf.
Hij heeft gedreigd dat hij van me zal scheiden als ik doorga met mijn onberekenbare gedrag en hij voegde eraan toe dat ik dan geen cent van hem krijg. Hij zei ook dat ik hem vooral niet moest tarten, omdat het voor mensen die hem hadden getart al eerder niet goed was afgelopen. Over dat tarten zit ik niet zo in en ik maak me ook geen zorgen over de mogelijkheid dat het niet goed met me zal aflopen. Ted dreigt wel vaker, daar ben ik aan gewend.
Maar ik moet wel zien te voorkomen dat hij het voor elkaar krijgt dat ik genoodzaakt ben om een beroep te doen op mijn ouders. Als ik terug moet naar die mensen wil ik niet verder leven.

Jochem pakt zijn mobiel en maakt een appbericht voor zijn moeder. Verliefd of niet, ze heeft iets uit te leggen.

49

Het is erg druk in de zaak, maar Jochem kan zich niet concentreren op zijn werk. Zijn vader heeft het in de gaten en stuurt hem naar de personeelskamer om koffie te drinken. Hij merkt dat hij het geen enkel probleem vindt om weggestuurd te worden.

Jochem heeft zijn moeder nu al twee keer geappt, maar nog steeds geen antwoord gekregen. De berichten hebben een blauw vinkje, dus ze heeft ze gelezen. Waarom antwoordt ze niet?

Het eerste bericht was vrijblijvend. Hij heeft gevraagd hoe het met haar ging en of hij iets voor haar kon doen.

In het tweede bericht heeft hij aan haar bekendgemaakt dat hij te weten is gekomen dat zijn moeder een vertrouwelijk contact had met Fifi en dat zij wist dat haar schoondochter niet altijd goed behandeld werd door haar zoon. In dat bericht heeft hij aan haar gevraagd of ze wist dat Fifi plannen had om uit het leven te stappen en waarom ze geen hulp voor haar heeft gezocht. Hij heeft haar dringend geadviseerd om naar huis te komen.

Was het verstandiger geweest om het tweede bericht niet te versturen? Het is natuurlijk goed mogelijk dat zijn moeder zich erg schuldig voelt door wat Fifi heeft besloten en dat ze daardoor nu niet alleen het land maar vooral haar familie heeft verlaten. De man die ze heeft opgevoerd als reden voor haar vertrek zal misschien niet eens bestaan, maar als dekmantel dienen voor dat onoverzichtelijke schuldgevoel.

Hij had niet zo impulsief moeten handelen, daarom maakt hij een derde bericht.

Lieve ma, vergeet wat ik schreef. Ik meende er niets van en wil jou zeker geen verwijt maken. We moeten als familie verder, we zullen tijd nodig hebben om de ellendige gebeurtenissen van de afgelopen maanden te verwerken en een plaats te geven. Samen, dat moeten we echt samendoen.

Kom alsjeblieft snel naar huis.

Kus!

Hij drukt op Verzenden.

Het blauwe vinkje verschijnt vrijwel direct en daarna ziet hij dat ze een bericht aan het typen is.

Zijn hart begint sneller te kloppen als hij wacht op het signaal dat er een nieuw bericht is. Dat komt eerder dan hij dacht, het zal dus een kort bericht zijn.

Wie heeft aan jou verteld dat ik met Fifi sprak en op de hoogte was van de omstandigheden?

Hij typt snel een antwoord.

Dat doet er nu niet toe. Ik weet het en je geeft het toe. Laten we het over ons als gezin hebben. Er zijn voor elkaar. Samen verdergaan.

Hij drukt weer op Verzenden en schenkt een kop koffie in.

Hij wacht.

Ze heeft het bericht gelezen, maar er komt geen antwoord.

50

De rest van de dag is voorbijgekropen, ondanks de drukte. Jochem heeft voortdurend zijn mobiel in de gaten gehouden, maar er is geen enkel nieuw bericht van zijn moeder binnengekomen. Daar ergert hij zich aan en het maakt hem tegelijkertijd onrustig.

Een uur voor sluitingstijd wordt hij opnieuw door zijn vader weggestuurd, nu naar huis. Hij krijgt het dringende advies om een hete douche te nemen zodat hij zich wat kan ontspannen. Pa belooft dat hij Kiki zal ophalen bij Nancy en haar naar huis zal brengen.

Jochem vertrekt meteen. Hij neemt de boerenbonenschotel mee voor drie personen, want hij wil wel blijven eten. Een hete douche is een goed idee, maar dat kan ook vanavond, voordat hij gaat slapen. Hij weet wat hij eerder wil doen.

Gisteren heeft hij het dagboek weer in de kluis gelegd, dat leek hem verstandig. Zodra hij thuis is, laat hij de rolgordijnen aan de voor- en achterkant van de woonkamer zakken. Het is een bewolkte dag en het is al nodig om de schemerlamp die naast de bank staat in te schakelen.

Hij slaat het dagboek open.

Mijn hele lijf doet pijn, zelfs nog na twee dagen.
Zaterdag heb ik straf gehad. Ik was bang dat ik werd doodgeslagen. Door de laatste klap ben ik onderuitgegaan en toen ik bijkwam, was Ted weg. Ik heb mezelf naar de badkamer ge-

sleept, liet het bad vollopen en ben in het hete water gaan liggen. Daar heb ik minstens een uur gehuild.
Tussen de klappen door schreeuwde hij tegen me dat hij van me af wilde. Er moest een andere vrouw in huis komen, eentje die er goed uitzag en die niet zoveel woede in hem zou opwekken. Een soort Natasja. Zij had moeten blijven.
Dat had ik ook zo graag gewild.
Natasja werd op een avond door Ted naar binnen geschoven. Ik had net afgewassen en koffiegezet. Ted kondigde aan dat het meisje dat een beetje timide naast hem stond voorlopig bij ons kwam wonen om mij te helpen in het huishouden. Hij vertelde niet hoe hij haar had leren kennen, maar hij drukte me op het hart dat ik met niemand mocht praten over haar aanwezigheid in ons huis, omdat ze illegaal in het land verbleef.
Het was een heel mooi meisje, met een zwarte huid. Volgens Ted was ze achttien jaar, maar in de weken die volgden kwam ik erachter dat ze pas veertien was. Ze sprak een beetje Engels en ik leerde haar Nederlandse woorden. Ze leerde snel, ik vond haar slim. Ik probeerde erachter te komen hoe ze illegaal in ons land verzeild was geraakt, maar het lukte niet om haar daarover aan het praten te krijgen.
Ze at als een bootwerker. Allemachtig, wat at dat meisje veel. Ze had altijd honger!
Ted bepaalde dat ze de hele zolderverdieping mocht gebruiken. De spullen die daar stonden werden uit het zicht gezet, hij legde tapijttegels op de vloer en verfde de schuine wanden geel en wit voor haar. Er werd een tweepersoonsbed aangeschaft, al vond ik dat overdreven. Het was behoorlijk naïef van me dat ik niet in de gaten had waarom het een tweepersoonsbed moest zijn. Daarna sliep Ted niet meer bij mij. Ik vond het prima dat ik niet opnieuw gedwongen zou worden om seks te hebben voor een baby, want dat was de eni-

ge reden voor Ted om het met mij te doen, benadrukte hij. Ik hoopte dat hij Natasja niet zwanger zou maken, maar toen ik haar op een ochtend brakend boven het toilet aantrof begreep ik dat er een nieuw probleem was ontstaan. Ze was stil, de dagen erna, ze wilde nergens over praten en poetste zich suf. Tussen de bedrijven door braakte ze.
Ted was stuurs en onvriendelijk. Hij kwam iedere dag laat thuis en sliep in de logeerkamer. Ik hoorde hem ruziemaken met Natasja.
Het was op een zaterdag toen hij me de opdracht gaf om het weekend naar mijn ouders te gaan. Ik wilde dat niet, maar het moest. Hij liet me nadrukkelijk beloven dat ik maandagmorgen pas terug zou komen.
Toen ik die maandag thuiskwam, was Natasja er niet meer. Haar spullen waren verdwenen, het tweepersoonsbed was ook weg. Het leek of ze nooit bij ons in huis was geweest.
Ted zei dat ze heimwee had gehad naar haar ouders en naar hen terug was gegaan. Hij had de reis betaald en verder wilde hij haar naam niet meer horen. Ik waagde het om te vragen of ze misschien zwanger was geworden en dat was de eerste keer dat ik me een paar dagen niet in het openbaar kon vertonen.
Waarom ging ik niet weg? Maar waar moest ik heen? Naar mijn ouders? Die zagen me aankomen met al mijn angsten en zonder een cent. Het weekend dat ik onaangekondigd op de stoep stond was al een drama geworden, ze zouden beslist niet accepteren dat ik die stunt nog een keer zou herhalen. Ik dacht: rekken en erbij blijven en wachten tot ik me goed genoeg zou voelen om een baan te zoeken, zodat ik voor mezelf kon gaan zorgen.
Ik denk nog steeds aan Natasja, want ik hield van haar. Ik heb het nadat ze vertrok nog een paar keer gewaagd om aan Ted te vragen of we haar niet een lieve kaart konden sturen,

maar hij bedreigde me heftig. Ik werd banger dan ik ooit was geweest.
Ik ben nu nog steeds bang. Ik ben bang dat ik in de waterput terechtkom.

Waterput? Wat bedoelt ze daarmee? Jochem tuurt naar de tekst om te controleren dat hij het goed heeft gelezen. Het staat er werkelijk.

51

Het is eindelijk zaterdag en Meike heeft ermee ingestemd dat ze pas tegen een uur of negen zal komen, als Kiki slaapt.

Jochem kijkt regelmatig op zijn mobiel in de hoop dat zijn moeder een app stuurt. Nog steeds niks.

Zou zij weten wat Fifi bedoeld kan hebben met een waterput? Hij overweegt al een paar dagen om haar te bellen. Het zal hem geruststellen als hij haar stem kan horen, als is het maar een paar minuten. Fifi sprak met haar, het zou mogelijk kunnen zijn dat ze het over een waterput heeft gehad.

Hij loopt tijdens de middagpauze een straatje om. Het waait hard vandaag, er vliegen bruine bladeren over straat en er liggen overal grote plassen water. Toch is het niet koud. Dit jaar heeft de herfst een behoorlijk onstuimig karakter, maar de temperatuur is aangenaam voor dit seizoen. Jochem loopt stevig door tot hij bij een overdekt terras komt waar weinig mensen zitten.

Hij heeft in een hoek van het terras een vrije plek gevonden en een cappuccino besteld. Als de serveerster de bestelling voor hem neerzet, pakt hij zijn mobiel. Niet aarzelen, gewoon doen. Als ze niet met hem wil praten, merkt hij dat vanzelf.

Hij kiest het nummer van zijn moeder en wacht. Er gebeurt niets, de lijn lijkt dood. Hij probeert het nog een keer.

Misschien is ze ergens waar geen of slecht bereik is. Hij besluit om dan toch maar weer een app te sturen.

Lieve ma, ik probeerde je te bellen maar ik kon je niet bereiken. Kun je mij bellen als je weer bereik hebt? Ik heb een dringende vraag. Heeft Fifi jou weleens iets verteld over een waterput? Deze vraag is vertrouwelijk. Laat svp snel iets van je horen.

Hij leest het bericht nog een keer om te zien of hij geen typefouten heeft gemaakt en verzendt het.

'Goed dat je terug bent,' zegt zijn vader. 'Ted belde net, hij kan je moeder niet bereiken en hij leek in paniek.'

Jochem antwoordt dat hij het zelf een halfuur geleden ook geprobeerd heeft, maar dat het hem ook niet lukte om verbinding te maken. Hij voegt eraan toe dat hij denkt dat ma ergens is waar ze slecht bereik heeft.

'Zou het toch geen goed idee zijn om naar haar toe te gaan? Ted had het daar ook al over.'

'Helemaal geen goed idee,' zegt Jochem. Hij hoort de irritatie in zijn eigen stem.

Zijn vader antwoordt dat het nergens voor nodig is om boos te worden.

Ze hebben niet meer met elkaar gesproken en pa is tegen sluitingstijd zonder gedag te zeggen de deur uit gelopen. Hij doet maar, Jochem kan zich voorstellen dat hij momenteel lichtgeraakt kan reageren. En als hij toch besluit om af te reizen naar Nice, dan is dat zijn eigen keuze. Mocht Ted met hem mee willen gaan, dan kan hij zijn gang gaan, als Jochem zelf maar niet mee hoeft. Hij vraagt zich een beetje verwonderd af waar die mening opeens vandaan komt. Zou dat te maken hebben met wat hij tot nu toe heeft gelezen in het dagboek? Het raakt hem en wat daarbij een grote rol speelt is het besef dat hij jarenlang een schoonzus heeft gehad van wie hij niet alleen weinig wist maar aan wie hij ook nooit een belangstellende vraag heeft gesteld. Ook al weet hij dat Ted zijn gezinsleven tamelijk veel afschermde van familie en vrienden en beseft hij ook dat Fifi zelf nooit toenadering zocht, hij voelt een soort schuldgevoel ten opzichte van haar. Het is ook nauwelijks te geloven dat zijn moeder zich iets aantrok van deze schoondochter. Ze was nooit enthousiast over haar, of ze heeft het goed verborgen kunnen houden. Het leven zou overzichtelijker moeten zijn geworden zonder beide stressfactoren in de familie. Daar was sprake van nadat zowel Pattie als Fifi hun intrede hadden gedaan. Pattie zag men liever gaan dan komen door haar onberekenbare gedrag en Fifi werd alleen getolereerd omdat ze bij Ted hoorde. Jochem heeft nooit aan zijn ouders gemerkt dat ze met haar begaan waren en nu ontdekt hij in het dagboek van Fifi dat ze een vertrouwensband had met zijn moeder. Of vergist hij zich? Hij wil nog snel weer een stuk lezen in het dagboek voordat Meike komt, want voor zijn gevoel wordt hij door een onzichtbare macht naar de woorden getrokken die Fifi heeft geschreven.

Zou zijn moeder al een antwoord hebben gestuurd?

Hij pakt zijn mobiel.

Er is een antwoord.

Heel slecht bereik hier. Er is al twee dagen een storing gaande.

Over een waterput heb ik Fifi nooit iets horen zeggen. Vanwaar die vraag? Ted heeft ook geappt, hij wil met je vader naar Nice komen. Hou dat stel alsjeblieft bij je in de buurt. Als ik merk dat ze dit werkelijk van plan zijn, verkas ik en dan ga ik niet meer vertellen waar ik ben. Het idee om hier voorgoed te blijven begint me steeds meer aan te spreken.

Waarom verdiep je je zo in Fifi? Laat het rusten, ga leven, word gelukkig. Dat doe ik ook. Hoop je snel te zien als ik tot rust ben gekomen.

Liefs, mama.

Jochem hoort dat er wordt gebeld. Hij springt overeind.

52

Meike heeft een mooie bos bloemen meegebracht die ze breed lachend in zijn handen drukt.

Jochem is verrast en weet niet goed hoe hij hierop moet reageren. ‘Ik heb nog nooit bloemen gekregen van een vrouw,’ is het enige wat in hem opkomt.

‘Dan werd het tijd,’ zegt Meike. ‘Je kunt me bedanken door straks voor me te zingen. Of zing je niet meer?’

‘Dat je dat nog weet. De laatste tijd zing ik nog weinig, te veel aan mijn hoofd.’

Meike loopt met hem mee naar de kamer. ‘Het is jammer dat je weinig doet met je stem. Ik ben al drie jaar lid van een oratoriumkoor, is dat niets voor jou? We repeteren op dinsdagavond en ik denk dat je de dirigent heel blij zult maken met een aanmelding. We komen altijd mannen tekort, je zult met open armen worden ontvangen. We zijn nu aan het repeteren voor “De Messiah” van Händel. Zeg dat je komt.’

‘Was jij altijd al zo bazig?’

‘Alleen als het nodig is. Maar serieus: het is echt heerlijk op een koor, je presteert iets samen, je wordt op een aangename manier moe en je ontmoet leuke mensen. Kun je een vaste oppas regelen voor de dinsdagavond?’

Jochem voelt zich een beetje overdonderd, maar hij vindt de gedachte aan een wekelijks uitje wel een goed idee, zeker als het te maken heeft met zingen. Meike heeft gelijk, hij doet te weinig met zijn stem. Hij zou aan Nadia kunnen vragen of ze de dinsdagavonden beschikbaar wil zijn en hij weet nu al dat ze ja zal zeggen. 'Ik zal erover nadenken,' belooft hij.

'Eind van de avond wil ik een antwoord,' beslist Meike.

Jochem steekt beide handen afwerend in de lucht. 'Je bent echt bazig. Wat wil je drinken?'

Ze besluiten te beginnen met koffie.

Het is gezellig, aan gespreksstof is duidelijk geen gebrek, de jaren lijken weg te vallen en Jochem herkent de sfeer die er was toen ze allebei nog pubers waren. Toch heeft er in die periode ook iets plaatsgevonden waar hij niets van in de gaten had en hij wil daar vragen over stellen. Maar hoe begin je over zoiets? En wat kun je wel en niet vragen?

'Waar zit je op te broeden?' vraagt Meike.

Jochems antwoord verbaast misschien hemzelf nog het meest. 'Ik vraag me af hoe het mogelijk was dat wij samen iets speciaals met elkaar leken te hebben en jij in dezelfde periode een seksuele relatie had met een leraar.'

Meike kijkt hem niet aan als ze antwoordt dat ze zichzelf ook al jaren afvraagt hoe dit mogelijk was. 'Ik was verliefd op jou, niet op hem. Maar zijn aandacht en vooral de manier waarop hij me behandelde, namelijk als een vrouw en niet als een pubermeisje, zijn achteraf gezien waarschijnlijk de reden geweest dat ik me liet meenemen in zijn avontuurlijke fantasieën. Hij was spannend en ervaren, hij wist hoe hij me kon verleiden en ik voelde me bevoorrecht door alle aandacht en aanrakingen. Toen ik merkte dat ik zwanger was en dat aan hem vertelde, eiste hij niet alleen abortus maar vooral geheimhouding. Daarna negeerde hij me. Mijn ouders dachten dat jij me zwanger had gemaakt. Het was al te laat voor abortus en ik moest weg om het kind te krijgen en af te staan. Ze wilden het er later nooit meer over hebben en ze hebben ook nooit aan me gevraagd wat het voor me betekende om te bevallen van een dode baby.'

'Leven je ouders niet meer?'

'Nee, ze zijn al tien jaar dood. Auto-ongeluk, ik was in één klap wees.'

'Ik voel me momenteel een halve wees,' zegt Jochem.

Het is goed om herinneringen op te halen en aan elkaar te vertellen hoe het leven verlopen is sinds ze elkaar uit het oog verloren. Jochem heeft de apps die zijn moeder heeft gestuurd aan Meike laten lezen en erbij verteld dat hij zich zorgen maakt over haar. Hij noemt de woorden die daar debet aan zijn.

Liefs, mama. Die woorden blijven hem het gevoel geven dat er iets niet klopt.

Meike oppert de mogelijkheid dat Jochems moeder iets te veel alcohol had gedronken toen ze die apps verstuurde en daardoor misschien een beetje melancholiek was. Ze vindt het opmerkelijk dat zijn moeder vooral berichten stuurt aan hém en ze denkt dat hij meer voor haar betekent dan hij in de gaten heeft. Ze adviseert hem om niet achterdochtig te zijn, maar het contact gaande te houden. En om haar tegemoet te komen, dus ervoor te zorgen dat zijn vader en zijn broer niet afreizen naar Nice. Na dit advies stelt ze de vraag die hij al vreesde. 'Heb je nog verder gelezen in het dagboek van Fifi en weet je al wat je ermee gaat doen?'

'Het wordt tijd voor iets sterkers dan koffie,' zegt Jochem.

Meike wil één cola-cognac meedrinken, maar daarna gaat ze over op frisdrank heeft ze nadrukkelijk beweerd. Ze lust wel zoute noten en toastjes met hartigheid.

Jochem vertelt dat hij een aantal passages in het dagboek heeft gelezen en dat hij niet goed weet wat hij ervan denken moet. Hij staat op en loopt naar de kluis.

'Weet je zeker dat je dit aan mij wil laten lezen?' vraagt Meike.

Hij drukt het dagboek in haar handen. 'Ik weet het zeker, maar ik wil met je afspreken dat dit tussen ons blijft. Ik ben tot en met de vijfde schrijfdag gekomen. Ik ga even bij Kiki kijken terwijl jij leest.'

Meike belooft dat ze hier met niemand over zal praten.

53

Jochem heeft eerst de was uit de machine gehaald en in de droger gestopt. Hij wil Meike de gelegenheid geven om ongestoord te lezen en hij vindt het tot zijn verwondering een prettige gedachte dat hij de teksten die Fifi heeft achtergelaten met iemand kan delen. Hij wil weten of het onbehaaglijke gevoel dat zich in toenemende mate meester van hem maakt gerechtvaardigd is of juist te vergezocht. De verwarring die om hem heen sluipt en hem dreigt te grijpen is vermoeiend en vooral angstaanjagend. Hij wil verlost worden van al die door elkaar lopende emoties.

Hij kijkt nog een keer bij Kiki. Ze slaapt diep, hij sluit zachtjes de deur.

Meike zit doodstil op de bank voor zich uit te staren. Het dagboek ligt dichtgeklapt op haar schoot.

Jochem gaat naast haar zitten.

'We kunnen hier inderdaad beter met niemand over praten,' zegt Meike.

Jochem ziet dat ze betraande ogen heeft. 'Het heeft je geraakt, hè? Denk je dat het kan kloppen? Kan het echt waar zijn dat mijn broer zijn vrouw mishandelde? Ik kan me dat niet voorstellen.'

Meike lijkt te twijfelen over het antwoord dat ze wil geven.

'Zeg het maar,' dringt Jochem aan.

'Ik vermoedde vanaf het begin dat Fifi deelnam aan de groepssessies dat er iets dergelijks gaande kon zijn. Maar ze vertelde niets, gaf geen antwoord op vragen in die richting, dus het bleef onduidelijk wat er precies speelde in haar leven. Heeft je moeder nooit toespelingen gemaakt?'

Jochem denkt even na. 'Nee, daar kan ik me niets van herinneren.'

'En je vader? Of je broer?'

'Nee. Maar ik kan natuurlijk zelf vragen stellen.'

'Dan moet je waarschijnlijk uitleggen waar die vragen vandaan komen en dan zul je misschien moeten vertellen dat jij het dagboek hebt. Wil je dat?'

Jochem hoeft over het antwoord op die vraag niet na te denken. 'Nee, dat wil ik niet. Althans niet voordat ik alles heb gelezen. Ik heb sterk het gevoel dat ik eerst alles lezen moet.'

'Wees voorzichtig,' adviseert Meike.

Jochem streelt haar hand. 'Ik ben blij dat je terug bent in mijn leven. Zullen we het nu over ons hebben?'

'Praten?' Meike raakt met een vinger zijn wang aan.

'Genoeg gepraat,' zegt Jochem.

Ze is naar huis en ze hebben afgesproken dat ze elkaar zo snel mogelijk weer zien. De kamer ruikt naar seks, Jochem snuift de geur op met een grote glimlach. Dit was geweldig, hij wil dat ze terugkomt en de hele nacht blijft. Maar dat is lastig omdat er ook een kind in dit huis woont dat net haar moeder heeft verloren. Hij moet met Kiki praten en te weten zien te komen of ze ruimte heeft voor een andere vrouw in hun leven. Wat zou hij dit graag willen overleggen met zijn moeder.

De emotie overvalt hem. Wat gebeurt er nu? Hij verlangt ernaar om met zijn moeder te praten en hij zit vervolgens te janken als een kleuter.

Liefs, mama.

Wat klopt er toch niet?

Het is al middernacht en het zou verstandig zijn om nu te gaan slapen. Maar Jochem is klaarwakker en zijn ogen worden voortdurend naar de rode kaft van het dagboek getrokken. Hij schenkt eerst nog een groot glas spa blauw in en begint te lezen.

Ted heeft gisteravond verteld dat hij van me wil scheiden. Ik ben een last voor hem die niets toevoegt aan zijn leven. Die tekst heb ik vaker gehoord, mijn ouders hebben dat jarenlang tegen me gezegd, mijn moeder voorop.
Ik moet weg en een eigen leven gaan opbouwen. Ted adviseerde me dringend om op zoek te gaan naar een baan, zodat ik mezelf kon onderhouden. Hij wilde ook dat ik met mijn ouders zou gaan bespreken om bij hen te wonen tot ik zelf een woning gevonden zou hebben. Mijn ouders gaan daar zeer negatief op reageren en ik moet er niet aan denken om terug te keren naar mijn ouderlijk huis.
Ik spring nog liever van een dak af.
Eerlijk gezegd ben ik niet van slag geraakt door de toespraak van mijn wettige echtgenoot. Hij is al tijden toespelingen aan het maken op een scheiding, dus hij verraste me niet echt.
Zou het anders zijn gelopen als ik zwanger was geworden? Ik praat als ik alleen ben en zeker weet dat niemand me kan horen tegen Ruud en Miranda, nu nog eicellen die bevrucht moeten worden. Voor mij bestaan ze, al zal die bevruchting nog even duren omdat Ted me al een hele tijd niet meer aanraakt. Heeft hij gelijk, ligt het aan mij, ben ik te droog om bevrucht te worden? O God, laat me deze kinderen dragen en baren, laat me hun moeder zijn. Ze zullen op mij lijken, dat weet ik zeker. Ik wil niet opnieuw overgeleverd zijn aan ouders die niet sporen, want als dat gebeurt kom ik waarschijnlijk in een psychiatrische instelling terecht. Nu denk ik iets vreemds, namelijk dat ik wellicht

beter in zo'n instelling kan zijn dan bij mijn ouders. Daar krijg je pillen voor te grote angsten en daar wordt met je gepraat.
Ik zou zo graag met iemand praten, met iemand die luistert, die geen lastige vragen stelt en van wie ik zeker weet dat niets wordt doorverteld aan Ted.
Ik denk dat mijn schoonmoeder wél alles doorvertelt, ik denk dat ik daardoor uit het niets soms straf krijg en in elkaar geslagen word. Niet direct nadat ik heb gepraat, maar later, als er geen vuiltje aan de lucht lijkt te zijn. Vooral daardoor ben ik blij met het advies om een dagboek bij te houden. Ik verstop het steeds heel goed en ik zorg ervoor dat ik alleen schrijf als er niemand thuis is en ik niet betrapt kan worden. Dit moet ik goed verborgen houden. Dat is een wetenschap waar ik van ga huilen, terwijl ik zelden huil. Ik zou zo graag overtuigd willen zijn van de onvoorwaardelijke liefde en steun van mijn man.
Ik heb wél een vraag gesteld aan Ted, ook al riskeerde ik daarmee dat hij me weer te grazen zou nemen. Ik heb aan hem gevraagd waarom ik niet gewoon voor hem kan blijven zorgen, waarom hij niet weer iemand zoekt bij wie hij zich beter voelt dan bij mij.
'Weer?' vroeg hij. 'Over wie heb jij het?'
Ik noemde haar naam en zette me schrap voor de klap, maar die kwam niet.
Ted bekeek me van top tot teen en toen antwoordde hij dat ik het niet moest wagen om die naam nóg een keer te noemen, omdat hij dan niet voor zichzelf kon instaan. Hij kneep zijn ogen tot spleetjes toen hij verder sprak. Het ging hem niet alleen om van mij verlost te worden. Hij wilde het kind hebben waar hij recht op had, waar hij alleen recht op had.
Toen dacht ik dat ik stikte.

Jochem leest de laatste zinnen nog een keer. En nog een keer. En nog een keer.

Hij wil niet denken wat hij denkt.

54

Hij dacht dat slapen de beste oplossing zou zijn om te voorkomen dat zijn gedachten onbeheersbaar worden. Het is hem al ruim vijf jaar gelukt om de verdenking van zich af te houden en zelfs toen Pattie glashard beweerde dat hij niet de vader was van Kiki heeft hij deze uitspraak afgedaan als een poging om hem te kwetsen en niet meer dan dat. Het was prettig dat Ted haar diagnosticeerde als iemand met een persoonlijkheidsstoornis, want achter die term kon hij zich verschuilen en juist verschuilen bleek opnieuw van grote betekenis te kunnen zijn.

Het kind waar hij alleen recht op had.

Slapen gaat voorlopig niet lukken.

'Ze is wel erg snel zwanger, vind je ook niet?' vroeg zijn moeder.

'Je wordt toch nergens ingeluisd?' opperde zijn vader.

Jochem vond het belangrijk om deze vragen met Pattie te bespreken.

'Ik had beter kunnen zeggen dat je een condoom moest gebruiken,' zei ze. 'Ik wist dat ik ovuleerde, dan ben ik altijd seksueel een beetje dol.'

'Je was dus nog niet zwanger toen we voor de eerste keer seks hadden,' stelde Jochem vast.

'Nee, natuurlijk niet!' riep ze. 'Van wie moet dat zijn geweest?'

Waar hij alleen recht op had.

Toen ze werd voorgesteld aan Ted, flirtte ze met hem.

De moeder van Jochem vertelde hem later dat Ted haar ordinair vond, maar dat hij volgens zijn vader zijn ogen niet van haar af kon houden.

'We weten al jaren dat Ted een grote flirt is,' antwoordde Jochem. 's Avonds vroeg hij aan Pattie of ze zijn broer al eens had ontmoet voordat ze hém was tegengekomen. Dat vond ze een belachelijke maar ook een achterdochtige vraag en hij moest uitgebreid excuses maken voor zijn gedrag. Als straf mocht hij haar een week niet aanraken.

Er waren tijdens bezoeken aan zijn ouders waar ook Ted en Fifi aanwezig waren bedekte toespelingen die venijnig moesten klinken maar tegelijk een soort opwinding lieten doorschemeren. Jochem probeerde zichzelf ervan te overtuigen dat hij zich gedroeg als een jaloerse minnaar en als ze weer thuis waren besprong hij Pattie. Ze ontving hem toen nog gretig.

Er waren waarschuwingen van klanten die benadrukten dat ze het goed met hem meenden. Ze vertelden dat zijn vrouw en zijn broer wel erg dicht tegen elkaar aan zaten in een park en de indruk wekten dat ze betrapt waren toen ze werden aangesproken.

Pattie ontkende dat er iets gaande was tussen Ted en haar. Ze gaf toe dat ze samen in het park hadden gezeten nadat ze elkaar toevallig waren tegengekomen en dat ze samen dikke pret hadden gehad. Ted viel haar in alle opzichten mee, terwijl ze hem aanvankelijk niet kon uitstaan. Ja, hij was een flirt, maar dat wist iedereen toch al? Ze streek voorzichtig over haar dikke buik en greep Jochems hand. 'Ik denk dat hij niet erg gelukkig is met Fifi, of denk jij van wel? Het zal me niet verbazen als hij een vriendinnetje heeft, misschien wel twee. Dat soort mannen zit nooit verlegen om aandacht van vrouwen. Mocht hij zich iets in zijn hoofd gehaald hebben, dan heeft hij pech. Ik ben niet te verleiden, ik hoor bij jou.'

Jochem zei dat hij liever had dat ze niet in het openbaar gezien kon worden met zijn broer, omdat een verkeerd beeld van zo'n situatie hem klanten kon kosten.

Ze beloofde dat het niet meer zou gebeuren.

Kiki werd drie weken te vroeg geboren en daarna duurde het nog vier weken voordat Ted met Fifi op kraambezoek kwam. Ted verontschuldigde zich hiervoor en legde, toen hij samen met Jochem en hun moeder in de keuken stond, uit dat hij zware weken achter de rug had met Fifi. Ze zat niet goed in haar vel, twijfelde overal aan, met name aan haar vruchtbaarheid. Hij had veel thuisgewerkt om de rust in huis te kunnen waarborgen.

Jochem probeerde hem te troosten.

Hun moeder snoof hoorbaar.

Later zei Pattie tegen hem dat hij haar nooit meer alleen mocht laten met wat zij 'een achterlijke aanstelster vol lasterpraat' noemde. Toen had hij aan haar moeten vragen over welke lasterpraat ze het had, maar hij wist ook toen al dat hij nooit een eerlijk antwoord had gekregen.

Het kind waar hij alleen recht op had.

Kan die kutzin verdwijnen uit zijn hoofd?

Ted zei later dat Jochem een test kon laten doen, maar dat hij niet twijfelde aan Jochems vaderschap. Kiki liep toch op dezelfde manier als Jochem? Dat kon volgens hem een kind zien. Hij vertelde dat de manier van lopen waarschijnlijk genetisch was bepaald, en dat er een oom was geweest die op dezelfde manier liep, een broer van hun vader.

Jochem kan op internet gaan napluizen hoe het precies werkt met genetisch overdraagbare kenmerken. Hij kan het ook niet doen.

Er moet een besluit worden genomen.

Wat is ertegen om elkaar als volwassen kerels in de ogen te kijken en recht voor zijn raap de vraag te stellen die lange tijd gesluimerd heeft en die zich nu nadrukkelijk in je brein heeft genesteld? Maar wat tegelijk belangrijk is: hoe verklaar je je vraag zonder prijs te geven waarom je hem nu pas stelt, dus zonder het woord 'dagboek' te laten vallen?

55

Het leven gaat verder, heeft Jochems vader benadrukt toen hij belde en vroeg of Kiki en hij vanmiddag wilden komen eten. Jammer genoeg had Ted al een andere afspraak, maar de volgende keer wil hij graag ook aanwezig zijn.

Het leven gaat verder, denkt Jochem. Betekent dit dat pa zijn vrouw heeft afgeschreven? Zijn irritatie schijnt verdwenen te zijn en het is een aardig gebaar om zijn zoon en zijn kleinkind te eten te vragen. Of is dit alleen een poging om niet alleen te hoeven zijn?

Jochem neemt het zichzelf kwalijk dat hij op een dergelijke manier over zijn vader denkt. De man heeft het beslist niet gemakkelijk. Het zal je maar gebeuren dat je vrouw na bijna tweeënvijftig huwelijksjaren de kuierlatten neemt en niet van plan lijkt om binnenkort terug te keren. Welke reden zou ze toch kunnen hebben voor haar besluit? Ze was al een tijdje zichzelf niet en niemand heeft daar aandacht aan besteed. Ook dat neemt Jochem zichzelf kwalijk.

Kiki reageerde enthousiast op de uitnodiging van haar opa. Ze hoopt dat hij macaroni maakt, want dat kan hij zo goed. Zo kom je nog eens ergens achter, denkt Jochem.

Hij kan niet ophouden met kijken naar zijn dochter. Ze heeft de oogopslag van haar moeder en ook de lange wimpers en het kuiltje midden in haar kin. De grote oren heeft ze van Jochem, net als zijn vader en zijn broer. Ze loopt op dezelfde manier als hij.

Nu ophouden met rare dingen denken en niet van alles wat hij leest in een dagboek op tilt slaan.

Meike adviseerde om voorzichtig te zijn. Wat bedoelde ze daar precies mee? Hij grijpt zijn mobiel.

Ze is verrast en blij dat hij belt. Ze is ook een beetje in de war na wat zich gisteren allemaal heeft afgespeeld. Maar ze heeft er beslist geen spijt van! Heeft hij nog verder gelezen?

Jochem controleert of Kiki nog steeds in de woonkamer zit te tekenen. Hij houdt de deur van de keuken gesloten en praat zacht. 'Ik heb nog één dag verder gelezen, en ben daardoor behoorlijk van slag geraakt.' Hij herhaalt de zin die door zijn hoofd blijft spoken en vertelt over de twijfel die hem al jaren vergezelt. Het verhaal komt er zonder ook maar de geringste aarzeling uit. Gelukkig stelt Meike geen vragen terwijl hij aan het woord is. Als hij stopt met praten valt er een stilte.

'Dat is niet niks wat je daar vertelt,' zegt Meike.

Jochem vraag of ze denkt dat hij zijn twijfel het best van man tot man met zijn broer kan bespreken.

Meike antwoordt dat ze dit normaliter zou aanraden, maar dat ze zich na het lezen van de eerste vijf dagen van het dagboek toch serieus afvraagt of dit verstandig is. Ze heeft sterk de indruk dat je met de broer van Jochem beter geen ruzie kunt krijgen en ze denkt dat ruzie mogelijk is als Jochem wél vragen stelt maar weigert om de aanleiding tot die vragen uit de doeken te doen. 'Dit is geen domme man, dat weet jij ook. Ik zou zeker nog geen vragen gaan stellen zolang je niet alles hebt gelezen wat Fifi heeft opgeschreven. En het lijkt me ook verstandig om goed na te denken over de vraag of je broer moet weten dat jij het dagboek hebt gelezen. Daar wil ik het nog met je over hebben.'

'Ik ben vanavond om uiterlijk acht uur weer thuis,' zegt Jochem. 'Kom je dan tegen negenen weer naar me toe?' Hij hoort de lach in haar stem als ze antwoordt dat ze dacht dat hij het nooit zou vragen.

Kiki vliegt in de armen van Jochems vader en ze knuffelt hem uitgebreid. 'Krijgen we macaroni? Ja hè, opa, je maakt toch altijd macaroni als ik kom?'

'Ga maar in de pan kijken,' raadt haar opa aan. Hij wendt zich tot Jochem. 'Kom hier, zoon. Ik ben blij dat je er bent.'

Jochem voelt dat zijn vader beeft als hij hem omhelst.

Kiki mag tot ze weer naar huis gaan in de werkkamer van opa computerspelletjes doen. Jochems vader vertelt dat ma er een hele serie op heeft vastgezet die geschikt is voor haar leeftijd.

Ze hebben samen de tafel afgeruimd en de borden en het bestek in de afwasmachine gezet. Jochem heeft twee cappuccino's gemaakt, maar hij slaat het aanbod van een cognacje erbij af.

'Wat ben je onrustig,' zegt zijn vader. 'Ted vroeg zich ook al af wat er met je aan de hand is, omdat hij je nauwelijks ziet of spreekt. Heeft het soms iets te maken met die vrouw met wie je stond te zoenen?'

Jochem grinnikt. 'Dat ook. Ze komt vanavond, als Kiki in bed ligt. Ik ken haar van vroeger, van de middelbare school. Toen was ik smoorverliefd op haar.' Hij neemt een slok. 'Dat is denk ik nog steeds het geval, maar ik wil niet te hard van stapel lopen.'

'Dat doe je goed, jongen. Is ze gescheiden? Weduwe? Toch niet getrouwd?'

'Nee, ze is vrij.'

'Waar werkt ze?'

'Ze is podotherapeut en ze heeft een eigen praktijk.' Jochem moet moeite doen om zelf niet verbaasd te kijken als hij dit uit zijn mouw schudt. Wat gebeurt er nu? Waarom verzint hij dit?

Zijn vader steekt een duim op. 'Interessant! Ik hoop dat je haar snel komt voorstellen. Ik zou het leuk vinden als hier weer een vrouw over de vloer komt. Weet Ted er al van?'

Jochem neemt nog een slok. 'Nee, en eerlijk gezegd wil ik dit nog even zo laten. Ik moet eerst iets met Ted bespreken wat me dwarszit en ik wil niet dat de aandacht voor een eventuele nieuwe vriendin de voorrang krijgt.'

'Dat klinkt ernstig. Je krijgt toch geen ruzie met hem?'

'Dan zou er toch nog geen man overboord zijn? Maar wees gerust, ik ben geen ruziezoeker, dat weet je wel.'

'Jij niet, zoon, maar Ted is tamelijk ontplofbaar, zeker momenteel. Ik denk dat wat Fifi heeft gedaan er erger bij hem heeft ingehakt dan hij laat zien.'

'Zou kunnen,' zegt Jochem.

56

Kiki wreef verwoed in haar ogen toen ze even voor achten thuiskwamen en Jochem denkt dat ze snel in slaap is gevallen. Hij betrapt zichzelf op de gedachte dat hij het heerlijk zou vinden als Meike vannacht bij hem zou blijven slapen, maar dat kan nog niet. Hij heeft zich voorgenomen om nu snel met zijn dochter te praten over de vrouw die een steeds belangrijkere plaats in zijn leven begint in te nemen.

Hij heeft zich even gedoucht en een schoon overhemd aangetrokken. Als hij hoort dat er een app is binnengekomen, kijkt hij van wie het bericht is. Het is van zijn moeder!

Wat is er aan de hand met je broer en jou? Ik krijg alarmerende berichten van hem over je afstandelijkheid. Hebben jullie ruzie gehad? Heeft het te maken met je vragen over een waterput? Hij denkt dat je ergens boos over bent en dat je er niet over wil praten. Je hebt maar één broer, sluit hem niet buiten, jullie hebben elkaar nu meer nodig dan ooit. Mag ik weten wat er aan de hand is? Ik beloof je dat ik er met niemand over praat. Niets oppotten, man, praten is beter. Ik maak me zorgen.
Liefs, mama.

Jochem leest het bericht nog een keer. Zijn vingers hangen boven het toetsenbord. Hij voelt zich opgelucht als op dat moment het geluid van de voordeurbel te horen is.

Goeie hemel, hij is nu al opgewonden!

Jochem heeft Meike eerst mee naar boven genomen om samen te kijken naar een diep slapende Kiki. Ze zijn op hun tenen de trap af geslopen en zitten nu dicht tegen elkaar aan op de bank.

'Ik heb nagedacht over wat je vertelde naar aanleiding van de woorden die je zo aan het denken hebben gezet,' begint Meike.

'"Het kind waar hij alleen recht op had", dat waren toch de woorden die je zo troffen? Ik heb ook gedacht: stel je voor dat je in de goede richting denkt, dat je ex en je broer iets samen hebben gehad waar jij niets van wist en stel je voor dat jouw dochter niet jou maar je broer als biologische vader heeft. Dan komt ze qua genetische samenstelling behoorlijk dicht bij je in de buurt. Maar ik vraag me ook af wat het toevoegt als je zou weten hoe het zit met je kind.'

'Voor mij is het mijn kind,' zegt Jochem met overslaande stem.

Meike legt een hand op zijn arm. 'Rustig maar, natuurlijk is dat zo. Maar waar ben je nu precies van geschrokken?'

Jochem staat op. 'Ik pak het dagboek. Lees zelf maar.'

Meike leest met een onbewogen gezicht. Ze is natuurlijk gewend aan mededelingen waarvan een leek zou verschieten, maar ze zal een professioneel masker kunnen opzetten. Dat lijkt Jochem ook uitermate noodzakelijk als je haar beroep uitoefent.

Ze slaat het dagboek dicht en legt het opzij. 'In de groep mocht niemand Fifi aanraken en als we tussendoor samen iets dronken hield ze de andere groepsleden ook op afstand. Aanvankelijk dacht ik aan de mogelijkheid van problemen met intimiteit, totdat iemand een keer per ongeluk haar bovenarm aanraakte en ik zag hoe ze haar gezicht vertrok. Ze droeg altijd shirts met lange mouwen, altijd broeken, altijd sjaals rond haar hals. Maar op welke manier ik ook vragen stelde, hoe voorzichtig ik ook was, ze weerde af en ontkende.'

'Hij heeft haar echt mishandeld,' stelt Jochem vast. 'Wat ze opschreef waren geen verzinsels, al wilde ik in die richting denken. Maar ik kan hem nergens op aanspreken zonder te vertellen hoe ik aan de informatie kom en ik zeg voortdurend tegen mezelf dat Fifi duidelijk tegen mijn moeder heeft gezegd dat hij niets mocht lezen en dat ik dit heb te respecteren.' Hij moet een paar keer slikken voordat hij verder kan praten. 'Je adviseerde me om voorzichtig te zijn. Waarom zei je dat? Ik had het je al willen vragen toen ik belde.'

'Omdat ik uit alles wat ik tot nu toe in het dagboek heb gelezen en door alles wat jij me vertelt meen te kunnen opmaken dat je broer niet te vertrouwen is.'

'Die gedachte durfde ik zelf nog niet toe te laten,' zegt Jochem.

'Laten we verder lezen,' stelt Meike voor. 'Maar ik zou eerst wel iets willen drinken.'

Ted is naar zijn werk. Hij heeft vanmorgen aangekondigd dat hij vanavond niet thuis eet en laat thuis zal zijn. Ik moet in de logeerkamer slapen. Dat betekent dat er weer iemand is met wie hij seks heeft, want in zulke periodes verdraagt hij mijn aanwezigheid naast hem in bed niet. Toen ik nog maar korte tijd met hem getrouwd was, durfde ik hem nog te volgen en wist ik met wie hij samen was.
Je kunt overal achter komen als je helder nadenkt. Toen hij nog mijn therapeut was wist ik dat hij in de praktijk waar hij deel van uitmaakte altijd als laatste wegging. Hij werkte hard, had de meeste cliënten en sloot altijd de deur. Ik sprak destijds na vijf uur 's middags met hem, dan waren de collega's meestal al naar huis of vertrokken terwijl ik er nog was. Later, toen we samenwoonden, begreep ik dat heel laat thuiskomen betekende dat hij onbespied zijn werkterrein had ver-

laten om ergens te kunnen zijn waar ik hem niet kon zien. In die tijd ontstond ook het gebod om in de logeerkamer te slapen.
Ik waagde het op een dag om me tegen een uur of halfacht verdekt op te stellen bij zijn kantoor. Er brandde nog licht bij hem toen ik aankwam, maar het werd al na een paar minuten uitgedaan en toen kwam hij naar buiten. Hij liep snel de straat uit en liet zijn auto staan. Ik volgde hem.
Het huis waar hij moest zijn bevond zich twee straten verder. Ik dook steeds weg achter geparkeerde auto's, zodat hij me niet zou zien als hij omkeek. Hij belde aan bij een huis, de deur werd direct geopend en hij werd naar binnen getrokken door een stevig gebouwde vrouw.
Die vrouw werd later familie van me.
Een paar dagen geleden heb ik haar naam uitgesproken en daarna heb ik iedere dag verwacht dat ik zou worden afgestraft. Nu is Ted weg, hij komt vanavond laat thuis en ik denk dat ik dan in de logeerkamer mijn man kan verwachten om wat hij mijn verdiende loon zal noemen in ontvangst te nemen.
Ik weet niet met wie hij tegenwoordig is. Wat ik wél weet durf ik nog niet op te schrijven.

Jochem klapt het dagboek dicht. 'Toen ik Pattie leerde kennen woonde ze vlak bij het pand waar mijn broer werkt,' zegt hij.

'Wat denk je dat er gebeurd is?' vraagt Meike.

Jochem wrijft met zijn handen langs zijn slapen. 'Ik denk dat Kiki de dochter van Ted is. Ik denk dat Pattie mij niet toevallig is tegengekomen in de kroeg waar ik haar voor het eerst zag. Het paste bij haar om mij erin te luizen.'

'Alleen jou of jou en Ted?'

Jochem haalt diep adem. 'Misschien ons allebei. Zo walgelijk om dit te denken.'

‘Laten we verder lezen,’ stelt Meike voor. Ze geeft hem voorzichtig een kus op zijn wang. ‘Dit hoef je niet alleen te doen.’

Hij is nog een keer naar boven gelopen om bij Kiki te kijken. Ze is engelachtig mooi, maar naar haar kijken doet ook pijn.

Hij roept zichzelf tot de orde. Dan zal Kiki misschien niet zijn dochter zijn, dan heeft Pattie hem ergens in geluisd, dan speelt zijn broer eventueel een dubbelrol, wat maakt het uit? Dit lieve kind draagt zijn naam, hij staat overal ingeschreven als haar vader, hij heeft haar vanaf het moment dat ze werd geboren in zijn hart gesloten en wat er ook gebeurt, hij zal altijd zielsveel van haar blijven houden.

Ze is zíjn dochter en van niemand anders.

57

Jochem had een heel andere voorstelling van deze avond, maar toch vindt hij het fijn dat Meike bij hem is om samen verder te lezen in het dagboek. Hij twijfelt wél of hij echt alles wil lezen wat zijn schoonzus heeft opgeschreven. Van dingen die je niet weet kun je later ook niet wakker liggen. Maar de zin waarmee Fifi de zevende dag afsloot blijft door zijn hoofd spoken.

Wat ik wél weet durf ik nog niet op te schrijven

Hij heeft eerst twee dubbele espresso's gemaakt en als ze die hebben opgedronken nestelt Meike zich tegen hem aan. Ze herhaalt dat voorzichtigheid geboden is en oppert het idee om het dagboek te vernietigen als hij alles heeft gelezen.

'En dan?' vraagt Jochem. 'Wat doe ik dan? Vergeten wat ik heb gelezen en het er nooit meer over hebben? Open kaart spelen en het daarna pas afsluiten? Wat kan er toch gebeurd zijn waardoor Fifi haar besluit nam?'

'Het moet iets zijn geweest wat haar tot wanhoop heeft gedreven,' is Meike van mening. 'Ik denk dat je het best alles kunt lezen. Maar als je dat liever in je eentje doet is het goed.'

Jochem vraagt of ze vanavond nog een dag met hem meeleest.

Ik kan momenteel geen bh dragen, omdat mijn borsten te veel pijn doen. Ted zei dat hij die twee erwten op een plank net zo goed helemaal tot moes kon slaan.

Ik weiger sinds de laatste keer dat hij me afranselde om naast hem in bed te liggen. Ik heb tegen hem gezegd dat ik voortaan altijd in de logeerkamer slaap en ik verwachtte natuurlijk dat hij me daarna uit die kamer zou sleuren, maar dat is niet gebeurd. Ik juich niet te vroeg, want ik zie hem broeien. Vanmorgen zei hij iets tegen me, net voordat hij de deur uit ging. Hij draaide zich om en door wat hij toen zei heb ik het koud gekregen en lukt het niet om weer warm te worden.
Wij wonen in een heel oud huis, net buiten de stad, helemaal vrijstaand en het meest nabijgelegen huis staat minstens vijfhonderd meter verderop. Toen ik hier kwam wonen, had Ted het hele huis al laten renoveren, maar de authentieke details had hij intact gelaten. Daar was hij trots op en dat moest ik ook zijn. Ik hou meer van een strak plafond dan van een met ornamenten en ik zie liever gladde deuren dan paneeldeuren. Ik sop graag met stevige hand en dat kan niet bij glas-in-lood, ik dweil bij voorkeur met een schuimend sop maar daar kan geen sprake van zijn bij een houten vloer die geolied is. Veel mensen zijn jaloers op de vrije plek waar we wonen, maar ik begin iedere dag meer te verlangen naar een rijtjeshuis waar de buren kunnen horen wat er bij ons gebeurt. Ik zou hier weg willen omdat ik afweet van het bestaan van de waterput. Bij oude huizen vind je nog vaak waterputten. Dat betekent niet dat ze nog in gebruik zijn, ze kunnen droogstaan en zelfs helemaal zijn afgedekt. Zo'n put is vaak heel diep, als je erin valt kom je er zonder hulp nooit meer uit.
Ted heeft me verteld dat wij een waterput hebben in het schuurtje dat hij heeft gebouwd. Een knutselschuurtje. Streng verboden toegang voor mij. Toch heb ik er een keer rondgekeken, toen de kust veilig was. Ik wist waar de sleutel lag en ik heb er de tijd voor genomen. Er was geen put te bekennen, alleen een deksel in de vloer in een hoek. Ik heb geprobeerd dat deksel te openen, maar ik kreeg het niet voor elkaar. Ik ben blij

dat het niet is gelukt om eronder te kijken, ik weet namelijk niet of ik wil vinden wat ik er zou kunnen vinden. Toen ik bezig was in het schuurtje had ik het gevoel dat er iemand naar me stond te gluren. Dat was eng.
Als je het schuurtje binnenkomt zit de put links in de hoek. Tegenwoordig staat er een grote vierkante kist op. Vanmorgen ontdekte ik er ook een speciekuip en een betonmenger. Misschien stonden die eerder ergens anders uit het zicht, dat weet ik niet. Nu vielen ze direct op, alsof ze er waren neergezet om gezien te worden.

Ik wil nog opschrijven wat Ted tegen me zei. 'Het gaat te lang duren, jouw aanwezigheid hier. Je hebt natuurlijk nog niets met je ouders besproken, dus dat zou ik maar eens gaan doen. Zo niet, dan kun je hier ook blijven wonen in de waterput.'
Hij lachte toen hij dit zei. Nee, hij lachte niet, hij grijnsde. Het was niet om aan te zien.

Ik ben zelden zo bang geweest als nu.

Ze zitten doodstil naast elkaar en houden allebei hun adem in.
'Was dit de reden voor haar wanhoopsdaad?' denkt Meike hardop. 'Die man is totaal gestoord.'

58

Jochem hield er al rekening mee dat hij zijn moeder niet zou kunnen bereiken. De lijn is dood, hij heeft besloten om het morgenochtend nog een keer te proberen.

Meike is naar huis, ze moet morgen weer vroeg opstaan en ze heeft beloofd dat ze morgenavond komt eten. Jochem wil dat Kiki kennis met haar maakt. Ze hebben elkaar stevig vastgehouden toen Meike wegging, ze bleven kussen en heel dicht tegen elkaar aan staan. Hij heeft aan haar gevraagd of ze nu meer dan vrienden zijn, of zij het ook een relatie zou willen noemen. Toen schoot ze vol.

Hij wil aan iemand vertellen dat hij een vriendin heeft, maar het is al elf uur geweest en hij wil zijn vader niet wakker bellen. Of zal hij het wagen?

Zijn vader is verrast. 'Er is toch niets aan de hand? Is er iets gebeurd met Kiki?'

Jochem stelt hem gerust. 'Sorry dat ik zo laat bel, maar ik wil je graag vertellen dat de dame met wie ik stond te zoenen sinds vanavond officieel mijn vriendin is.'

Het blijft stil.

'Ben je er nog?'

Aan de stem van zijn vader is te horen dat hij geëmotioneerd is als hij antwoordt dat hij er zeker nog is en dat dit bericht hem blij maakt. 'Eindelijk weer eens een goed bericht, daar zou je moeder ook blij mee zijn. Laat je het haar wel weten?'

‘Het is niet gelukt om haar te bereiken. Is dat adres waar ze nu is een erg achtergebleven gebied? Het lijkt of ze daar van de ene storing in de andere vallen.’

‘Nice een achtergebleven gebied? Dat is zeker niet het geval. Het appartement staat midden in het centrum, ik heb daar nooit iets gemerkt van storing. Het lukt mij ook niet om haar te bereiken.’

Er valt een stilte.

‘Nu weet ik het zeker,’ gaat zijn vader verder. ‘Ik ga naar haar toe. Er klopt iets niet, ik begin me steeds meer zorgen te maken.’

‘Je loopt de kans dat ze heel erg boos wordt, als je opeens voor haar neus staat, pa.’

‘Toch ga ik, als het kan morgen al. Ik wil zeker weten dat het goed met haar gaat en de enige manier om dat te weten te komen is een retourtje Nice. Ik slaap één nacht in een hotel en vlieg dan weer terug. Maar ik moet echt zeker weten dat er met haar niets ernstigs aan de hand is. Mocht het nog lukken om met haar te appen, zeg hier dan niets over. Je redt het toch wel in de zaak?’

‘Ja, natuurlijk. Ga je alleen of neem je Ted mee?’

‘Ik ga alleen en ik stel voor dat we Ted hierbuiten laten. Ik vertrouw erop dat dit tussen ons blijft. Ted heeft genoeg aan zijn hoofd, die kan er volgens mij weinig meer bij hebben. Ik ga nu even googelen op mogelijkheden, als het niet te laat wordt bel ik je nog even.’

‘Bel sowieso maar, ik neem mijn mobiel mee naar boven.’

Jochem weet dat hij nu het best kan gaan slapen, maar hij weet ook dat de chaos in zijn hoofd te groot is en dat het een korte nacht zal worden. Hij neemt eerst een bruin biertje en daarna zet hij een cd op. Mooie pianomuziek van Schubert.

Pattie haatte klassieke muziek en hij kan zich niet herinneren hoelang het is geleden dat hij genoot van Schubert. Hij opent een bierflesje en schenkt een glas vol. Het schuimt lekker.

Hij loopt naar het dressoir en ziet het dagboek liggen.

Muziek, denkt hij, ik zou naar muziek luisteren.
Hij grijpt het dagboek.

Ik moet dit dagboek in bewaring geven. Het kan hier niet blijven, het risico is te groot dat iemand het vindt. Ted kwam de afgelopen week op de meest onverwachte tijden thuis, ik denk dat hij me in de gaten wil houden. Ik kan dus betrapt worden en dat moet ik zien te voorkomen. Overmorgen is er weer een groepssessie en dan wil ik dit dagboek in bewaring geven aan de vrouw die de groep begeleidt. Ik wil dat de tekst veilig is als er iets met mij gebeurt.
Er gaat iets gebeuren.

Soms denk ik serieus dat de angsten waar ik al mijn hele leven last van heb mijn gedachten beïnvloeden, waardoor ik niet goed kan onderscheiden wat wel of niet klopt.
Dit is cryptisch, laat ik proberen me duidelijker uit te drukken.
Ik weet dat mijn man op de avond dat mijn schoonzus stierf bij haar is geweest. Hij was de hele dag niet te genieten en ik bleef zo ver mogelijk bij hem uit de buurt. Toen hij zonder te zeggen waar hij naartoe ging aankondigde dat hij een paar uur afwezig zou zijn, was ik opgelucht en tegelijk angstig. Ik vermoedde dat hij plannen had om mij iets aan te doen en wegging om voorbereidingen te treffen. Daarom ben ik hem gevolgd, maar ik kon hem natuurlijk niet bijhouden op mijn fiets. Ik begrijp niet goed hoe ik wist waar ik naartoe moest fietsen.
De straat waar ze woonde was uitgestorven, maar ik had goed gegokt. Zijn auto stond een eindje verder, bijna op de hoek van de straat. Ik wist genoeg.
Maar nu weet ik niet meer wat ik moet denken. Nu twijfel ik nog steeds of ik alsnog aan iemand moet vertellen dat Ted

op de avond dat ze stierf bij de vrouw is geweest van wie ik de naam niet mocht uitspreken.
Bij Pattie.
Ik fietste zo snel mogelijk terug, maar ik kon niet voorkomen dat hij toch net iets eerder dan ik thuis was. Ik wilde niet vertellen waar ik was geweest, maar hij sloeg me zó hard dat ik het toch heb gezegd.
Sinds die avond dreigt hij me iets aan te doen als ik vertel dat hij bij mijn schoonzus is geweest en wanneer.
De wetenschap dat ik niet kan praten verlamt me. Maar meer nog dan verlamd voel ik me verschrikkelijk schuldig ten opzichte van mijn zwager. Hij weet niet wat er gaande was tussen zijn ex en zijn broer.
Ik ben er tot nu toe in geslaagd om te leven met angst, ik heb het uitgehouden met een gewelddadige man, maar dit schuldgevoel is te veel.
Ik moet iets doen. Maar wie zal me geloven als ik praat? Wat staat me te wachten als ik naar huis word gestuurd? Wie zal Ted niet geloven als hij beweert dat ik ontoerekeningsvatbaar ben?
Ik ben zo moe.
Ik ben zo uitgeput. Zo mislukt. Zo onaantrekkelijk.
Zo niets, totaal niets waard.

Jochem probeert te slikken, maar zijn strot is kurkdroog. Zijn handen trillen, zijn hele lijf voelt ijskoud aan.

Hij hoort dat er een app binnenkomt. Het lukt niet om zijn mobiel vast te houden, daarom legt hij hem op de tafel en opent het bericht.

Het is gelukt om een vlucht naar Nice te boeken, vertrek morgenochtend om 11 uur. Ben overmorgen in de avond terug. Parkeer mijn auto op de luchthaven.

Zal je op de hoogte houden.
Pa.

Jochem staart naar de gesloten gordijnen. Hij wil nu wakker worden uit deze verschrikkelijke droom.

*

Het zou fijn zijn om niet meer toe te hoeven slaan, te genieten van de rust en onbekommerd te kunnen gaan slapen.

Wat gebeurd is, is gebeurd. Gedane zaken nemen geen keer. Het leven gaat door.

Soms zijn clichés zó lekker om uit te spreken! Je lijkt daardoor meer op een normaal mens.

Er komen lastige vragen, weifelende opmerkingen en er is te veel nieuwsgierigheid waar te nemen. Lastig! Toch hoeft lastig niet onoverkomelijk te zijn en dat kan lukken als het bijzaak is en blijft. Het verandert als lastig de vorm gaat aannemen van hoofdzaak.

Als dat tenminste klopt.

Het leven is opeens weer tamelijk onoverzichtelijk en dat geeft onrust en een bepaalde drang.

Vernietigingsdrang.

Er moet een besluit genomen worden.

Maar eerst afstand nemen en even buiten beeld zijn, nadenken, voorbereiden en dan toeslaan.

Het wordt tijd voor de finale. Dit zal de laatste zijn die wordt uitgeschakeld. Even buiten beeld blijven en de messen slijpen.

Daarna de eerste kans grijpen die zich voordoet.

Opletten, voorzichtig zijn. Geen slapende honden wakker maken.

Zo heerlijk, die clichés.

59

Jochem heeft zich na een drukke ochtend net teruggetrokken in zijn kantoor, als zijn mobiel overgaat. Op de display is te zien dat Ted hem belt.

Zijn maag trekt zich samen. Het liefst zou hij nu niet opnemen, maar hij besluit het toch te doen.

Teds stem klinkt opgewekt. 'Zeg broer, heb ik soms iets fout gedaan of gezegd? Deze radiostilte begint nu wel erg lang te duren. Of ben je soms op vrijersvoeten?'

'Hoe kom je daarbij?' wil Jochem weten.

'Omdat ik dat ben. Man! Loop ik een week geleden in Albert Heijn tegen een vrouw aan en word ter plekke, je hoort het goed: ter plekke stapelverliefd. In de Albert Heijn, of *all places.*

Dat verzin je toch niet! Ze heet Nettie, haar tweede naam is Rebecca, dus zo noem ik haar. Vreemde combinatie, hè, Nettie en Rebecca. Ze heeft een oer-Hollandse vader en een Joodse moeder, dus het zal zoiets geweest zijn als een compromis. Ik vind de tweede naam het mooist, dus daarom noem ik haar Rebecca.'

'Wil Nettie wel Rebecca genoemd worden?' Jochem hoort de kilte in zijn eigen stem.

'Ze protesteert niet, dus ik denk dat ze het leuk vindt. Wat is dat voor een kritische vraag?'

'Dat vraag ik me gewoon af. De manier waarop je het bracht leek verdomd veel op eenrichtingsverkeer.' Ik ben kwaad op hem, denkt Jochem. En niet zo'n beetje.

‘Wij moeten eens praten,’ constateert Ted. ‘Er is iets aan de hand en ik stel voor dat we het daarover gaan hebben. We hebben allebei een slechte tijd achter de rug, Jochem. Dat gaat geen van ons in de koude kleren zitten. Het is belangrijk om als familie bij elkaar te blijven. Doorgaan, de shit achter je laten. Daar ben ik mee bezig. Misschien vind je dat ik te snel weer iets begin met een vrouw, maar ik heb het nodig om voor iemand te zorgen en verzorgd te worden. En ik wil seks. In dat opzicht was ik de laatste jaren niet verwend.

Zeg, even iets anders. Kan ik pa spreken? Ik kon niet komen eten, hij leek nogal teleurgesteld te zijn. Dus ik moet snel iets afspreken.’

‘Pa werkt niet vandaag. Ik geloof dat hij ging vissen.’

‘Vissen? Het is toch geen visseizoen meer? Heeft hij dat tegen je gezegd? Niets voor pa om een smoes te verzinnen. Zou hij soms ook…?’

‘Ik word naar de winkel geroepen,’ zegt Jochem. ‘Bel je later terug.’

Dit moet afgelopen zijn. Geen gelieg meer over waar zijn vader uithangt, zijn moeder met rust laten, zijn broer op afstand houden en zijn gevoel voor Meike de ruimte geven. Wat zijn familie allemaal met elkaar uitspookt moet iedereen zelf weten. Daar te veel over nadenken veroorzaakt alleen onrust en twijfel en wat er allemaal is gebeurd valt toch niet meer terug te draaien. Het dagboek wordt verbrand, over de inhoud wordt verder gezwegen. Erover praten, er vragen over stellen, er een oordeel over vellen brengt niemand terug en zal vooral chaos veroorzaken.

Jochem veegt met een theedoek het zweet van zijn voorhoofd.

Wat hebben ze er met z’n allen een zooitje van gemaakt.

Ja, het moet afgelopen zijn! Niemand gaat uitzoeken of er werkelijk een waterput in het schuurtje van Ted te vinden is en zijn broer kan de boom in met zijn recht op een kind. Hij blijft van

Kiki af, want Kiki is zíjn dochter. Dat blijft ze, alleen híj heeft recht op het vaderschap van zijn oogappel. Als iemand gaat proberen dat van hem af te pakken, zal hij nergens voor terugdeinzen, zo nodig zal hij dat ook uitspreken.

De woede overvalt hem en maakt hem benauwd.

Hij haalt zijn mobiel tevoorschijn en belt Meike.

Ze vindt het een goed idee om morgenavond te komen eten en ze zal spullen meenemen om te kunnen blijven slapen. Als slapen toch nog geen goed idee blijkt te zijn, gaat ze gewoon weer naar huis. Geen punt. Maar waar komt Jochems nervositeit opeens vandaan? Wat is er gebeurd?

Hij vertelt dat hij het laatste deel van het dagboek heeft gelezen, dat zijn vader is afgereisd naar Nice en dat zijn broer wil praten.

Meike vindt het allemaal een beetje veel en ze adviseert hem om een gesprek met zijn broer nog een poosje uit te stellen, tot hij zelf zeker weet wat hij wel of niet met hem wil bespreken. Ze biedt aan om voor morgenavond een lekkere pastaschotel te maken die alleen nog een kwartiertje in de oven geschoven hoeft te worden. Is het goed dat ze uiterlijk halfzeven voor de deur staat?

Jochem merkt dat hij rustiger wordt door haar stem en haar voorstel. 'Ik denk dat ik al van je hou,' zegt hij.

Haar antwoord is een duidelijk hoorbare kus.

Hij staat op het punt om terug te lopen naar de winkel, als zijn mobiel overgaat. Ted belt opnieuw. Jochem aarzelt, maar neemt toch op.

'Jochem, pa zal toch niet naar Nice zijn gegaan? Ik heb al drie keer geprobeerd om hem te bellen, maar ik blijf de voicemail krijgen. Heeft hij tegen jou iets gezegd over zo'n plan?'

Jochem hoort aan Teds stem dat hij opgewonden is. 'Man, doe eens rustig. Natuurlijk is hij niet naar Nice, dan zou ik dat zeker hebben gehoord. Ik heb sterk de indruk dat het huwelijk van onze ouders voorbij is en dat pa zijn leven hier weer snel gaat oppakken. Het is niet anders. Er zullen waarschijnlijk binnenkort drie paar trouwringen aan de wilgen hangen. Tijd voor nieuwe avonturen. Jij gaat voorop, nu er bij Appie een vrouw tegen je is aangelopen. Of jij tegen haar, wat maakt het uit?'

'Ja, ja, maar ik had het niet over trouwringen, ik wil weten waar onze vader uithangt. Waar kan hij toch zijn?'

'Hij zit te vissen buiten het visseizoen. Lekker dwars, láát hem. We doen allemaal weleens iets wat tegen de regels is.'

'Ik nooit,' zegt Ted.

'Oké, jij nooit als enige op de hele wereld. Als pa belt, zal ik tegen hem zeggen dat hij jou ook moet bellen. Goed?'

'Goed. Wanneer praten wij?'

'Binnenkort. Ik bel je gauw.'

Dus Ted doet nooit iets wat tegen de regels is.

Zijn broer is bepaald niet in zijn eerste leugen gestikt. 'Dat is een cliché,' mompelt Jochem.

60

Kiki reageert verrast als Jochem aan haar vertelt dat er vanavond iemand komt eten die hij heel erg aardig vindt. 'Een meisje? Hoe heet ze? Waar woont ze?'

'Ze heet Meike. Ze brengt een pastaschotel mee.'

Kiki klapt in haar handen. 'Jaaa, lekker! Blijft ze ook slapen?'

'Misschien wel, als jij dat niet erg vindt.' Dit gaat erg gemakkelijk, denkt hij.

'Slaapt ze dan bij mij op de kamer?'

Toch minder gemakkelijk dan het leek. 'We zien wel. We moeten nu opschieten, ze zou om halfzeven voor de deur staan en het is al bijna zo laat.'

Als ze de voordeur bereikt hebben, trekt Kiki opeens aan zijn arm. 'Papa, waarom moest ik van mama zeggen dat jij me geknepen had?'

Jochem houdt zijn adem in.

'Papa...?'

'Dat was een heel flauw grapje, lieverd. Soms maken mensen flauwe grapjes en later begrijpen ze zelf niet meer waarom ze dat deden.'

Kiki kijkt nu ernstig. 'Ze deed me pijn en later kreeg ik cadeautjes omdat ik had gezegd dat jij me had geknepen. Ben je boos?'

Jochem zakt door zijn knieën en knuffelt haar. 'Hoe kan ik nou boos zijn op het liefste meisje van de hele wereld? Het is goed, schatje, mama heeft het vast niet kwaad bedoeld.'

‘Ik ben blij dat jij niet dood bent,’ zegt Kiki.

Ik moet hier met iemand over praten die deskundig is, denkt Jochem. Tot voor kort had ik daar Ted voor uitgekozen, maar nu is dat niet meer vanzelfsprekend.

‘Waar werkt dat meisje dat vanavond komt eten?’ vraagt Kiki.

Jochem is verbaasd dat hij niet direct aan Meike dacht toen hij vaststelde dat hij met een deskundige moet praten.

‘Papa, ik vroeg wat!’

‘Ze heet Meike en ze werkt met mensen die een beetje verdrietig zijn.’

‘Ik ben niet verdrietig,’ constateert Kiki.

De kennismaking verloopt soepel, Kiki troont Meike direct mee naar de schuur omdat ze haar fiets wil laten zien.

Jochem schuift de pastaschotel in de oven en gluurt door het keukenraam naar de twee. Meike bewondert de fiets, Kiki glundert.

Het eten is heerlijk, Kiki eet meer dan Jochem haar ooit heeft zien doen, ze maken grapjes, plagen elkaar en ze spreken af dat ze nog heel vaak samen zullen eten.

Het is al acht uur geweest en Jochem ziet dat zijn dochter moeite heeft om haar ogen open te houden. ‘Ik breng je naar boven,’ kondigt hij aan. ‘Morgen gaat de wekker weer om halfacht, dus het is nu de hoogste tijd om te gaan slapen, jongedame.’

‘Meike moet me naar bed brengen,’ beslist Kiki. ‘Dat mag toch wel?’

Jochem geeft Meike een knipoog.

‘Dat zag ik!’ roept Kiki.

Jochem begint de tafel af te ruimen. ‘Nou, vooruit dan. Tandenpoetsen en snel naar bed.’ Hij buigt zich om een kus te ontvangen.

‘Blijft Meike wel slapen?’ vraagt Kiki. Ze wendt zich tot Meike. ‘Wil je dat?’

Meike knikt.

Kiki huppelt de deur uit.

'Gaat dát even flitsend,' zegt Meike. 'Hoor ik nu jouw mobiel?'

Jochem loopt naar de gang, waar zijn mobiel op de trap ligt. Hij ziet dat zijn vader hem belt. 'Hoe gaat het, pa?'

'Ik zit weer op het vliegveld, jongen. Over een uur vertrekt mijn vlucht. Mag ik je bellen als ik thuis ben? Dat zal wel vannacht zijn. Als het té laat wordt, bel ik morgenochtend.'

'Bel in ieder geval even als je thuis bent. Maar waarom vertrek je zo snel? Je zou toch een nacht in een hotel slapen? Is het niet goed gegaan? Hebben jullie ruzie gekregen?'

'Ze is niet in Nice, ze is hier nooit aangekomen. Het appartement waar we een paar jaar geleden logeerden heeft een nieuwe eigenaar, een Belg. Haar naam was wél genoteerd, maar toen ze niet verscheen heeft de eigenaar het aan een ander verhuurd. Hij vond het onbeschoft van haar dat ze niet heeft geannuleerd. Ik ben heel erg bang dat er iets met haar is gebeurd.'

Jochem is tijdens het gesprek naar de woonkamer gelopen en laat zich op de bank zakken. 'Ik begrijp niet wat je bedoelt. Ze heeft toch berichten gestuurd?'

'Ze kan overal vandaan berichten sturen. Je moeder is niet in Nice. Ik ben overal geweest waar we hebben gegeten en rondgelopen en wat hebben gedronken. Ik ben ook in het café geweest waar twee Nederlanders achter de bar staan en waar we vaak een biertje gingen halen. Die mensen kenden me nog, maar je moeder is door niemand gezien. Ik denk dat er ook geen sprake is geweest van een andere man.'

'Moet ik Ted op de hoogte stellen?'

'Nee, doe dat niet. Ik wil eerst onder vier ogen met jou praten. Daarna bepalen we samen wat we het best kunnen doen. Ik zie dat we aan boord moeten gaan. Tot later.'

Jochem wil hem nog een goede reis wensen, maar zijn vader heeft de verbinding al verbroken.

Iemand trekt aan zijn arm.

'Waar zit je met je gedachten?' vraagt Meike. 'Je lijkt totaal van de wereld te zijn.'

Jochem trekt haar naast zich op de bank. 'Mijn vader belde, hij vliegt vanavond nog terug. Mijn moeder bleek niet in Nice te zijn, ze is nooit aangekomen op het adres dat ze heeft opgegeven.'

Meike staart hem aan. 'Maar waar kan ze dan wél zijn?'

Jochem staat op. 'Ik geef je het dagboek, zodat je de rest kunt lezen terwijl ik koffiezet. Ik kan me niet voorstellen dat wat ik nu denk misschien klopt.' Hij reikt Meike het dagboek aan.

In de keuken leunt hij zwaar tegen het aanrecht.

Het kan niet waar zijn wat hij denkt.

Het kan niet waar zijn.

61

Meike heeft het laatste deel van het dagboek gelezen en nu zit ze stil naast Jochem. Ze vraagt wat hij ermee wil doen.

'Het liefst zou ik het verbranden,' zegt Jochem. 'Maar misschien is dat niet verstandig. Ik wil geen slechte dingen denken over mijn broer, ik wil eigenlijk liever denken dat mijn schoonzus een grote fantasie had, maar ik besef toch dat er een serieus probleem is geweest tussen die twee en dat Fifi niet zomaar een einde aan haar leven heeft gemaakt.'

Meike strijkt voorzichtig over de bordeauxrode kaft. 'Wat moet ze wanhopig zijn geweest. Ik ben er beroerd van. Het is goed mogelijk dat ze zich bedreigd heeft gevoeld en dat ze de dood als enige uitweg zag.'

Ze zitten samen stil op de bank.

Meike is degene die de stilte verbreekt. 'Denk jij ook steeds aan die waterput?'

Jochem slaat zijn handen voor zijn gezicht. 'Ik denk nergens anders aan.'

'Ik hoor je mobiel,' zegt Meike. 'Misschien is het je vader.'

Jochem kijkt op de display. Hij zucht. 'Ted. Die wil natuurlijk weten of ik al iets van pa heb gehoord. Maar mijn vader wilde eerst met mij praten.'

'Dan zul je iets moeten verzinnen,' raadt Meike aan.

'Ik laat je meeluisteren,' zegt Jochem en hij neemt op. 'Ha Ted.'

'Ik ben in zijn huis geweest, maar hij is nergens te bekennen.

Dit klopt toch niet? Er kan van alles met hem gebeurd zijn.'

'Rustig toch,' maant Jochem. 'Het is een volwassen man, hij heeft me een uurtje geleden gebeld om te vertellen dat hij een paar dagen in Limburg zit. Het werd hem allemaal een beetje te veel zonder ma en hij wil ons daar niet lastig mee vallen.'

Meike steekt een duim op.

'Maar ik heb net nog geprobeerd om hem te bellen en hij nam niet op,' sputtert Ted tegen. 'Waarom belt hij jou en neemt hij bij mij niet op? Wat is dat voor idioot gedoe? Als hem iets dwarszit, kan hij dat toch gewoon zeggen? Dat geldt ook voor jou. Ik schijn opeens buiten de familie te staan.'

Jochem voelt zich kalm. 'Ik denk eerlijk gezegd dat hij jou niet lastig wil vallen, omdat je net je vrouw hebt verloren.'

'Jij ook.'

'Dat klopt, hoewel wij niet meer getrouwd waren. En het scheelt ook dat mijn ex de dood vond door een ongelukkige actie van iemand die niet van plan was om haar te doden, terwijl jouw vrouw een wanhoopsdaad pleegde. Of denk je dat ze door iemand van het dak werd geduwd?'

'Nee, natuurlijk niet. Ze was niet toerekeningsvatbaar, Jochem, ze had de meest bizarre gedachten en ze wilde geen medicatie slikken.'

Jochem ziet dat Meike iets op een stukje krant krabbelt. Hij leest het. 'Had je er dan niet voor moeten zorgen dat ze werd opgenomen?'

'O, is het nu mijn schuld dat ze van dat dak afsprong? Nou, laat me duidelijk zijn. Dat besluit is een grote opluchting, daar ga ik niet moeilijk over doen. Ik mis haar niet.'

'Die indruk heb ik ook niet,' zegt Jochem, maar hij merkt dat Ted al heeft opgehangen. Hij kijkt Meike aan. 'Ik denk dat mijn vader het dagboek ook moet lezen.'

Meike gaat hier niet op in. Ze wil weten of Jochem ook een sleutel heeft van het huis van zijn ouders.

Jochem trekt zijn wenkbrauwen op. 'Ook? Hoezo?'

'Ted zei dat hij in het huis van je ouders is geweest. Dat zei hij toch? Dan heeft hij een sleutel. Jij niet?'

'Nee, ik niet. Het zal wel, het is niet tot me doorgedrongen dat hij dit zei. Ik heb daar ook niets mee te maken, mijn ouders kunnen zelf beslissen aan wie ze een sleutel geven. Ik had geen sleutel nodig, mijn moeder heeft wél een sleutel van míjn huis.' Hij kijkt peinzend voor zich uit.

'Het is geen kritiek, lieverd, het is gewoon een vraag. Het viel me op, ik weet ook niet waarom. Je broer is wel snel aangebrand, ik vond de manier waarop hij over het verlies van Fifi sprak ook negatief. Luister je wel?"

'Ja, ik hoor wat je zegt. Hij heeft een onvermoede boze kant en ik begin me steeds onbehaaglijker te voelen. Ik vond mijn broer altijd degene die het meest in balans was, er is met hem meer aan de hand geweest dan wij allemaal ooit in de gaten hadden. Ik vind echt dat mijn vader het dagboek moet lezen, ik wil weten of hij ook vermoedt dat Fifi een grote fantasie had.'

'Denk jij dat Fifi fantaseerde?'

Jochem spreidt zijn armen. 'Dat zou toch kunnen? Het is toch bizar wat ze allemaal opschreef? Ik denk niet dat ze gelogen heeft, ik denk eerder dat ze door haar angsten niet meer goed kon nadenken. Eigenlijk hoop ik dat. Daarom vind ik dat mijn vader het moet lezen.'

'Het hele dagboek of een bepaald deel?' wil Meike weten.

Jochem denkt na over het antwoord op deze vraag. 'In ieder geval het deel over het bestaan van een waterput. Als ik aan dat deel denk, lopen de rillingen over mijn rug.'

Meike strijkt over zijn hand. 'Je bent koud.' Ze probeert zijn beide handen warm te wrijven.

Jochem trekt haar stevig tegen zich aan.

62

Ze vrijen zonder woorden. Jochem was niet van plan om Meike aan te raken, maar zodra hij haar warme lijf tegen zich aan voelde overviel hem een onbedwingbare behoefte aan seks. Hij zou teder willen zijn, voorzichtig willen bewegen, ervoor willen zorgen dat zij geniet. In plaats daarvan neemt hij haar zonder voorspel op een bijna dierlijke manier. Ze beweegt met hem mee, haar gezicht van hem afgewend.

Hij ligt zwaar hijgend naast haar. 'Dit was niet goed. Sorry.'

'Doe dat alsjeblieft nooit weer,' zegt ze, terwijl ze uit bed stapt. 'Nee, blijf maar liggen, ik ga even naar de badkamer en dan wil ik naar huis. We praten later wel, als we allebei weer onszelf zijn.'

Hij denkt: wie ben ik, verdomme? Daarna zakt hij weg in een diepe slaap.

Er is een geluid, ergens in huis. Jochem spert zijn ogen open en luistert. Er is geen geluid, er is alleen een diepe stilte.

Hij kan verder slapen, het is pas halfvier.

Het geluid is er weer. Hij luistert en zet dan snel zijn voeten naast het bed. Er wordt aan de voordeur gebeld, er is iemand die binnen wil komen. Hij trekt zijn kamerjas aan terwijl hij de trap af loopt. Zou Meike terug zijn?

Hij rukt de voordeur open.

'Wat fijn dat je wakker bent geworden,' zegt zijn vader. Hij stapt naar binnen en sluit de deur. 'Mijn hele huis is overhoopgehaald. Ben direct hierheen gekomen.'

'Had je niet beter de politie kunnen bellen?' vraagt Jochem.

'Nee. Ik denk dat ik weet wie er binnen was.'

Jochem staart hem aan. 'Wie?'

'Ik denk je moeder.'

Ze drinken thee, het leek Jochems vader verstandig om niet aan de alcohol te gaan. Jochem heeft toegegeven, maar als het aan hem had gelegen zou de wijn en misschien zelfs de whisky op tafel zijn gekomen.

Ze zijn allebei verzonken in hun eigen gedachten.

Jochem is de eerste die weer wat zegt. 'Waarom zou ma onaangekondigd binnenwandelen en het hele huis overhoophalen? Waarom zou ze niet blijven? Wat kan ze gezocht hebben?'

'Er waren documenten in huis die we al lang geleden hadden willen verscheuren. Dat had ik gewoon moeten doen, zonder daar steeds over in discussie te raken. Je moeder hield me tegen, met verklaringen en met dreigementen. Vooral met dreigementen.'

'Met dreigementen? Pa, waar gaat dit over?'

'Over je broer, over hoe je moeder en ik hem samen uit de wind hebben gehouden. Over hoe je liefde voor een kind met je op de loop kan gaan.'

Jochem probeert zijn ijskoude handen te warmen aan het hete theeglas dat hij heeft opgepakt. 'Waarom weet ik niet waar je het over hebt, pa?'

Zijn vader raakt Jochems knie aan. 'We hadden je eerder iets moeten vertellen, maar we wilden je niet ongerust maken omdat je al genoeg te stellen had met je vrouw. Het valt niet mee om erover te praten.'

'Toch wil ik dat je me uitlegt wat je hiermee bedoelt.' Jochem hoort de ergernis in zijn stem.

'Dat zal ik later doen, ik beloof het je.'

'Oké. En jij denkt nu dat ma in huis is geweest om bepaalde documenten te zoeken? Begrijp ik het goed, heeft ze die niet gevonden?'

'Was het maar waar. Ze heeft alles gevonden, alle documenten zijn verdwenen.'

'Ted heeft ook een sleutel van jullie huis.'

'Niet doen, niet je broer verdacht gaan maken.'

Jochem staat op. 'Ik heb iets wat je zo snel mogelijk moet lezen. Zal ik het je morgen geven?'

'Geef het me nu maar, wat het ook is.'

'Zeker weten?'

'Zeker weten. Ik ga het direct lezen, ik kan toch niet slapen.'

Jochem pakt het dagboek dat nog op het dressoir ligt. Hij had het moeten opbergen in de kluis voordat hij naar bed ging. Beter opletten, beter nadenken! Hij overhandigt het dagboek aan zijn vader. 'Lees dit maar. Daarna praten we verder.'

Als hij het dagboek openslaat, zet Jochems vader grote ogen op. 'Het dagboek van Fifi? Hoe kom je daaraan?

Wil ik dit lezen?' vraagt hij zich hardop af.

'Je moet het lezen, pa.'

Jochem wil nog een uurtje slapen voordat de nieuwe drukke werkdag begint. Maar slapen lukt niet, merkt hij. De gedachte dat Meike misschien afhaakt maakt hem te onrustig.

Zou zij nu ook wakker liggen? Wat een ongelooflijke klojo is hij, hoe is het mogelijk dat hij zich niet kon beheersen? Valt dit goed te maken?

Behalve alle gedachten over Meike hoort hij zijn vader ook steeds opnieuw de woorden uitspreken die klaarblijkelijk van plan zijn om zich permanent in zijn hoofd te nestelen.

Over je broer, over hoe je moeder en ik hem samen uit de wind hebben gehouden. Over hoe je liefde voor een kind met je op de loop kan gaan.

Fifi heeft niets verzonnen van wat ze opschreef, Fifi sprak de waarheid. Hoe gaat Jochems vader reageren op de teksten in het dagboek? Gaat hij de opmerkingen van Ted over haar geestesgesteldheid beamen of zal hij alles alleen afzwakken?

Over hoe je liefde voor een kind met je op de loop kan gaan.

Klopt dat? Is het mogelijk dat je liefde voor een kind je geest vertroebelt, betekent dit dat je onwenselijk of zelfs misdadig gedrag niet alleen ontkent maar ook afdekt zodat niemand er iets van merkt?

Hadden de problemen tussen zijn ouders alleen betrekking op verschillende standpunten ten opzichte van hun oudste kind en heeft dit ze uit elkaar gedreven?

Jochem denkt aan Kiki. Hij heeft alles voor zijn dochter over, hij zal haar met zijn leven beschermen, hij zal kritiek op zijn kleine meisje altijd afwimpelen. Maar betekent dit dat hij eventueel gedrag dat niet door de beugel kan en mensen kan beschadigen terzijde zal schuiven of ontkennen? Hoort dit soort ontkenning bij het ouderschap?

Hij draait op zijn linkerzij en trekt zijn knieën tegen zijn borst. Dit is zijn favoriete houding om in slaap te kunnen vallen. Slapen is nu het beste, nog een uurtje nergens aan denken.

Hoe komt hij op het idee dat slapen kan lukken?

Van de gedachte die nu in hem opkomt schrikt hij zó erg dat hij opeens rechtop in bed zit. Dit gaat hij niet doen! Zeker weten van niet! Hij gaat niet bedenken op welke manier hij kan controleren of er in het schuurtje bij het huis van Ted een waterput zit. Of...

Hij grijpt zijn mobiel en belt Meike.

63

Ze neemt direct op.

'Ik kan niet slapen,' zegt Jochem.

Zij ook niet.

Er komt een vraag in hem op die hij bijna gretig stelt. 'Vind je het nog leuk als ik meega naar het koor?'

'Waarom wil je dat?'

'Ik denk dat zingen goed voor me is, ik denk dat het tijd wordt om iets met mijn stem te doen en ik weet dat ik elke gelegenheid om bij jou in de buurt te zijn wil benutten.'

Het blijft stil aan de andere kant.

'En ik zweer bij alles en iedereen die me lief is dat ik nooit meer dezelfde fout zal maken. Het spijt me, Meike.'

'Heb je iemand die op Kiki kan passen?'

'Ja, mijn ex-schoonmoeder. Ik kan haar geen groter plezier doen. Dinsdagavond? Zullen we dan eerst samen eten?'

'Goed. Ik ben blij dat je hebt gebeld. Leg me later maar uit wat er precies gebeurde. Nu probeer ik nog een uurtje te slapen.'

Ik heb geen vragen gesteld over het controleren van een waterput, denkt Jochem. Dit is beter. Laat ik ophouden met me druk maken over een waterput. Deze vrouw is belangrijk en ik had bijna alles verpest.

Hij draait zich nog een keer om.

Iemand staat aan zijn arm te trekken. Jochem probeert los te komen, maar daar stopt hij mee als hij de stem van Kiki hoort.

Ze roept dat hij wakker moet worden.

Het is kwart voor acht. 'We gaan vandaag niet te laat komen, wedden dat we het redden?' Jochem drukt een kus op het voorhoofd van Kiki.

'Waar is Meike?' wil Kiki weten.

'Ze is thuis gaan slapen, want ze moest nog vroeger op dan wij. Vanavond komt ze weer eten, oma Nadia komt ook en die blijft bij jou als Meike en ik samen naar een koor gaan. Vind je dat leuk?'

'Wat is een koor?'

Jochem stapt uit bed. 'Mensen die samen zingen. Het lijkt me leuk om mee te doen en als we optreden mag jij komen luisteren.'

'Deze week?'

Jochem lacht. 'Nee, zo snel gaat dat niet. We moeten eerst heel veel weken repeteren. Ik denk dat oma Nadia dan graag bij jou wil zijn.'

Opeens denkt Jochem aan zijn vader. Zou hij slapen? Hij loopt snel naar de logeerkamer en ziet dat het logeerbed onbeslapen is. 'Ga je maar snel aankleden, dan doe ik dat ook en ik maak eerst even boterhammen om onderweg op te eten.' Hij loopt snel naar beneden.

De woonkamer is leeg. De autosleutels van zijn vader liggen niet meer op de eettafel, waar hij ze heeft neergelegd toen hij kwam. Jochem controleert snel de andere vertrekken, maar zijn vader is er niet. Waar heeft hij het dagboek gelaten?

Het dagboek is ook weg.

Hij heeft een beklemmend gevoel op zijn borst. Zijn handen trillen, hij snijdt zich aan het mes en ziet bloed op een boterham druppen. Snel grijpt hij een handdoek om het bloed op te vangen. Er liggen pleisters in een van de keukenkastjes, weet hij. Eerst die vinger verbinden en de boterham weggooien. Opschieten.

Kiki moet naar school. Nu wel een nieuwe boterham maken.

Wat gebeurt er? Zijn handen weigeren dienst, hij staat te slingeren op zijn benen en moet gaan zitten.

Wat is er aan de hand? Waar komt die verstikkende angst opeens vandaan? Waarom denkt hij nu dat Kiki niet veilig zal zijn op school? Geen gedoe, niet aanstellen, hij is geen kind meer, maar een volwassen man, de enige ouder van een dochter. Hij moet niet toegeven aan een plotseling opkomende paniekaanval die nergens op slaat. Nergens op! Vandaag is een gewone werkdag, hij moet eerst zijn kind naar school brengen en dan naar zijn eigen zaak. Zijn vader is naar huis gegaan en hij heeft het dagboek meegenomen. Hij wil het misschien in zijn eigen huis lezen, in de ruimte die voor hem het meest vertrouwd is. Later geeft hij het weer terug.

Hij zal het toch niet naar Ted hebben gebracht? Was dat de reden dat hij midden in de nacht voor de deur stond? Heeft hij een overhoopgehaald huis als reden aangevoerd om binnen te kunnen komen en het dagboek in bezit te krijgen? Heeft hij dat plan soms samen met Ted bedacht?

Dit zijn waanzinnige gedachten, dit gaat helemaal nergens over.

Beter ademen, beter ademen!

Paniek is absoluut nergens voor nodig. Hij schrikt zich lam van het geluid dat uit zijn mobiel komt en hij voelt opluchting als hij ziet dat Meike hem belt.

Ze wil hem even een goede dag wensen, maar ze komt niet ver.

Hij hakkelt, hij stottert.

Ze vraagt wat er is gebeurd.

Het enige woord dat hij kan uitspreken is: 'Bang.'

'Blijf waar je bent, ik kom direct naar je toe,' zegt Meike.

64

Kiki is boos omdat ze te laat zal komen.

Jochem probeert haar gerust te stellen en haar af te leiden door te zeggen dat Meike onderweg is.

'Brengt zij me dan naar school? Ben je ziek, papa? Je zweet zo!'

Jochem veegt zijn voorhoofd droog met de theedoek die in de buurt hangt. Het is hem gelukt om de boterhammen te beleggen en in te pakken. De bloedsporen zijn verwijderd, het aanrecht is schoon. Hij herinnert zich wat zijn moeder altijd zei toen hij nog een kind was en in haar ogen niet goed genoeg opruimde. 'Altijd eerst alles schoonmaken met een sopdoek en dan nadrogen. Vooral in de keuken!' Jochem en Ted moesten allebei van haar leren koken, zodat ze later voor zichzelf zouden kunnen zorgen. En ze leerden dus ook schoonmaken.

Hij merkt dat terugdenken aan wat hij van zijn moeder leerde hem emotioneert.

Meike vraagt eerst of ze Kiki naar school moet brengen. Daarna kunnen ze samen praten.

Jochem vraagt aan Kiki of ze het erg vindt om vandaag niet naar school te gaan, maar bij oma Nadia te zijn.

Kiki begint te juichen.

'Ik leg het later uit,' belooft Jochem aan Meike. 'Nu eerst wat zaken regelen.' Hij belt de school van Kiki en meldt haar voor vandaag ziek. Daarna belt hij Nadia om te vragen of ze vandaag voor haar kleindochter wil zorgen. Nadia is verrast en ze biedt aan om Kiki te komen halen. Daarna belt Jochem de zaak en vraagt aan een van de vaste verkoopsters of ze het vandaag zonder hem kunnen redden. Ze stelt hem gerust en ze zegt dat het een goed idee van hem is om tussendoor eens een dag vrij te nemen.

'Nu hoor je het van een ander,' glimlacht Meike. 'Dit moet je echt vaker doen en dan liever terwijl je je goed voelt. Wie ga je nu nog bellen?'

'Mijn vader, maar daarmee wacht ik tot Kiki is opgehaald. Moet je niet werken?'

'Alleen vanmiddag. Ik kan tot een uur of twaalf blijven en kan om uiterlijk vijf uur weer terug zijn.'

'Daar is oma al!' roept Kiki.

Jochem voelt zich rustiger, nu hij alleen met Meike is en aan haar vertelt wat er is gebeurd. Hij probeert uit te leggen waarom hij nerveus werd toen hij ontdekte dat zijn vader het dagboek had meegenomen, maar hij raakt verstrikt in zijn eigen woorden.

'Het is nog onduidelijk voor je, wat precies de reden was voor je angstige gevoel,' stelt Meike vast. 'Om te beginnen: waarom wilde je niet dat Kiki vandaag op school zou zijn?'

Zonder een moment te hoeven nadenken antwoordt Jochem dat ze meegenomen zou kunnen worden.

Het is goed om met iemand te praten die niet in paniek raakt, de goede vragen stelt en hem aanraakt. Het lijkt of alle onzekerheid, alle teleurstelling, alle woede en alle twijfel die deel hebben uitgemaakt van Jochems leven in één golfbeweging over hem heen komen. Alsof hij te water is geraakt en niet meer kan zwemmen. Alsof alle lucht wordt weggezogen uit zijn longen.

'Kijk me aan,' zegt Meike. 'Eerst beter ademhalen. Diep inademen, alle lucht uitblazen, weer diep inademen. Ga maar door, spreid je armen, maak je borstkas groter. Jij bent veilig, Kiki is veilig, je hoeft niet bang te zijn.'

Jochem ademt in en uit. Veilig, denkt hij. Veilig.

'Wat denk je nu?' vraagt Meike.

'Ik ga hier niet als een puber zitten snikken,' antwoordt Jochem en dan barst hij los.

Ted wilde vroeger nooit huilen, want een jongen die huilde was een mietje. Jochem moest altijd veel moeite doen om tranen te bedwingen, bij hem kwam de zondvloed gemakkelijk op gang.

Hun moeder sprak Ted tegen. Ze zei dat het belachelijk was om van mannen te verwachten dat ze zich altijd beheersten omdat het voor iedereen goed was om nu en dan te huilen. Het kon je opluchten, spanning verminderen en het zou mensen die van je hielden de gelegenheid geven je te troosten.

Als ze dergelijke dingen zei, trok Ted zijn neus op. Hij noemde dat wijvenpraat, maar hij zorgde er wél voor dat hun moeder hem niet kon horen als hij zoiets zei.

Het maakt Jochem op dit moment totaal niet uit wat iemand zal denken nu hij alsnog bijna verdrinkt in zijn eigen tranenvloed.

Meike wacht rustig af, haalt een glas water voor hem en streelt zijn handen.

'Ik ben er weer,' zegt Jochem. 'Heremetijd, zeg, het lijkt of ik jaren tranen heb gespaard.' Hij kijkt Meike niet aan. 'Het kwam door dat woord. "Veilig." Voor mijn gevoel is veiligheid nog steeds niet aan de orde. Ik kan me niet voorstellen dat mijn vader blijft denken dat mijn moeder hun huis overhoop heeft gehaald als hij het dagboek helemaal heeft gelezen. Zal ik hem bellen?'

'Waarom geloof je niet dat je moeder het huis overhoop heeft gehaald?'

'Omdat ik er rekening mee houd dat we mijn moeder nooit meer terugzien.'

'Bel je vader maar,' adviseert Meike.

Jochems vader neemt meteen op. 'Je bent me net vóór, want ik wilde je bellen.'

'Waar ben je, pa?'

'Ik ben bij Ted. Ik heb hem al vroeg uit bed gebeld en ik ben naar hem toe gegaan. Hij heeft het dagboek ook gelezen, Jochem. We hebben heel goed gepraat en ik denk dat we echt onze kijk op Fifi moeten bijstellen. Ik heb weinig verstand van psychische stoornissen en jij ook, volgens mij. Ted heeft me haarfijn uitgelegd hoe het werkt met angststoornissen en inbeelding. Hij heeft me meegenomen naar het schuurtje en alles wat daar stond opzijgeschoven, zodat ik duidelijk kon zien dat er nergens een putdeksel was. Fifi was niet goed bij d'r hoofd, echt niet.'

Jochem moet wat zijn vader net gezegd heeft tot zich laten doordringen.

'We hebben dat dagboek verbrand,' voegt zijn vader toe. 'Ted nodigt ons allemaal uit om zondag patatdag voor Kiki te houden. En voor ons, natuurlijk. Of heb je al plannen voor zondag?'

'Zondag is prima,' zegt Jochem.

'Ik kom morgen weer naar de slagerij,' belooft zijn vader.

Meike vraagt wat er is besproken.

'Mijn vader heeft het dagboek aan Ted laten lezen en die beweert dat Fifi gestoord was en zich alles heeft ingebeeld. Hij heeft ook het schuurtje gezien en daar was geen putdeksel te bekennen. Ze hebben het dagboek verbrand, het verhaal van Fifi is nu spoorloos.'

Meike kijkt peinzend voor zich uit.

'Zeg het eens,' nodigt Jochem haar uit.

Ze lijkt te aarzelen.

'Je wilt iets zeggen, zeg het maar gewoon.'

'Zonder het dagboek komt Ted hier goed mee weg.'

Jochem denkt na over deze woorden. 'Maar als in dat schuurtje geen putdeksel te vinden is? Als blijkt dat er geen waterput bestaat? Ik kan me ook niet voorstellen dat mijn broer... Ik kan het me niet voorstellen.'

‘En waar denk je dat je moeder is?’

‘In de buurt, hoop ik,’ zegt Jochem. Hij vindt de vragen die ze stelt opeens hinderlijk.

65

Meike is vertrokken en Jochem heeft Nadia gebeld. Ze was erg verrast toen hij aan haar vroeg of Kiki vannacht kon blijven slapen en achter haar ging er een gejuich op. Ze brengt haar kleindochter morgenochtend naar school en ze vroeg nog of Jochem de vrouw die Kiki na school opvangt al heeft verteld dat ze vandaag niet hoeft te worden opgehaald. Jochem heeft dat daarna direct gedaan.

Hij wil dat schuurtje zien. Is het mogelijk om een putdeksel vakkundig weg te werken? Kan het kloppen dat Fifi rare gedachten had en dat ze alles door elkaar haalde?

Terwijl deze gedachten door zijn hoofd razen, denkt hij opeens aan de uitspraak die Kiki deed. Ze wilde niet meer in het huis van Ted slapen, omdat ze bang was. Toen heeft hij alleen gerustgesteld, niet doorgevraagd. Zal hij dat alsnog doen? Heeft ze iets gezien waar ze bang van werd? Heeft Ted iets tegen haar gezegd? Als Jochem hierover vragen gaat stellen loopt hij misschien het risico dat Kiki opnieuw bang wordt of dat ze verder niets wil vertellen. Te veel aandringen bij een kind kan het tegenovergestelde teweegbrengen dan je hoopt. Ze heeft in korte tijd veel te verwerken gekregen, hij moet daarom voorzichtig zijn. Het is goed mogelijk dat ze niets noemenswaardigs heeft bedoeld met deze uitspraak.

Hij wil nog meer te weten komen. Hij wil weten of er van zijn moeders bankrekening een bedrag voor een vliegticket naar Nice is afgeschreven en of er nadat ze niet vertrokken is geld van die rekening is opgenomen. Of er überhaupt betalingsverkeer is waar te nemen.

Dat zal zijn vader toch wel in de gaten houden?

Ted heeft het dagboek gelezen en Jochem kan nu wachten op de vraag hoe dat dagboek bij hem terecht is gekomen. Daarover gaat hij zijn broer uiteraard niet de waarheid vertellen. Hij repeteert in gedachten de verklaring die hij daarover gaat afgeven.

Hij stuurt eerst een app naar zijn vader.

Ben je nog bij Ted?

Zijn vader antwoordt vrijwel direct.

Ja, ik help hem met het uitzoeken van de kleding van Fifi. Gaat naar een goed doel. Ben je op de zaak?

Jochem aarzelt. Bevestigen of niet?

Heb een dag vrij genomen. Had rust nodig.

Hij ziet dat zijn vader weer iets schrijft.

Kom naar ons toe, we gaan dadelijk een alcoholische versnapering nemen. Ted vraagt of je een zak witte bollen mee wil nemen.

Jochem staart naar buiten. Wat is wijsheid? Gaan, en dan geen ingewikkelde vragen stellen? Gaan, en goed om zich heen kijken? Gaan, en aan Ted duidelijk maken dat hij geschrokken is van het dagboek, maar in het midden laten of hij er wel of niet iets van gelooft? Zijn broer kan op zijn hoede zijn, hij is niet gek.

Hij is NIET gek. Er zit geen krankzinnigheid in de familie.

Hij appt terug: *Ik kom eraan.*

*

Hij is onderweg.

Dat betekent dat er vragen moeten worden beantwoord, uitleg moet worden gegeven en dat er overtuigd moet worden. Het is allemaal voor het ene goede doel dat elk antwoord, elke leugen, elke vorm van misleiding legaliseert. Het gaat om het enige goede doel dat iedere ouder vanaf het allereerste begin heeft: het welzijn van je kind en de bescherming waar het op mag rekenen zolang jij leeft.

Voor je kind doe je alles, ongeacht de leeftijd van je kroost.

ALLES!

En ondanks de mogelijkheid dat er een hoge prijs betaald moet worden.

66

De mannen begroeten hem hartelijk. Ted slaat Jochem eerst joviaal op zijn schouder en trekt hem daarna tegen zich aan. 'Kom hier voor een broederknuf.'

Hun vader steekt een duim op.

Jochem maakt zich los van zijn broer en overhandigt hem de zak witte bollen.

Ted neemt de zak lachend in ontvangst. 'Witte bollen met roomboter en dik pindakaas, daar deden we als kind een moord voor. Weet je nog?'

'Voor mij liever met kaas,' zegt hun vader.

Ze drinken koffie en eten witte bollen met roomboter, kaas en pindakaas. Ted heeft al twee bollen naar binnen gewerkt, Jochem is nog bezig met de eerste. Het kleffe brood plakt tegen zijn verhemelte, hij probeert het weg te spoelen met koffie.

Er hangt een sfeer die opgewekt moet zijn maar het niet is. Er zijn nog te veel vragen, bedenkt Jochem. Maar welke gaat hij stellen en welke niet? Ted is in zijn ogen net iets te opgewekt en tegelijk ook op zijn hoede.

Na de derde witte bol stelt Ted de vraag die al ergens in de kamer hing vanaf het moment dat Jochem binnenstapte. 'Jij hebt het dagboek ook gelezen, hè? Dan zul je vragen hebben. Brand maar los.'

Jochem slikt de laatste hap brood door. 'Ik heb geen brandende vragen over het dagboek, ik heb brandende vragen over onze moeder. Ze is dus niet in Nice, daar is ze ook niet naartoe gegaan. Ze lijkt recent in huis geweest te zijn en het lijkt of niemand zich afvraagt waar ze nu precies uithangt.' Hij wendt zich tot zijn vader. 'Neemt ze geld op van haar rekening? Heb je haar nog gebeld of geprobeerd haar via een app te bereiken?'

Zijn vader lijkt te schrikken van deze vraag. 'Ik heb van alles geprobeerd, maar ze reageert nergens op.'

'Wat zocht ze precies in jullie huis?'

Zijn vader maakt een afwerend gebaar. 'Laat maar.'

Ted neemt het gesprek weer over. 'Ik kan me niet voorstellen dat je geen vragen hebt over dat dagboek. Fifi heeft me nogal wat beweerd, zeg. Als Pattie dat allemaal over jou had geschreven, zou ik het naadje van de kous willen weten.'

'Ik niet,' zegt Jochem.

'Jij niet? En waarom dan niet?'

'Omdat ik denk dat jij slim genoeg bent om antwoorden te geven die heel acceptabel klinken en omdat ik dus betwijfel of ik een naadje van een kous te weten kom.'

Er valt een onheilspellende stilte.

Jochems vader is degene die de stilte verbreekt. 'Laat hem het schuurtje zien,' adviseert hij Ted. 'Laat hem met eigen ogen ontdekken dat Fifi onzin uitkraamde over die zogenaamde waterput en over alle andere dingen die ze beweerde.'

Ted staat op. 'Kom mee, pa ook, laten we alle misverstanden voor altijd uit de wereld helpen.'

Jochem volgt hem.

'Hoe gaat het met de liefde?' informeert zijn vader als ze naar het schuurtje lopen.

'Dat is niets geworden,' antwoordt Jochem. Ik ga Meike voorlopig overal buiten houden, denkt hij.

Het schuurtje ziet er opgeruimd uit. Tegen de achterwand staat een fietsenrek, tegen beide zijwanden zijn verhuisdozen opgestapeld. Naast het fietsenrek staan een paar gereedschapskoffers.

Ted wijst naar de verhuisdozen. 'Spullen van Fifi, alles wordt overmorgen opgehaald.' Hij maakt een weids gebaar. 'Je ziet het: geen kist waaronder een deksel is verborgen, geen betonmolen en meer van die onzin. Ze was heel erg ziek, Jochem. Misschien had ik daar met jullie over moeten praten, maar ik schaamde me omdat ik niet in staat was om haar te helpen. Als ik had geweten wat ze allemaal opschreef... Nooit gemerkt dat ze zoiets deed. Hoe kwam jij eigenlijk aan dat dagboek?'

Jochem is blij dat hij zich op deze vraag heeft voorbereid. 'Ik vond het een paar weken geleden in de brievenbus, toen ik thuiskwam van mijn werk. Het was verpakt in een grote envelop en er zat geen briefje bij. Ze heeft het waarschijnlijk bij iemand in bewaring gegeven die ervanaf wilde.'

'Ze ging naar een praatgroep,' zegt Ted. 'Mijn huisarts weigert te vertellen welke praatgroep en door wie die werd begeleid. Beroepsgeheim, je kent dat wel.'

'Jij toch ook?' Jochem merkt dat hij zich ergert aan zijn broer.

Ted lijkt daar niets van te merken. 'Nou ja, we hebben alle shit gewoon verbrand en tenzij iemand het in zijn hoofd heeft gehaald om kopieën te maken zijn we verlost van alle valse aantijgingen.'

'Je bedoelt dat jíj ervan verlost bent,' antwoordt Jochem. 'Ik kan me niet herinneren dat pa of ik genoemd werden.'

'Wat is er toch met jou aan de hand?' roept Ted. 'Waarom ben je opeens zo vijandig? Je gaat me toch niet vertellen dat je gelooft wat er in dat dagboek stond? Bedoel je soms dat je meer wil weten over die verzinsels die te maken hadden met een zogenaamde relatie tussen Pattie en mij? Dat geloof je toch niet?' Hij grinnikt. 'Hoewel ze de zonde waard was geweest. Toch? Zeg jij eens iets, pa.'

Hun vader komt dichterbij. 'We sluiten dit boek, we gaan ons bezighouden met de toekomst. Iedereen heeft nu wel genoeg voor zijn kiezen gehad. We moeten allemaal verder met ons leven en ik vind het belangrijk dat we daarbij naast elkaar staan, niet tegenover elkaar. Als jullie moeder niet terug wil komen, zal ik alleen verder moeten en dat is dan niet anders.'

'Denk je eigenlijk dat ma nog leeft?' vraagt Jochem.

Zijn vader zet grote ogen op. 'Ja natuurlijk, jij niet dan?'

Jochem haalt zijn schouders op. 'Ik hoop dat je gelijk hebt.' Hij aarzelt over de volgende vraag die hij wil stellen. 'Ik vroeg je eerder of ze geld opnam van haar rekening en op die vraag heb je geen antwoord gegeven. Waarom niet?'

'Dat is me ontgaan. Ze heeft twee keer geld opgenomen, geen grote bedragen. Vertrouw je me niet?'

Ted staat al buiten het schuurtje.

'Jou wel,' zegt Jochem.

Zijn vader kijkt hem strak aan. 'Laat het rusten, alsjeblieft.'

*

Het leven kan alleen weer normaal worden als iedereen meewerkt. Dat is een kwestie van de neuzen in dezelfde richting krijgen, een ondoordringbaar front vormen en trouw zijn aan elkaar. Je laat niemand vallen die bij de groep hoort, je zult de anderen nooit verraden, je leeft samen in optimale eensgezindheid.

Het gaat dan bij alles wat er gebeurt, wordt bedacht en gepland, waar rekening mee moet worden gehouden of wat anders verloopt dan werd verwacht, om een onwrikbaar uitgangspunt en dat betekent dat je nooit maar dan ook absoluut nooit de groepscohesie verbreekt.

We zijn nog met drie, maar een van ons is een stoorzender.

En een stoorzender kan het best worden uitgeschakeld.

67

Jochem heeft vanaf het moment dat hij het huis van Ted verliet de neiging gehad om achterom te kijken. Hij weet niet precies wie hij achter zich verwachtte, zijn vader of Ted. Ze zijn familie en voelen aan als volslagen vreemden.

Hij heeft nog overwogen om een paar uur naar de zaak te gaan, maar daar toch van afgezien. Zijn eigen huis is de plek waar hij wil zijn. Kiki is bij Nadia en daar is ze veilig. Meike komt eten en het is de bedoeling dat ze daarna samen naar het koor gaan waar zij al deel van uitmaakt en waar hij meer dan welkom is. Meike heeft hem net gebeld om dat nog een keer te benadrukken. Vanavond wil hij niet zingen, vanavond wil hij alleen samenzijn met iemand die hij durft te vertrouwen. Hij hoopt dat Meike het hem niet kwalijk neemt dat hij toch liever een week later wordt geïntroduceerd. Het is belangrijk om eerst tot rust te komen en te bepalen wat hij wil gaan doen.

Er moet iets gebeuren.

Iemand moet de familiezaken en vooral de familiebelangen weer in balans brengen. Zijn moeder moet worden gevonden, misschien is het nodig om haar voorlopig in huis te nemen, totdat ze een eigen woning heeft. Op het moment dat hij dit denkt schiet hij vol. Hij bidt nooit, maar nu denkt hij: God, laat haar terugkomen. Alstublieft, alstublieft, alstublieft.

Is het mogelijk dat je huilt om iets of iemand die nog niet officieel verloren is?

Hij hoort dat er een app binnenkomt en haalt zijn mobiel tevoorschijn. Het is een bericht van zijn vader.

Je moeder heeft een app gestuurd. Ze wil met me praten. Ze komt morgen naar me toe.

Jochem stuurt direct een antwoord.

Daar ben ik blij om. Ze kan bij mij terecht als ze onderdak nodig heeft. Laat haar dat s.v.p. weten. Ik heb natuurlijk liever dat het goed komt tussen jullie, maar als dat niet lukt staat mijn deur voor haar open. Voor jou ook, Pa.

Er komt geen nieuw bericht.

Meike begrijpt dat hij emotioneel tot rust moet komen en ze belt de dirigent van het koor om te vertellen dat ze volgende week samen aanwezig zullen zijn.

'Jij mag zelf natuurlijk best gaan zingen,' zegt Jochem.

'Ik blijf bij jou. Wat is er allemaal gebeurd?' Ze kust hem.

Jochem antwoordt dat hij met de beste wil van de wereld niet precies weet wat er eigenlijk gebeurd is.

Hij vertelt zo gedetailleerd mogelijk wat Ted zei, wat hij zei, wat zijn vader zei en hoe het schuurtje eruitzag.

'Wat klopt er niet?' vraagt Meike.

'Wat wél?' peinst Jochem. 'Er was geen spoor te ontdekken van een waterputdeksel, er stond geen grote kist die iets moest bedekken, er was evenmin een betonmenger of een speciekuip. Daar had Fifi het toch over? Een betonmenger en een speciekuip? Kan iemand zelf beton maken en daar een vloer mee bedekken?' Hij klemt beide handen tegen zijn borstkas. 'Is het mogelijk dat Ted nieuw beton heeft aangebracht op de vloer van het schuurtje?' Zijn stem breekt.

'Laten we rustig blijven,' adviseert Meike.

Jochem vertelt dat zijn vader appte dat zijn moeder met hem wilde praten en dat ze morgen een afspraak hebben.

'Vind je dat een goed bericht?' vraagt Meike.

‘Ik zou het een goed bericht willen vinden, maar…’ Jochem aarzelt.

‘Wat denk je?’ Meike komt dichter bij hem zitten.

‘Ik denk dat ik morgen een nieuw bericht van mijn vader krijg en dat hij dan vertelt dat mijn moeder niet is komen opdagen.’

‘En is dat volgens jou de waarheid of verzint je vader dat?’

Jochem schiet vol.

‘Vertrouw je op wat je vader zegt?’

‘Nee,’ antwoordt Jochem. ‘Genoeg daarover. Nu wil ik het over ons hebben. We kunnen alles tegen elkaar zeggen, er luistert vanavond geen nieuwsgierig meisje mee. We kunnen ook alles doen wat we willen.’

‘Dat klinkt veelbelovend,’ vindt Meike.

68

Deze vrouw laat ik nooit meer gaan, denkt Jochem. Ze is te goed, te lief, te slim en vooral zowel innerlijk als uiterlijk te mooi.

Meike slaapt, ze is na de derde keer dat ze vreeën van het ene op het andere moment in slaap gevallen. Daar zal behalve de vermoeidheid ook de fles rosé die ze samen soldaat hebben gemaakt debet aan zijn. Moet kunnen op een doordeweekse dag, vond Meike.

Jochem kan niet ophouden met naar haar kijken. Hij heeft alle familieperikelen opzijgeschoven om alleen met de liefde bezig te zijn. Hij ziet dat Meike heel diep slaapt en hij knipt voorzichtig het bedlampje uit. Als het donker is, valt hij altijd gemakkelijk in slaap.

Zijn moeder zit op de rand van het bed en ze glimlacht onophoudelijk. Jochem houdt Meike nog steeds vast en hij wil aan zijn moeder vragen of ze het leuk vindt dat hij weer een vriendin heeft, maar er komt geen geluid uit hem. Dat vindt hij vreemd en ook beangstigend. Het lijkt of zijn moeder hem met haar glimlach gerust wil stellen.

Is dit echt? Is het zijn moeder wel of alleen iemand die op haar lijkt? Haar gezicht is opeens niet meer hetzelfde, ze lijkt een vreemde vrouw. En nu is ze verdwenen.

Jochem wil haar roepen, maar hij heeft weer geen stem. Hij probeert het nog een keer en wordt wakker.

Hij ademt te snel. Straks wordt Meike wakker van het geluid dat hij maakt. Concentreren op de ademhaling is nu belangrijk. Hij droomde van zijn moeder en dat is enerverend in de huidige omstandigheden. Toch was het fijn om haar even zó dichtbij te voelen, al was het dan in een droom.

Meike beweegt, ze lijkt op haar zij te willen gaan liggen. Hij laat haar los en ze draait zich inderdaad op haar zij.

Jochem sluit zijn ogen, maar opent ze direct weer.

Er was een geluid in huis, hij zou durven zweren dat er iemand binnenkwam beneden. Dat zou alleen zijn moeder kunnen zijn, want zij heeft een sleutel.

Hij heeft zich vergist. Nu gaan slapen en liever niet meer dromen. Met gesloten ogen ligt hij op zijn rug en hij probeert zich te concentreren op de diepe ademhaling van Meike.

Er is opnieuw een geluid en hij herkent het meteen. Het is een piepgeluid en hij weet nu dat beneden iemand de deur van de woonkamer heeft geopend.

Hij schuift voorzichtig naar de rand van het bed, vist zijn kamerjas van de vloer en trekt hem snel aan. In de kledingkast die voorheen van Pattie was, staat in een hoek nog altijd haar hockeystick. De onderkant moet hard genoeg zijn om iemand een optater mee te kunnen geven.

Hij sluipt naar de overloop en luistert. Doodse stilte. Snel loopt hij de trap af.

De deur van de woonkamer staat open. Waar zit nu de lichtknop? Of kan hij beter geen licht aandoen? Hij ziet geen hand voor ogen, maar hij weet waar alles staat. Toch is dat moeilijk in te schatten in deze duisternis. De stilte in combinatie met het donkere gat voor zijn neus veroorzaakt een onzekere manier van lopen. Hij heeft het gevoel dat er iemand vlak bij hem staat.

Hij had zijn mobiel in de zak van zijn kamerjas moeten stoppen.

Naast hem gebeurt er iets. Hij draait zijn hoofd in de richting van het geluid en hij beseft te laat dat hij niet had moeten inademen. Terwijl hij langzaam door zijn knieën zakt voelt hij dat er iets tegen zijn gezicht wordt aangedrukt. Hij probeert het weg te duwen, maar ook zijn armen lijken opeens verlamd. Het laatste dat hij beseft is hoe graag hij om zijn moeder wil roepen.

69

Ergens in de verte is iemand aan het praten.

Jochem opent zijn ogen en hij probeert te horen wat er wordt gezegd. Hij gaapt een paar keer, maar het lukt niet om zijn mond te bedekken met zijn hand. Waarom lukt dat niet?

Is die stem er nog?

Dit zal weer een droom zijn.

Hij probeert op te staan, maar hij kan ook zijn benen niet bewegen. Daar is die stem weer, bijna niet te verstaan. Klopt het dat er iemand dicht bij hem in de buurt zit te fluisteren?

Hij luistert met gesloten ogen of hij kan horen wat er wordt gezegd. 'Stil blijven zitten,' fluistert de stem.

Jochem schrikt als er opeens iets tegen zijn mond wordt gedrukt. Hij wil iets roepen, maar dat lukt niet.

De stem fluistert dat zijn mond ook nog moest worden dichtgeplakt.

Ik zit midden in een nachtmerrie, denkt hij. En ik moet plassen.

Het is geen nachtmerrie. Jochems ogen voelen nog steeds aan alsof ze zomaar dicht kunnen vallen om hem te laten wegzakken in weer een diepe slaap.

Hij moet bedwelmd zijn geweest.

Had hij de duettes maar niet neergelaten en had hij de overgordijnen maar niet gesloten, dan zou hij nog iets hebben kunnen zien. Is hij nu overvallen? Er valt hier weinig te halen, hij heeft nooit geld in huis. Er hangen nergens schilderijen die veel geld waard zijn, het horloge dat boven op zijn nachtkastje ligt heeft nog geen honderd euro gekost. Voorheen waren er boven nog een paar gouden sieraden van Pattie, maar die heeft haar moeder meegenomen.

Godzijdank is zijn kind niet thuis. Maar Meike is er wel, ze ligt diep te slapen. Stel je voor dat de insluiper haar vindt...

Jochem probeert te bedenken wat er nodig is om niet in paniek te raken.

'Je had je overal buiten moeten houden,' zegt de stem. Er wordt niet meer gefluisterd. Jochem probeert iets te zien, hij wil weten of de stem klopt.

Dit moet een droom zijn, want het is niet mogelijk dat zijn moeder tegenover hem zit.

'In een kind leef je dóór,' gaat de stem verder. Jochem probeert zich te herinneren of hij zijn moeder ooit eerder op deze manier hoorde praten. Het lage stemgeluid dat hij van haar kent lijkt lager geworden. Heeft dat te maken met emotie? Is zijn moeder gek geworden? Kan dat een verklaring zijn voor haar gedrag? Ze leek veranderd, ze was opeens snel boos, zei nare dingen, sprak op een harde manier over haar schoondochters.

Ik had moeten zien dat er iets grondig mis was met haar, denkt hij.

'Ik heb altijd een paar kinderen gewild. Nageslacht hoort bij mij.'

Jochem herinnert zich dat ze toen hij een jaar of tien was heel blij aan hem vertelde dat hij een nog broertje of een zusje ging krijgen. Een paar weken later werd ze met gillende sirenes afgevoerd in een ambulance en zijn vader sopte uren later huilend de stoel met bloed af. Het was een meisje, vertelde hij later. Moeder kwam weer thuis en ze zat wekenlang voor zich uit starend op de bank, als ze niet in bed lag. De huisarts kwam langs en hij stelde voor om haar een paar weken te laten opnemen in een rusthuis waar psychische begeleiding geboden kon worden. Ze bleef zes weken weg en daarna wilde ze nooit meer praten over de dochter die ze verloren had.

Hij probeert zijn handen en voeten te bewegen, maar hij is te stevig vastgebonden. Waarom doet ze dit?

'Goed idee van jou dat je die hockeystick voor me meenam, maar het lijkt me toch niet verstandig om hem te gebruiken. Een klap op je hoofd zou sporen nalaten en dat is niet de bedoeling. Je merkt er niets van als je slaapt. Pattie heeft er ook niets van gemerkt. Ik ga nog wel eerst even naar boven om naar het meisje te kijken. Ze mag later met me mee, als alles achter de rug is.'

Jochem denkt: Pattie? Betekent dit dat zijn moeder degene was die Pattie vermoordde? Maar waarom schreef Fifi dan dat ze Ted volgde? Gaat ze echt naar boven? Daar is Meike.

Hij schreeuwt in gedachten dat ze wakker moet worden.

Er ritselt iets. 'De plastic zak ligt klaar,' zegt de stem. 'Ik wist allang dat jij de laatste ging zijn. Iemand moet nu eenmaal de laatste zijn, aan alles komt een eind, ook aan moorden. Dat had je nooit van mij gedacht, ik weet het. Wij zijn heel verschillend, maar daar heb jij nooit bij stilgestaan. Als je dat wél had gedaan, zou je al veel eerder hebben begrepen dat je mij nooit moet geloven.'

Er wordt weer iets tegen zijn neus gedrukt.

Dit is mijn moeder niet, beseft hij opeens.

Hij kan zijn plas niet meer ophouden.

Er zijn overal stemmen. Ze komen dichterbij en verdwijnen weer naar nergens. Hij is zelf ook ergens wat tegelijkertijd nergens is.

'Hij komt bij,' zegt iemand.

'Jochem! Jochem! Word alsjeblieft wakker!' Die stem huilt.

Hij opent zijn ogen.

'Probeer een paar keer heel diep adem te halen,' adviseert de iemand die net beweerde dat hij bijkwam.

‘Ik ben bij je.’

‘Meike? Ben ik dood? Ik begrijp het niet.’

‘Je bent niet dood. Ik werd gelukkig wakker toen ik droomde dat je me riep. Je bent veilig, lieverd, er kan niets meer gebeuren.’

‘Ik dacht dat mijn moeder hier was, maar toen...’

Meike omarmt hem. ‘We praten er later over. Er is iemand onderweg die ons wil ondersteunen. Hij is een collega van me, ik heb hem gebeld. We hebben even hulp nodig, Jochem.’

‘Laat hem nog maar slapen,’ adviseert iemand.

70

Er komt voortdurend één zin tevoorschijn die zich niet laat verwijderen, op welke manier Jochem dat ook probeert. De zin flitst, galmt, echoot en valt lastig.

Als je dat wél had gedaan, zou je al veel eerder hebben begrepen dat je mij nooit moet geloven.

De collega van Meike heet François en hij moedigt Jochem regelmatig aan om te praten over het gevoel dat hij heeft bij deze zin.

Er is woede, er is verbijstering, er is angst, er is onbegrip. De emoties veroorzaken beurtelings aanvaarding en vernietigingsdrang. En vragen, veel vragen.

Hoe is het mogelijk dat hij niets heeft gemerkt van wat er gaande was in zijn familie? Hoe kan hij de zorgen van zijn ouders hebben gemist? Waarom heeft hij zich nooit afgevraagd of het ouderlijk gezin wel klopte?

Meike blijft herhalen dat achterdocht niet past in zijn psyche, waardoor het nooit in hem zou opkomen dat gebeurtenissen die plaatsvonden in zijn jeugd ernstiger konden zijn dan ze leken.

Ze heeft hem net verteld dat het donderdag is, dat Kiki nog een paar dagen bij Nadia blijft.

Jochem probeert te begrijpen wat ze hem duidelijk probeert te maken. Het lijkt of de informatie niet volledig is. Hij repeteert de namen die hij voorbij hoorde komen.

Kiki, Nadia.

Ze zei niets over zijn moeder en ook niet over Ted.

Dat je mij nooit moet geloven.

Het was niet zijn moeder die dat zei.

Jochem weet dat hij in zijn eigen huis is, waar hij woont, hoe hij heet, welk beroep hij uitoefent. De mist in zijn hoofd heeft niets te maken met feiten, maar met gevoel.

'Je was als puber al een gevoelige jongen,' zegt Meike.

'Je krijgt nu een enorme psychische klap te verwerken,' is François van mening. 'Vergis je niet in wat doodsangst met je kan doen.'

Ze proberen hem te laten vertellen wat er met hem gebeurde toen hij gekneveld en met dichtgeplakte mond in de stikdonkere kamer tegenover zijn belager zat. Het enige wat hem daarover te binnen schiet is de wetenschap dat Meike boven lag te slapen en zijn angst dat haar iets zou worden aangedaan. Hij herinnert zich niets van angst voor zijn eigen dood. Wat hij wél weet en waar hij weinig van begrijpt is dat hij de stem van zijn moeder meende te horen. Hij durft de vraag niet te stellen die op zijn lippen brandt.

'Ik heb een verklaring afgelegd over het dagboek,' zegt Meike. 'Zodra jij daartoe in staat bent, wil de politie jou ook horen. Vandaag wordt met je vader gepraat.'

Politie? Dagboek? Vader? Waar gaat dit over?

Totaal onverwacht ontglipt hem de vraag die hij niet wilde stellen. 'Was het Ted die hier binnendrong?'

Meike huilt. Ze zegt dat het van opluchting is.

Jochem schijnt al een paar uur nadat hij werd bevrijd van alles verteld te hebben over gebeurtenissen uit zijn jeugd die hij in verband bracht met wat hem die nacht was overkomen.

Meike herhaalt geduldig wat hij allemaal heeft gezegd. Het ging vooral over moeilijk te duiden onbehagen dat te maken had met gedrag van zijn broer. Onverwachte woedeaanvallen, sinistere uitspraken, bedreigingen die hij later altijd ontkende. De regelmatig terugkerende uitspraak van zijn vader dat Ted beter iets minder intelligent had kunnen zijn, omdat een geniaal brein zo vaak samenviel met een vorm van krankzinnigheid.

Jochem kan zich niets herinneren van deze uitspraken, maar hij weet dat alles klopt. Hij weet ook dat zijn besluit om te kiezen voor een vakopleiding te maken had met angst voor de mogelijkheid dat hij zich net zo vreemd zou gaan gedragen als zijn broer wanneer hij koos voor een hogere opleiding. Wat hij vooral begint te beseffen is dat hij zijn jeugd al jaren geleden heeft opgeborgen in een deel van zijn brein dat hij ontoegankelijk had verklaard.

'Nu is het slot blijkbaar opengesprongen,' zegt François.

Jochem vindt hem een aardige vent. Hij dringt hem niets op, stelt duidelijke vragen en kan goed luisteren. Meike heeft de juiste persoon gekozen om hen bij te staan. Door de aanwezigheid van deze collega met wie ze goed bevriend is kan zij partner zijn en schiet ze niet in de rol van therapeut.

Het klopt, weet Jochem. Zijn brein zat jaren op slot. Herinneringen kregen geen toegang. Hij koos voor de schijn van veiligheid en werd de zoon om wie niemand zich zorgen hoefde te maken. Zelfs tijdens de turbulente jaren met Pattie hield hij de indruk overeind dat het goed ging.

Nu begrijpt hij alles en tegelijkertijd helemaal niets meer.

71

Het is vrijdag, vandaag komt Nadia langs met Kiki. Het lijkt iedereen het best als het meisje nog een paar dagen bij haar oma blijft, zodat Jochem ruimte krijgt om te herstellen. Ze heeft schone kleding nodig en ze wil haar papa graag even zien.

Jochem is nu alleen met Meike, François werkt in zijn eigen praktijk en zal morgen weer langskomen. Maar nu wil hij dat Meike eerst vertelt wat er gebeurd is toen ze midden in de nacht wakker werd en ontdekte dat Jochem niet naast haar lag. Hij moet dat weten.

Ze dacht eerst dat hij naar het toilet was gegaan en elk moment kon terugkomen. Maar toen dat niet gebeurde, stapte ze uit bed en trok de trui en de jeans aan die binnen handbereik lagen. De deur van de slaapkamer stond open, beneden was een stem te horen. Het was niet de stem van Jochem.

Ze stond bovenaan de trap en wist niet wat ze moest doen. Ze aarzelde of ze het lichtknopje zou indrukken of juist niet. Ze wist niet of het verstandig was en ze bedacht dat het misschien beter was als ze hulp inschakelde. Maar hoe? Haar mobiel zat in haar tas en die tas lag ergens beneden. Toen hoorde ze iemand de trap op komen. Ze stond stokstijf en hield haar adem in. En zonder het van plan te zijn, drukte ze op de lichtknop.

Hij stond pal voor haar en hij schrok zó heftig dat hij een stap naar achteren maakte en te laat ontdekte dat er geen bodem onder een van zijn voeten zat. Hij had de leuning moeten vastgrijpen, maar hij hief zijn armen in de lucht en viel achterover. Meike hoorde hoe zijn hoofd op de treden bonkte en vervolgens tegen de deur van het toilet klapte.

Ze rende naar beneden, sprong over het stille lichaam heen en vloog de woonkamer in. Haar hand zocht de volgende lichtknop en opeens was de kamer verlicht.

Haar mond viel open, maar ze kwam snel tot bezinning. Ze griste haar tas van de eettafel, opende hem en pakte haar mobiel. Het lukte haar om het alarmnummer te bellen en daarna trok ze de tape van Jochems mond. Ze schudde aan zijn schouders, maar zijn ogen bleven gesloten. Een paar minuten later klonk buiten het geluid van sirenes.

Het huis was opeens vol politie en ambulancepersoneel. Iemand vertelde dat Ted buiten bewustzijn was, maar leefde. Hij werd snel afgevoerd.

Een agent maakte Jochem los, een verpleegkundige controleerde zijn bloeddruk en probeerde hem wakker te maken. Er werd een laken over de onderkant van zijn lichaam gelegd. Meike kon zich beheersen tot Jochem zijn ogen opende. Daarna bleef ze maar huilen.

'Is Ted dood?' vraagt Jochem.

Meike schudt langzaam haar hoofd. 'Hij wordt nog in slaap gehouden, omdat hij een zware hersenschudding heeft. Het had veel slechter voor hem kunnen aflopen.'

'Hij wilde iets doen met een plastic zak,' herinnert Jochem zich. 'Ik begreep niet wat hij bedoelde. Is mijn vader al langs geweest?'

'Nee. Je vader is een hele dag verhoord en daarna aangehouden.'

'Aangehouden? Heeft hij hier dan iets mee te maken?'

'Dat weet ik niet. Ik ben niet degene aan wie ze informatie verstrekken, dat doen ze alleen aan jou en jij was tot nu toe niet in staat om een gesprek te voeren.'

'Nu wel, bel ze maar,' zegt Jochem.

72

Het heeft in alle kranten gestaan en zelfs het achtuurjournaal gehaald.

POLITIE VINDT ONDER RECENT AANGEBRACHTE BETONNEN VLOER IN EEN DROOGSTAANDE WATERPUT DE STOFFELIJKE RESTEN VAN TWEE PERSONEN.

Jochem zou graag aan iedereen die hij kent vertellen dat dit niet over zijn familie gaat. Hij wil niet accepteren dat het lichaam van zijn moeder is gevonden in een droogstaande waterput en dat ze daar samen met een persoon lag van wie de identiteit nog niet is vastgesteld. Het is onmogelijk dat Jochems broer haar daar heeft in gegooid en het is evenmin een acceptabele gedachte dat zijn vader vermoedde wat er was gebeurd en geen alarm sloeg.

De rechercheur die het onderzoek leidt is een vrouw en ze heeft Jochem gisteren uitgebreid geïnformeerd over de reden waarom zijn vader werd aangehouden. De verhoren moesten uitwijzen of er sprake kon zijn van medeplichtigheid aan de dood van Jochems moeder. Toen bleek dat daar geen sprake van was, is hij naar huis gestuurd. Hij vraagt steeds of hij langs mag komen, maar Jochem wil voorlopig geen contact.

De rechercheur heeft aan hem gevraagd hoe hij tegen deze zaak aankeek. Toen heeft hij geantwoord dat zijn ouders zolang hij zich kon herinneren altijd een beschermende houding hadden ten opzichte van hun kinderen en dat hij zich kon voorstellen dat zijn vader daar niet mee kon ophouden toen hij werd geconfronteerd met het vreemd verlopen vertrek van zijn vrouw. Jochem weet niet wat er in het verleden allemaal is gebeurd met Ted, wat zijn ouders allemaal hebben achtergehouden of met de mantel der liefde hebben bedekt. Hij vermoedt dat het veel is geweest, heel veel. Hij wil graag denken dat zijn ouders hem overal buiten hebben gehouden om hem te beschermen.

Kiki is weer thuis en het hele huis is opeens vol geluid, vol vragen en vol tranen.

Jochem probeert geen woede te voelen ten opzichte van Ted. Hij houdt zichzelf voor dat Ted ziek is en altijd ziek is geweest. Een geniale denker met een aangeboren constructiefout in zijn brein. Dat is verstandelijk te verklaren, maar emotioneel lukt het niet. Zodra Jochem zijn gevoel laat meespreken, voelt hij een intense niet te controleren woede en kan hij alleen nog denken aan vergelding. Aan afrekening. Aan genoegdoening. En alles wat hij bedenkt heeft te maken met dood.

'Stel je voor,' zegt hij tegen Meike, 'dat wij het dagboek niet hadden gelezen. Dan zou mijn moeder voor altijd spoorloos verdwenen zijn en was ik alles blijven geloven wat mijn broer vertelde. Stel je toch eens voor!'

Meike antwoordt nuchter dat ze er niet over peinst om zich iets voor te stellen wat nooit gebeuren zal. Ze denkt na over andere vragen, zoals: waarom moest Jochems moeder uit de weg geruimd worden? En: zou Jochems vader daar antwoord op kunnen geven?

'Jij stelt betere vragen dan ik,' concludeert Jochem.

73

Ted is tien dagen in een kunstmatig coma gehouden en heeft daarna nog vier weken met politiebewaking in het ziekenhuis gelegen. Maar er is nog steeds geen zinnig gesprek met hem te voeren.

Hij is overgebracht naar een psychiatrische afdeling die onder toezicht staat van Justitie en hij krijgt medicijnen om rustig te blijven. Hij schijnt geen taal meer te kunnen produceren, op elke vraag die hem wordt gesteld geeft hij hetzelfde antwoord: 'Oeiii, oeiii.' Het eten dat hem wordt aangeboden schrokt hij in een noodtempo naar binnen en daarbij gebruikt hij zijn vingers. Hij loopt vaak op handen en voeten, als een aap. Geluiden kan hij slecht verdragen, zodra dat voor hem te veel wordt begint hij te schreeuwen. Voorlopig is bezoek niet toegestaan.

Meike heeft erop aangedrongen dat Jochem in gesprek gaat met zijn vader. Er zijn nog te veel vragen die een antwoord nodig hebben en het heeft volgens haar geen zin om contact af te houden, eventueel zelfs af te schaffen, als er geen duidelijkheid komt over wat er is gebeurd in hun gezin.

Kiki is vanmiddag opgehaald door Nadia. Ze reageerde enthousiast toen ze hoorde dat ze weer een nachtje bij haar mocht blijven slapen.

Ze hebben afgesproken om acht uur en om één minuut voor acht wordt er aangebeld. Jochem opent de deur en hij kan de schrik als hij zijn vader ziet staan niet verbergen. De man is minstens tien kilo afgevallen, als het niet méér is. Zijn ogen liggen diep in hun kassen, de lijnen in zijn gezicht zijn verdriedubbeld, hij is een schim geworden van wie hij was.

Jochem doet een stap opzij om hem binnen te laten. Zijn vader loopt een eindje de gang in en draait zich dan om.

Jochem slaat zijn armen om hem heen en voelt dat hij beeft. 'Kom hier, pa, je bent toch mijn vader?'

Ze staan stil tegen elkaar aan en laten pas los als Meike in de deuropening verschijnt.

'Zo blij dat ik je eindelijk zie,' zegt Jochems vader.

Meike heeft aangeboden om weg te gaan, maar beide mannen hebben tegen haar gezegd dat ze moet blijven. Ze drinken koffie, Jochem vertelt hoe het met Kiki gaat, zijn vader luistert. Als Meike voor de tweede keer koffie voor hen heeft gehaald, neemt pa het woord. Hij begint met de conclusie dat hij grote fouten heeft gemaakt.

Jochem luistert. Hij is afwisselend verwonderd en geschokt. Het is bijna niet te geloven dat zijn ouders jarenlang bezig zijn geweest om het gedrag van Ted niet alleen bij Jochem buiten beeld te houden, maar ook bij hun hele sociale omgeving.

Aanvankelijk waren het huisdieren die verdwenen en nooit werden teruggevonden. De kat van een oude buurvrouw, twee hamsters van de eigenaar van de supermarkt, drie duiven van de plaatselijke duivenmelker. Ted hielp actief mee zoeken en de ouders kregen pas iets in de gaten toen er opeens drie dode kippen in het kippenhok van een goede vriendin van ma lagen, terwijl er nergens een spoor van een vos of een hond of kat te bekennen viel. Ted mocht daarna niet meer komen logeren en de vriendin kwam niet meer op bezoek. Toen hij dat hoorde, kreeg hij een onbedaarlijke lachbui.

Je denkt erover na, vertelt pa, maar je wil zulke gebeurtenissen niet in verband brengen met je eigen kind. Je ziet zijn vreemde grijns als er iets naargeestigs is gebeurd aan voor onhandigheid en onvolwassenheid. Je doet of je onsympathieke opmerkingen over zorgen of verdriet van andere mensen niet hoort. Je spreekt hem erop aan en daarna is alles vergeven en vergeten. Je praat er met niemand over, je houdt hem consequent uit de wind. Je stapelt achteraf bezien fout op fout en het wil maar niet tot je doordringen dat je door je bescherming hem de gelegenheid geeft om steeds verder af te glijden.

Het was een verademing toen Ted ging studeren en op kamers wilde wonen. Heel hard werken leverde niet alleen een goede financiële positie op, maar kwam ook de gezinsrust ten goede. Ze hoopten dat Ted door de studierichting die hij koos meer van het leven en vooral van zichzelf zou gaan begrijpen. Het lukte hem jarenlang om zijn ouders gerust te stellen, maar alles veranderde toen Fifi tegen haar schoonmoeder begon te praten.

Ma wilde open kaart spelen en Ted de wacht aanzeggen. Ze schreef alles op wat ze met hem hadden meegemaakt, omdat ze van mening was dat goede documentatie nodig zou zijn als het op een confrontatie zou uitlopen. Ze wilde deskundige hulp inschakelen. Jochems vader hield dat tegen en hij lichtte Ted in. Dat is de grootste fout geweest die hij in zijn leven heeft gemaakt. Hij sloot een verbond met zijn oudste zoon, puur om hem zover te kunnen krijgen dat hij wilde luisteren naar goede raad en open zou staan voor deskundige begeleiding. Voor hem heeft het altijd vooropgestaan dat hij zijn gezin bij elkaar moest houden en dat iedereen deugde. Hij denkt daar nog steeds hetzelfde over, want voor hem was het bij Ted geen kwestie van niet deugen, maar van psychisch ziek zijn. Dat neemt niet weg dat hij ervoor had moeten zorgen dat ma en hij als ouders op één lijn bleven zitten en juist dat heeft hij niet gedaan. Hij liet zijn vrouw in de steek en daardoor heeft hij meegewerkt aan haar ondergang. Ted heeft meer dan eens naargeestige opmerkingen gemaakt over zijn moeders pogingen om hem zover te krijgen dat hij hulp zocht. Hij heeft hardop uitgesproken dat zijn leven eenvoudiger zou zijn als iemand haar uitschakelde. Zijn vader heeft hem daar geen vragen over gesteld en hij heeft ook geen pogingen gedaan om zijn vrouw te beschermen. De overtuiging dat je als familie nooit bang voor elkaar hoefde te zijn, was en bleef voor hem een onwrikbaar uitgangspunt. Dat maakt hem schuldig en met die gedachte valt nauwelijks te leven.

De stilte die na deze woorden valt bevat alles wat een stilte kan bevatten. Er is verbijstering, er is ongeloof, er is woede, er is verdriet, er is verwijt.

Jochem ziet dat zijn vader probeert om zijn handen vast te pakken, maar hij trekt ze snel terug.

Zijn vader zit ineen gedoken tegenover hem en hij is degene die de stilte verbreekt. 'We zullen verder moeten, jongen. Er is een kind voor wie we moeten zorgen, er is verlies dat we moeten verwerken en dat gaat lukken als we het samen doen.'

'Dat kan ik nog niet beloven,' antwoordt Jochem.

*

Mijn kind woonde bij een vrouw die geen gelegenheid onbenut liet om mij ervan op de hoogte te houden dat niet ik, maar mijn rechtschapen slome broer de vaderrol vervulde die ik willens en wetens had laten lopen. Dat stak, dat deed pijn, dat verlamde me.

Ik dacht dat ik beter zou kunnen nadenken over een oplossing als ik me zou hebben ontdaan van mijn kwelgeest. Ze maakte het me heel gemakkelijk en na de slimme daad verdween ze meteen uit mijn gedachten.

Mijn kind moest het beste leven krijgen dat mogelijk was en ik wist dat ik haar als enige die gelegenheid kon geven. Ze was van mij, ze is van mij, want ze ontstond uit een van mijn zaadcellen. Ik heb recht op haar.

Ik had ook het recht om te doden wat me niet aanstond. Simpele geesten zoals die van mijn ouders en mijn broer begrijpen dat niet. Dat soort mensen zitten verstrikt in normen en waarden die zijn afgeleid uit het gezag van de wet. Ze behoren niet tot de elite waar ik toe behoor. De uitverkoren groep die is gecreëerd om de samenleving zuiver te houden. Voor die groep heb ik niet gekozen, die is me vanaf mijn conceptie toebedeeld. Er valt niets tegen in te brengen, je hebt het er maar mee te doen.

Ik heb er vol overtuiging mee gedaan wat ik wilde doen, wat ik moest doen en ik zal er nog mee doen wat nodig is.

Maar voorlopig zit ik hier onder streng toezicht opgesloten, eet ik met mijn handen, laat als ik er zin in heb urine en ontlasting lopen en schreeuw ik zó hard dat de begeleidster met de enorme kont zich het leplazarus schrikt. Het is prachtig om te zien dat zelfs die kont begint te trillen als ik haar overval met het geluid. Later bouw ik het schreeuwen af, zodat de rustgevende medicatie geleidelijk verminderd zal worden. Met minder medicatie en stabiel gedrag zal de aandacht van bewakers en therapeuten minder op mij gericht zijn en meer op nieuwe gevallen van dreigende escalatie en onbegrijpelijke communicatie. Ik zal het hele circus aanschouwen zonder een spier te vertrekken.

Niet alle behandelaars zijn ervan overtuigd dat ik geen taal meer heb. Ik zie ze kijken, ik weet op welke manier ze me observeren, hoe ze over me praten. In zekere zin ben ik nog steeds een van hen. Ze vonden het blijkbaar belangrijk om aan mij te vertellen dat de man die werd verdacht van doodslag is vrijgelaten wegens gebrek aan bewijs. Ik heb toen heel hard urenlang oei, oei, oei geroepen en kreeg natuurlijk een naald in mijn reet gestoken. Ik vind het mooi om hun verwarring waar te nemen en ze bijna te horen nadenken. Ze betichten me van bedrog, ze duiken waarschijnlijk na werktijd in de literatuur om mijn gedrag te kunnen duiden. Lekker duiken, jongens, dat houdt je van de straat. Als jullie maar weten dat ik de langste adem heb.

Er komt een dag dat ik met weinig begeleiding naar buiten mag. Vanaf dat moment bouw ik het vertrouwen in mijn veranderde houding langzaam op. Ik zal daarna nu en dan wat woorden uitspreken die progressie doen vermoeden en ik ga alles en iedereen zorgvuldig om de tuin leiden. Het stempel van ontoerekeningsvatbaar dat ik heb gekregen moet voldoende verbleken om me meer vrijheid te gunnen.

Het kan een paar jaar duren, maar eens komt de dag dat ik de vrijheid herpak en afreken met de gezagsgetrouwe engerd die mijn plaats heeft ingenomen en denkt dat hij ongestraft mijn kind kan opvoeden; de domme stumper die altijd alles geloofde wat ik tegen hem zei en niet eens in de gaten had dat de appjes die hij van zijn moeder leek te krijgen door zijn broer waren gemaakt. Nu denkt hij dat hij van me is verlost, maar hij vergist zich. Als hij zich beter in mij had verdiept, zou hij begrijpen dat niemand mijn kind krijgt als ik dat niet wil.

Ik ga haar verlossen, dat is mijn plicht als ouder. Als ze niet bij mij mag zijn, zal ze bij niemand achterblijven.

Vanaf het moment dat het me lukt om onder het toezicht uit te komen zal iedereen denken dat ik mijn aandacht ga richten op de zoon van mijn ouders op wie ze altijd trots zijn geweest.

En dat is dus precies wat ze moeten denken.

74

Ze hebben gekozen voor een bescheiden plechtigheid. Jochem vond het ongepast om zeven maanden na de dood van zijn moeder een trouwfeest te geven en Meike was dat volledig met hem eens.

Kiki mag de ringen aanreiken die op een kussentje liggen. Ze krijgt zelf ook een ringetje, want ze hebben besloten dat ze vandaag allemaal met elkaar trouwen.

Nadia en François zijn getuigen.

Jochem heeft diep nagedacht over wie hij als zijn getuige zou vragen. Het had voor de hand gelegen dat hij voor zijn vader zou kiezen, maar hun relatie is nog te broos en vooral te beladen. Er is te veel gebeurd om overheen te kunnen stappen. Er zullen nog veel gesprekken met elkaar en met hun therapeuten nodig zijn om elkaar terug te vinden, als er überhaupt iets valt terug te vinden. Jochem is daar nog niet van overtuigd.

Na afloop van de plechtigheid gaan ze samen uitgebreid lunchen in de stad en morgen vliegen ze als officieel nieuw gezin naar de zon.

Ze houden elkaar stevig vast. Ze tekenen de trouwakte en kijken toe hoe hun getuigen tekenen. Kiki mag een krabbel zetten op de laatste bladzijde van het trouwboekje en ze verrast Jochem met haar eigen naam in blokletters. Trots vertelt ze dat oma Nadia haar niet alleen heeft leren lezen maar dat ze ook al kan schrijven. Het applaus dat volgt neemt ze breed lachend in ontvangst.

Ze worden omhelsd en gekust. De vader van Jochem is zichtbaar ontroerd.

Meike legt haar gezicht tegen Jochems handen en ze zegt dat hun nu niets meer kan gebeuren.

'Ons kan niets meer gebeuren,' beaamt Jochem.

Lees ook van Loes

De heks in mij

Schuilt er niet een heks in ieder van ons?

Het moederschap is niet voor iedereen weggelegd of vanzelfsprekend. Kaia, Jill en Wiesje kunnen daarover meepraten. Behalve de diepe wens om moeder te worden hebben ze nog een andere gezamenlijke focus. Als hun leven volkomen onverwacht verandert, krijgen ze alle drie te maken met tegenstrijdige emoties die het beste en tegelijk het slechtste in hen naar boven halen.

En waardoor de heks in een van hen te veel ruimte krijgt.

'Wederom een krachtige vrouwenthriller. Loes stelt nooit teleur!'
Patrice van Trigt, Patrice_bookspecials

Je bent aan de beurt

Het kan met elke vrouw gebeuren.
Denk nooit dat het jou niet treft.

Na de dood van haar man komt Tessa David tegen. Ze is helemaal in de ban van haar nieuwe liefde en voelt zich sinds jaren weer springlevend. Maar dan blijkt David niet de charmante man te zijn die ze dacht dat hij was. Sterker nog, hij doet dingen met haar die ze helemaal niet wil. Aan hem ontsnappen lijkt onmogelijk, maar dan krijgt ze hulp uit onverwachte hoek...

'Loes den Hollander gaat voluit in *Je bent aan de beurt*, een donkere thriller over seksueel geweld, die tot het eind spannend blijft.' – Heleen Spanjaard, *Margriet*

Wacht maar af

Wie kun je nog vertrouwen als je geheugen je in de steek laat?

Het leven van Franka is totaal veranderd. Er zijn weken voorbijgegaan waarvan ze zich niets herinnert. Ze ontdekt dat haar moeder is overleden en haar man gedraagt zich ineens erg afstandelijk. Franka is niet meer de vrouw die ze was voordat ze een hersenbloeding kreeg. Maar langzaam bekruipt haar het akelige gevoel dat niet álle veranderingen aan haar hersenletsel toe te schrijven zijn…

‘Een ontzettende mindfuck!’ – *Hebban*

Alle titels van Loes den Hollander

Vrijdag
Zwanenzang
Naaktportret
Broeinest
Wodka-jus (novelle)
Dwaalspoor
Loslaten (korte verhalen)
Driftleven
Vreemde liefde (korte verhalen)
Wisselgeld
Krachtmeting (novelle)
Vluchtgedrag
Het scherventapijt (roman)
Zielsverwanten
Glansrol
Troostkind
Vrije val (korte verhalen)
Bodemloos
Zwijgrecht
Dekmantel
Schijnvertoon
Voorbedacht
Aangetast (Dossier Metselaer 1)
Genadeklap (Dossier Metselaer 2)
Droombeeld
Duivelspact
Pijngrens
Onderuitgehaald
Mij zie je niet
Toen ik dood was
Wacht maar af
Je bent aan de beurt
De heks in mij

Genoten van dit boek? Dan vind je vast de andere boeken van De Crime Compagnie ook leuk! Onze boeken zijn te herkennen aan de kleine doodskopjes op de achterkant, onze e-books aan de roze balk op de voorkant. Enkele van onze titels zijn:

Linda Jansma – *Verlos ons van het kwade*
Marelle Boersma – *De engel van Sevilla*
Angelique Haak – *Het verkeerde meisje*
Nadine Barroso – *Verraderlijk spel*
Marion van de Coolwijk – *Mama liegt*
Inge van Prooijen – *Zonder angst*
Machteld van Zalingen – *Bloedlijn*
Tamara Geraeds – *Woede*
Sophie Wester – *Een lege plek*
Eva Nagelkerke – *Niet mijn droom*
Marja West & Anna Bontekoe – *Het zal nooit meer kaviaar zijn*

Kijk voor meer informatie ook op www.crimecompagnie.nl.